HARP

Va et poste une sentinelle

ROMAN TRADUIT DE L'ANGLAIS (ÉTATS-UNIS)
PAR PIERRE DEMARTY

GRASSET

Titre original :

GO SET A WATCHMAN
Publié par HarperCollins, États-Unis, 2015.

À la mémoire de Mr. Lee et d'Alice

PREMIÈRE PARTIE

1

Depuis Atlanta, elle regardait défiler le paysage par la vitre du wagon-restaurant avec une exaltation presque physique. Devant son café, au petit déjeuner, elle vit s'éloigner les dernières collines de la Géorgie et la terre rouge apparaître, avec ses maisons au toit en tôle posées au milieu de petits jardins bien entretenus, et dans ces jardins l'inévitable verveine qui poussait, cernée de pneus blanchis à la chaux. Elle sourit en apercevant sa première antenne de télévision, au sommet d'une maison des quartiers noirs en bois brut ; bientôt elles se multiplièrent et sa joie s'intensifia d'autant.

Jean Louise Finch prenait la voie des airs, d'habitude, mais pour le cinquième de ses retours annuels au pays, elle avait décidé de faire le trajet en train, de New York à Maycomb Junction. D'abord, elle avait eu une frousse bleue la dernière fois qu'elle était montée à bord d'un avion : le pilote avait décidé de foncer droit dans une tornade. Et puis, prendre l'avion aurait forcé son père à se lever à trois heures du matin et à faire cent cinquante kilomètres de route pour venir la chercher à Mobile, le tout avant d'enchaîner sur une journée de travail ;

il avait soixante-douze ans, elle ne pouvait plus lui imposer ça.

Elle était heureuse de sa décision. Les trains avaient changé depuis son enfance, et cette expérience inédite l'amusait : un employé de la compagnie ferroviaire apparaissait, tel un gros génie, dès qu'elle appuyait sur un bouton ; un petit lavabo escamotable en acier brossé surgissait à volonté, et il y avait un cabinet de toilette sur lequel on pouvait reposer les pieds. Elle avait résolu de ne pas se laisser intimider par les diverses mises en garde placardées un peu partout dans le compartiment – ou la chambrette, comme ils appelaient ça –, mais quand elle était allée se coucher, la veille, elle s'était débrouillée pour se retrouver coincée dans sa couchette rabattable parce qu'elle avait omis de POUSSER CE LEVIER VERS LE BAS, et le contrôleur avait dû venir la tirer de cette fâcheuse posture, ce qui l'avait mise dans un certain embarras dans la mesure où elle avait pour habitude de ne dormir qu'en haut de pyjama.

Par chance, il était justement en train de patrouiller dans les coursives au moment où le piège s'était refermé sur elle : « Je vais vous sortir de là », dit-il en l'entendant cogner des poings contre la paroi. « Non non, je vous en prie, répondit-elle. Dites-moi simplement comment m'y prendre. » « Je pourrais vous aider en tournant le dos », dit-il, et c'est ce qu'il fit.

À son réveil, ce matin-là, le train entrait en cahotant dans les faubourgs d'Atlanta, mais, obéissant à une autre instruction affichée dans son compartiment, elle resta au lit jusqu'à ce qu'on arrive en vue de College Park. Quand vint le moment de s'habiller, elle mit sa tenue de Maycomb : pantalon gris, chemisier noir sans manches, socquettes blanches et mocassins blancs. Il restait quatre heures de voyage, mais elle entendait d'ici le petit reniflement désapprobateur de sa tante.

Alors qu'elle attaquait sa quatrième tasse de café, le Crescent Limited fit retentir son sifflet, telle une oie géante, pour saluer le train qui arrivait en sens inverse, puis franchit la frontière de l'Alabama en traversant la Chattahoochee à grand fracas.

La Chattahoochee est large, plate et boueuse. La rivière était basse aujourd'hui ; une barre de sable jaune en avait réduit le flot à un faible ruissellement. Peut-être chante-t-elle quand vient l'hiver, songeait-elle ; impossible de me souvenir d'un seul vers de ce poème. Tandis que j'allais, jouant de mon joyeux flûtiau par les vallées ? Non. S'adressait-il à une sauvagine ? Ou à une sauvageonne ?

Elle s'efforça de réprimer un élan coutumier d'hilarité en pensant que le poète Sidney Lanier avait dû ressembler à son cousin depuis longtemps disparu, Joshua Singleton St. Clair, dont le propre territoire littéraire de prédilection s'étendait de la Black Belt à Bayou La Batre. La tante de Jean Louise érigeait souvent Cousin Joshua en inébranlable parangon de la gloire familiale : c'était un homme d'une stature splendide, c'était un poète, il avait été fauché à la fleur de l'âge, et Jean Louise aurait été bien avisée de garder à l'esprit qu'il avait fait honneur à son nom. Ses portraits, de fait, rendaient justice à la famille – Cousin Joshua ressemblait à un Algernon Swinburne grincheux.

Jean Louise sourit en se rappelant la fin de l'histoire, telle que la lui avait racontée son père. Cousin Joshua avait été fauché, certes, mais par les milices de César plutôt que par la main du Seigneur.

À l'université, Cousin Joshua travaillait trop dur et réfléchissait trop souvent ; il avait tant et si bien étudié le dix-neuvième siècle qu'il semblait y avoir sauté à pieds joints. Il se complaisait à porter un macfarlane et des bottes de cavalerie qu'il s'était fait faire sur mesure par un maréchal-ferrant. Le destin de Cousin Joshua fut brisé net par les autorités qui l'arrêtèrent pour avoir tiré sur le président de l'université, lequel à son humble avis ne valait guère plus qu'un expert préposé à l'assainissement des égouts. Ce qui n'était sans doute pas faux mais justifiait difficilement une attaque à main armée. De rondelettes sommes d'argent permirent à Cousin Joshua de se soustraire à la justice et de trouver refuge dans un asile d'aliénés, où il vécut le restant de ses jours. Il y passait pour quelqu'un de raisonnable en tout point, sauf si l'on avait le malheur de prononcer le nom du président d'université en question, auquel cas une affreuse grimace lui déformait le visage tandis que son corps se figeait dans la position d'une grue à l'arrêt, et il pouvait rester ainsi pendant huit d'heures d'affilée ou plus, levant la patte sans que rien ni personne ne pût le convaincre de la baisser, jusqu'au moment où il finissait tout simplement par oublier l'incident. Dans ses bons jours, Cousin Joshua lisait les Grecs, et il avait livré à la postérité un mince recueil de vers, édité à compte d'auteur par un imprimeur de Tuscaloosa. Sa poésie était tellement en avance sur son temps que nul à ce jour n'a encore réussi à la déchiffrer, mais la tante de Jean Louise ne s'est jamais séparée de ce petit volume, qui trône en désinvolte majesté sur une table du salon.

Jean Louise laissa échapper un éclat de rire puis regarda autour d'elle, craignant qu'on l'ait entendue. Son père avait une façon bien à lui de saper les louanges sentencieuses que tressait sa sœur à la supériorité naturelle des Finch, quels qu'ils soient : il racontait toujours à sa fille le reste de l'histoire, d'un ton tranquille et solennel, même si Jean Louise était parfois certaine de voir briller une lueur de malice profane dans les yeux d'Atticus Finch – à moins que ce ne fût un simple reflet de la lumière dans les verres de ses lunettes ? Elle ne savait jamais trop.

La campagne et le train roulaient doucement à présent, et elle ne voyait plus rien, entre la vitre et l'horizon, que des pâturages et des vaches noires. Elle se demanda pourquoi elle n'avait jamais trouvé à son pays la moindre beauté.

La gare de Montgomery était nichée dans un recoin de l'Alabama, et quand elle descendit du train pour se dégourdir les jambes, l'atmosphère familière, dans toute sa sécheresse, ses lumières et ses odeurs étranges, vint à sa rencontre. Il manque quelque chose, se dit-elle. Les boîtes chaudes, voilà, c'est cela. Un homme parcourt le train sur toute sa longueur, sous le châssis, armé d'un pied-de-biche. Un bruit métallique, puis *s-sss-sss*, une fumée blanche jaillit et on a l'impression de se trouver à l'intérieur d'une cocotte-minute. Ces engins marchent au pétrole aujourd'hui.

Sans raison, elle se sentit rattrapée par une vieille frayeur. Elle n'avait pas mis les pieds dans cette gare depuis vingt ans, mais quand elle était petite et qu'elle se rendait à la capitale avec Atticus, elle était terrorisée à l'idée que le train puisse sortir des rails et plonger dans la rivière où ils périraient tous noyés. Dès qu'elle remontait à bord pour rentrer à la maison, toutefois, elle n'y pensait plus.

Le train bringuebalant traversa une forêt de pins et donna un coup de sifflet narquois en passant devant une locomotive à cheminée en cloche aux couleurs pimpantes, échouée dans une clairière sur le bas-côté de la voie ferrée. Elle portait l'enseigne d'une société d'exploitation forestière, et le Crescent Limited aurait pu l'avaler tout rond sans qu'on y soit beaucoup plus à l'étroit. Greenville, Evergreen, Maycomb Junction.

Elle avait dit au conducteur de ne pas oublier qu'elle devait descendre à Maycomb Junction, et comme celui-ci était un homme d'un certain âge, elle s'attendait à ce qu'il lui fasse une plaisanterie : il franchirait la petite gare sans s'arrêter, à pleine vitesse, telle une chauve-souris jaillie du diable Vauvert, puis s'arrêterait cinq cents mètres plus loin, et au moment de lui dire au revoir il s'excuserait, prétendrait qu'il avait failli oublier. Les trains changeaient ; pas ceux qui les conduisaient. Ce genre de facéties à l'endroit des jeunes femmes étaient l'une des marques de la profession, et Atticus, qui était capable de prédire les moindres faits et gestes de tous les conducteurs de train de La Nouvelle-Orléans jusqu'à Cincinnati, l'attendrait en conséquence à six pas tout au plus de l'endroit exact où elle débarquerait.

« À la maison », c'était le comté de Maycomb, une circonscription de quelque cent dix kilomètres de long pour cinquante kilomètres de large, une terre sauvage piquetée de minuscules agglomérations dont la plus grande était Maycomb, le chef-lieu du comté. Jusqu'à une époque relativement récente de son histoire, le comté de Maycomb était si bien coupé du reste de la nation que certains de ses habitants, ignorant tout des changements d'inclination politique du Sud au cours des quatre-vingt-dix dernières années, continuaient de voter Républicain. Les trains ne s'y arrêtaient pas : la gare de Maycomb Junction – le titre était purement honorifique – était située dans le comté d'Abbott, à trente kilomètres de la bourgade. Les bus circulaient de manière aléatoire et ne semblaient mener nulle part, mais le gouvernement fédéral avait construit de force une ou deux voies rapides à travers les marais, permettant ainsi aux citoyens de Maycomb de prendre la poudre d'escampette. Mais ils étaient peu nombreux à emprunter les routes, et pourquoi en aurait-il été autrement ? À qui ne demandait pas trop, l'endroit offrait beaucoup.

Le comté et la ville avaient été baptisés en hommage à un certain colonel Mason Maycomb, un homme dont l'orgueil déplacé et la présomption sans bornes avaient causé la déroute et la détresse de tous ceux de ses compagnons qui avaient participé à ses côtés à la guerre des Indiens creeks. Le théâtre des opérations sur lequel il s'était illustré était un territoire vaguement vallonné au nord et tout à fait plat dans sa partie sud, à la lisière de la grande plaine côtière. Le colonel Maycomb, persuadé que les Indiens détestaient mener bataille en terrain plat, passa au peigne fin les franges septentrionales de la région à la recherche des Creeks. L'un de ses généraux, se rendant compte que le colonel écumait les collines alors que l'ennemi pullulait dans les bosquets de la plaine, envoya un messager creek allié lui porter ce message : *Cap au sud, bougre d'âne !* Maycomb, convaincu qu'il s'agissait d'une ruse (les Creeks n'avaient-ils pas élu pour chef un démon aux yeux bleus et aux cheveux roux ?), fit prisonnier le pauvre messager et continua de pousser au nord jusqu'à ce que ses hommes se retrouvent désespérément égarés au cœur de la forêt sauvage, où ils passèrent le restant de la guerre dans le plus grand désarroi.

Quelques années s'écoulèrent, au terme desquelles le colonel Maycomb, ayant fini par admettre que le messager avait peut-être dit vrai après tout, fit crânement rebrousser chemin à ses troupes. En cours de route, ils croisèrent des colons, venus s'installer dans l'intérieur des terres, qui les informèrent que les guerres indiennes étaient pour ainsi dire terminées. Soldats et migrants sympathisèrent tant et si bien qu'ils devinrent les ancêtres de Jean Louise Finch, tandis que le colonel Maycomb se hâtait de rejoindre la ville qui devait devenir Mobile, afin de s'assurer que ses exploits n'échappent pas à la postérité. Même si cette version des faits ne coïncide pas avec celle qu'a retenue l'histoire officielle, telle est la vérité vraie, car c'est ainsi qu'elle s'est transmise au fil des générations, de bouche à oreille, et c'est ainsi que chaque citoyen de Maycomb la connaît.

« ... mc charge de vos bagages, mademoiselle », dit le porteur. Jean Louise le suivit du wagon-restaurant jusqu'à son compartiment. Elle sortit deux dollars de son portefeuille : un pour le service, un autre pour l'avoir tirée de ce mauvais pas la veille. Le train, bien évidemment, passa devant la gare à toute allure, telle une chauve-souris jaillie du diable Vauvert, et s'arrêta quatre cents mètres plus loin. Le conducteur apparut, tout sourire, et dit qu'il était désolé, qu'il avait failli oublier. Jean Louise lui rendit son sourire et attendit avec impatience que le porteur installe le petit marchepied jaune. Il lui tendit la main pour l'aider à descendre et elle lui donna les deux billets.

Son père n'était pas là.

Elle tourna la tête du côté de la gare et aperçut la silhouette imposante d'un homme qui attendait debout sur le quai minuscule. Il en sauta pour venir à sa rencontre au pas de course.

Il la serra dans ses bras, s'écarta d'elle, lui planta un baiser fougueux sur les lèvres, puis un autre, plus doux. « Pas ici, Hank, murmura-t-elle, ravie.

— Taratata, ma belle, dit-il en prenant son visage entre ses mains. Je t'embrasserai sur les marches du palais de justice si ça me chante. »

Le jeune homme qui détenait le droit de l'embrasser sur les marches du palais de justice était Henry Clinton, son ami d'enfance, le camarade de son frère et, s'il continuait à l'embrasser de la sorte, son futur mari. « Aime qui tu veux mais épouse qui tu dois » – ce dicton avait pour elle une résonance quasi instinctive. Or Henry Clinton était le genre d'homme que Jean Louise se devait d'épouser, aussi ne trouvait-elle pas ce commandement particulièrement sévère.

Ils longèrent la voie ferrée bras dessus bras dessous pour récupérer sa valise. « Comment va Atticus ? demanda-t-elle.

— Ses mains et ses épaules lui font des misères aujourd'hui.

— Au point qu'il ne peut pas conduire ? »

Henry replia à demi les doigts de sa main droite et dit : « Il ne peut pas les fermer plus que ça. Miss Alexandra est obligée de lui lacer ses chaussures et de lui boutonner ses chemises. Il n'arrive même pas à tenir un rasoir. »

Jean Louise secoua la tête. Elle était trop vieille pour pester contre cette injustice, mais trop jeune pour accepter la maladie débilitante de son père sans lui opposer une forme ou une autre de résistance. « Et on ne peut rien faire ?

— Tu sais bien que non, dit Henry. Il prend soixante-dix granules d'aspirine chaque jour et c'est tout. »

Henry souleva la lourde valise de Jean Louise et ils se dirigèrent vers la voiture. Elle se demanda comment elle réagirait, le jour où viendrait son tour de souffrir jour et nuit. Certainement pas comme Atticus : si on lui demandait comment il se sentait, il répondait, mais il ne se plaignait jamais ; il était d'humeur toujours égale ; aussi, pour savoir comment il allait, n'avait-on d'autre choix que de lui poser la question.

Henry lui-même ne s'en était aperçu que par hasard. Un jour qu'ils se trouvaient tous les deux dans la salle des archives du palais de justice à la recherche d'un titre de propriété, Atticus extirpa des rayonnages un gros livre de comptes, devint tout à coup blanc comme un linge et lâcha le volume. « Qu'est-ce qui vous arrive ? » demanda Henry. « Polyarthrite rhumatoïde. Tu peux le ramasser, s'il te plaît ? » dit Atticus. Henry lui demanda depuis combien de temps il en souffrait ; six mois, répondit Atticus. Est-ce que Jean Louise était au courant ? Non. Alors il ferait mieux de l'en informer. « Si tu le lui dis, elle va rappliquer aussi sec pour jouer les infirmières. Non, le seul remède à ce genre de tracasseries, c'est de ne pas se laisser abattre. » Fin de la discussion.

« Tu veux conduire ? demanda Henry.

— Ne dis pas de bêtises », répliqua-t-elle. Quoiqu'elle sût tenir un volant, tout engin mécanique plus compliqué à maîtriser qu'une épingle à nourrice lui faisait horreur : plier une chaise longue la mettait au comble de l'irritation ; elle n'avait jamais appris à faire du vélo ou à taper à la machine ; elle pêchait avec une simple canne. Son sport préféré était le golf, car on n'avait besoin pour y jouer que de trois éléments essentiels : un club, une petite balle, et un état d'esprit.

D'un œil envieux, elle regarda Henry manœuvrer l'automobile avec maestria, sans le moindre effort. Les voitures lui obéissent, songea-t-elle. « Direction assistée ? Transmission automatique ?

— Je veux ! dit-il.

« — Et si jamais tout tombe en panne et que tu ne peux plus passer les vitesses ? Tu serais bien embêté, pas vrai ?

— Mais tout ne tombera pas en panne.

— Comment tu le sais ?

— On appelle ça la foi. Viens un peu par ici. »

Foi en General Motors. Elle posa la tête sur son épaule.

« Hank, dit-elle alors. Qu'est-ce qui s'est passé pour de vrai ? »

C'était une vieille blague entre eux. Une cicatrice rose partait de l'œil droit de Henry, venait buter contre l'aile du nez puis descendait en diagonale jusqu'à la lèvre supérieure, laquelle abritait six fausses dents que Jean Louise elle-même n'avait jamais réussi à lui faire enlever pour qu'il les lui montre. Il les avait rapportées de la guerre. Un Allemand, enhardi par la frustration de la défaite, lui avait défoncé le visage avec la crosse de son fusil. Jean Louise avait décidé de croire que cette histoire était plausible ; avec toutes ces armes capables de tirer par-delà l'horizon, tous ces B-17, ces missiles V et autres joyeusetés, Henry n'avait sans doute guère eu l'occasion de se trouver à moins d'un jet de salive du moindre soldat allemand.

« OK, ma belle, dit-il. On était dans une cave, à Berlin. Tout le monde avait trop bu et ça a tourné au pugilat – c'est une histoire crédible que tu veux, pas vrai ? Bon, et maintenant dis-moi, veux-tu m'épouser ?

— Pas tout de suite.

— Pourquoi ?

— Je veux faire comme le Dr. Schweitzer et m'amuser jusqu'à mes trente ans.

— Ça, pour s'être amusé, il s'est amusé », dit Henry d'un air bougon.

Jean Louise se coula sous son bras. « Tu sais bien ce que je veux dire, fit-elle.

— Oui. »

Il n'y avait pas plus valeureux jeune homme, disait-on à Maycomb, que Henry Clinton. Jean Louise était d'accord. Henry venait du sud du comté. Son père avait quitté sa mère peu après sa naissance, et celle-ci avait trimé jour et nuit dans sa petite boutique à la croisée des chemins pour envoyer son fils à l'école publique de Maycomb. Henry, depuis l'âge de douze ans, vivait seul, en face de la résidence Finch, ce qui en soi le mettait sur un plan supérieur : il était son propre maître, libre, soustrait à l'autorité des cuisiniers, des employés de maison, des parents. Il avait en outre quatre ans de plus qu'elle, ce qui faisait une vraie différence à l'époque. Il la taquinait ; elle l'adorait. Il avait quatorze ans quand sa mère mourut, ne lui laissant presque rien. Atticus Finch s'occupa du reliquat de la vente de la boutique – le coût des funérailles avait pratiquement tout englouti –, y ajouta en douce un peu d'argent de sa propre poche et trouva à Henry un petit boulot du soir comme vendeur au Jitney Jungle. Henry décrocha son diplôme, partit pour l'armée, et après la guerre il alla à l'université, où il étudia le droit.

C'est à peu près à cette même période que le frère de Jean Louise, un beau jour, tomba raide mort alors qu'il marchait dans la rue, et quand ce cauchemar-là fut passé, Atticus, qui avait toujours pensé que son fils lui succéderait à la tête du cabinet, se mit en quête d'un autre jeune homme. Il lui sembla tout naturel d'engager Henry, et celui-ci devint bientôt non seulement le bras droit d'Atticus mais aussi ses yeux et ses mains. Henry avait toujours eu le plus grand respect pour Atticus Finch ; ce respect se transforma vite en affection, et il le considérait désormais comme un père.

Il ne considérait pas Jean Louise comme une sœur pour autant. Durant les années qu'il avait passées loin de Maycomb, à la guerre puis à l'université, la petite créature en salopette, indisciplinée et chahuteuse, était devenue un spécimen à peu près acceptable d'humanité. Ils avaient commencé à sortir ensemble, chaque année, à l'occasion des deux semaines qu'elle venait passer à Maycomb, et quoiqu'elle eût gardé l'allure d'un garçon de treize ans, abjurant la plupart des atours du beau sexe, il lui trouvait quelque chose de si intensément féminin qu'il tomba amoureux. Il était facile de se laisser prendre à son charme et au plaisir de sa compagnie, la plupart du temps – ce qui ne revenait en aucune manière à dire qu'elle-même était facile à vivre. Son esprit bouillonnait d'une agitation constante qui le laissait pantois, mais il savait que c'était la femme de sa vie. Il la protégerait, il l'épouserait.

« Lassée de New York ? demanda-t-il.

— Non.

— Donne-moi carte blanche pendant ces deux semaines et je ferai en sorte que tu en sois lassée.

— Est-ce une proposition indécente ?

— Absolument.

— Dans ce cas, va au diable. »

Henry arrêta la voiture. Il tourna la clé de contact, pivota sur son siège et la regarda. Elle savait reconnaître les moments où il devenait sérieux : ses cheveux ras se hérissaient en brosse comme s'ils se tendaient sous l'effet de la colère, son visage s'empourprait, sa cicatrice rougissait.

« Ma petite chérie, tu veux que je mette les formes, comme un gentleman ? Miss Jean Louise, j'ai désormais atteint un statut économique qui me permettrait de pourvoir au bien-être de deux personnes. J'ai, tel Israël aux Temps bibliques, offert sept années de mon labeur aux vignes de l'université et aux pâturages du cabinet de ton père pour toi…

— Je vais dire à Atticus de t'en donner sept de plus.

— Méchante.

— Et puis d'abord, dit-elle, c'était Jacob. Ah non, c'est le même. Je ne sais plus, ces types-là changeaient de nom tous les trois versets. Comment va ma chère tante ?

— Tu sais très bien que ça fait trente ans qu'elle se porte à merveille. Ne change pas de sujet. »

Jean Louise battit des paupières. « Henry, dit-elle d'un ton primesautier, je veux bien avoir une aventure avec toi, mais je ne veux pas t'épouser. »

C'était exactement cela.

« Bon sang, arrête de faire ta gamine, Jean Louise ! » fulmina Henry et, oubliant les derniers perfectionnements apportés par General Motors à ses véhicules, il chercha un levier de vitesses à saisir et une pédale d'embrayage à écraser. Ne trouvant ni l'un ni l'autre, il remit le contact d'un geste brusque, appuya sur quelques boutons, et la grosse voiture, tout en lenteur et fluidité, redémarra.

« La reprise est un peu faible, non ? dit Jean Louise. Pas idéal pour conduire en ville. »

Henry lui lança un coup d'œil. « Qu'est-ce que tu veux dire par là ? »

Dans une minute, la discussion tournerait à la querelle. Il ne plaisantait pas. Elle avait intérêt à le mettre en colère, et le réduire ainsi au silence, afin de se donner le temps de réfléchir.

« Mais où donc es-tu allé dénicher une cravate aussi moche ? » demanda-t-elle.

Et voilà.

Elle était presque amoureuse de lui. Non, c'est impossible, se dit-elle : on l'est ou on ne l'est pas. L'amour est la seule chose au monde qui soit sans équivoque. Il existe différentes manières d'aimer, assurément, mais dans tous les cas de figure, c'est tout l'un ou tout l'autre.

Jean Louise faisait partie de ces gens qui, lorsque se présente à eux une solution de facilité, choisissent toujours la difficulté. La facilité, en l'occurrence, aurait été d'épouser Hank et de le laisser travailler pour deux. Au bout de quelques années, quand leurs enfants leur arriveraient à la taille, surgirait tout à coup l'homme qu'elle aurait dû épouser depuis le début. Il y aurait des doutes, de la fièvre et des tourments, des regards échangés sur le perron du bureau de poste, et du malheur pour tout le monde. Une fois dissipés les hauts cris et les nobles sentiments, il ne resterait plus de tout cela que le souvenir d'une énième liaison sordide dans un décor de carton-pâte provincial, une petite Géhenne privée, faite maison, équipée des tout derniers appareils électroménagers Westinghouse. Hank ne méritait pas ça.

Non. Pour l'instant, elle continuerait de suivre le chemin rocailleux du célibat. Elle décida de restaurer la paix de manière honorable :

« Mon chéri, je suis désolée, vraiment désolée, dit-elle – et elle était sincère.

— Ce n'est pas grave, dit Henry en lui donnant une petite gifle sur le genou. Mais parfois, je te jure, je pourrais t'étrangler.

— Je suis méchante, je sais. »

Henry la regarda. « Tu es un drôle d'oiseau, ma belle. Tu ne sais pas faire semblant. »

Elle le regarda. « Comment ça ?

— Eh bien, en règle générale, la plupart des femmes, avant de leur mettre le grappin dessus, présentent à leurs hommes un visage souriant et docile. Elles gardent leurs pensées pour elles. Toi au contraire, quand tu te sens d'humeur méchante, ma chérie, tu *es* méchante.

— Au moins, ils savent dans quoi ils s'embarquent. N'est-ce pas plus honnête ?

— Si, mais tu comprends bien que tu n'attraperas jamais un homme de cette façon, n'est-ce pas ? »

Elle ravala la réplique évidente qui lui vint à l'esprit et dit : « Comment dois-je me comporter alors, pour devenir une enchanteresse ? »

Henry poursuivait maintenant la discussion avec le plus grand sérieux. Il avait trente ans et donnait des conseils. Peut-être parce qu'il était avocat. « D'abord, dit-il d'un air détaché, tais-toi. Ne discute pas avec un homme, surtout si tu sais que tu pourrais avoir le dessus. Souris beaucoup. Donne-lui le sentiment qu'il est le plus fort. Dis-lui à quel point il est merveilleux, et sois aux petits soins pour lui. »

Elle afficha un sourire éclatant et dit : « Hank, je suis d'accord avec tout ce que tu viens de dire. Tu es la personne la plus perspicace que j'aie rencontrée depuis des années, tu mesures un mètre quatre-vingt-quinze, et veux-tu que je t'allume une cigarette ? Alors, j'étais comment ?

— Atroce. »

Ils étaient réconciliés.

2

Atticus Finch, d'un coup de poignet, fit glisser la manchette de sa chemise, puis la remit soigneusement en place. Deux heures moins vingt. Il portait souvent deux montres, comme aujourd'hui : une vieille montre de gousset sur laquelle ses enfants avaient fait leurs dents, et une montre-bracelet. Celle-là par habitude, celle-ci pour regarder l'heure quand ses doigts n'arrivaient plus à atteindre la montre de gousset au fond de sa poche. Il avait été d'une belle carrure autrefois, avant de se tasser avec l'âge et l'arthrite. Il avait fêté ses soixante-douze ans le mois précédent, mais aux yeux de Jean Louise, il s'était figé quelque part dans les limbes de la cinquantaine – elle ne se souvenait pas de lui plus jeune et il donnait l'impression de ne pas vieillir.

Devant le fauteuil dans lequel il était assis était posé un pupitre en acier, et sur ce pupitre était ouvert *L'Étrange Affaire Alger Hiss*. Atticus se tenait légèrement penché en avant, afin de mieux désapprouver ce qu'il était en train de lire. Un inconnu n'aurait pas su déceler l'agacement sur son visage, car il n'en montrait rien ; un ami, en revanche, aurait pu s'attendre à tout moment à entendre un « hum » : Atticus haussait les sourcils et pinçait la bouche.

« Hum, fit-il.

— Qu'y a-t-il, mon ami ? dit sa sœur.

— Je ne comprends pas comment un type pareil peut avoir le culot de nous donner son opinion sur l'affaire Hiss. On dirait du Walter Scott revu et corrigé par Fenimore Cooper.

— Comment cela ?

— Il fait preuve d'une foi puérile envers l'intégrité des fonctionnaires et semble croire que le Congrès correspond à leur aristocratie. Pas la *moindre* compréhension de la politique américaine. »

Sa sœur jeta un coup d'œil à la jaquette du livre. « Je ne connais pas cet auteur, dit-elle, ce qui revenait dans sa bouche à condamner l'ouvrage à tout jamais. Bah, ne te tracasse pas pour ça, mon ami. Ils ne devraient pas être déjà arrivés ?

— Je ne me tracasse pas, Zandra. » Atticus lança un regard amusé à sa sœur. C'était une femme impossible, mais mieux valait qu'elle soit là, elle, plutôt qu'une Jean Louise assignée à résidence et malheureuse comme les pierres. Quand sa fille était malheureuse, elle s'agitait, or Atticus aimait que les femmes de son entourage soient détendues plutôt que de les voir passer leur temps à vider les cendriers.

Il entendit une voiture s'engager dans l'allée, puis deux portières claquer, puis la porte d'entrée. Il écarta le pupitre du bout du pied, essaya en vain de se lever sans solliciter ses mains, y arriva la deuxième fois, et il venait à peine de trouver son équilibre lorsque Jean Louise se jeta à son cou. Il se laissa

30

étreindre sans rien laisser paraître de sa douleur et tenta du mieux qu'il put de la serrer lui aussi dans ses bras.

« Atticus…

— Sois gentil, Hank, monte sa valise dans la chambre, dit-il par-dessus l'épaule de sa fille. Et merci d'être allé la chercher. »

Jean Louise planta un baiser sur la joue de sa tante, sans parfaitement réussir à atteindre sa cible, puis sortit de son sac un paquet de cigarettes et le lança sur le canapé. « Et ces rhumatismes, ma tante ?

— Ça va un peu mieux, ma chérie.

— Atticus ?

— Un peu mieux, ma chérie. Tu as fait bon voyage ?

— Oui, père. » Elle se laissa tomber dans le canapé. Hank, de retour après avoir accompli son devoir, lui dit « Décale-toi » et s'assit à côté d'elle.

Jean Louise bâilla et s'étira. « Alors, quoi de neuf ? demanda-t-elle. Ces derniers temps, je n'ai de nouvelles d'ici qu'en lisant entre les lignes du *Maycomb Tribune*. Vous ne me dites jamais rien.

— Tu as vu que le fils de Cousin Edgar est mort, dit Alexandra. C'était fort triste. »

Jean Louise vit Henry et son père échanger un regard. « Il est rentré un après-midi de son entraînement de football et s'est jeté sur la glacière. Il a aussi mangé une dizaine de bananes, arrosées d'une pinte de whiskey. Une heure plus tard, il était mort. Ce n'était pas triste du tout.

— Ben mon vieux, dit Jean Louise.

31

« — Atticus ! se récria Alexandra. Tu sais bien que c'était le petit garçon d'Edgar !

— Oui, vous avez raison, c'était horrible, Miss Alexandra, dit Henry.

— Cousin Edgar te fait toujours du gringue, Tatie ? demanda Jean Louise. Ça fait onze ans, il serait peut-être temps qu'il te demande en mariage, non ? »

Atticus haussa les sourcils en signe d'avertissement. Il voyait le vieux démon de sa fille surgir et s'emparer d'elle : ses sourcils, comme les siens, étaient dressés, ses yeux soulignés de paupières lourdes étaient écarquillés, et un coin de sa bouche tirait dangereusement vers le haut. Quand elle faisait cette tête, seuls Dieu et Robert Browning savaient ce qu'elle était capable de dire.

Sa tante se défendit : « Je t'en prie, Jean Louise, Edgar est notre cousin germain, à ton père et moi.

— À ce stade, ça n'a pas beaucoup d'importance, Tatie. »

Atticus se dépêcha d'intervenir. « Et comment se porte la grande ville ?

— Pour l'instant, c'est cette grande ville-ci qui m'intéresse. Vous me cachez tous les potins, vous deux ! Tatie, je compte sur toi pour me faire le résumé de l'année en un quart d'heure. » Elle tapota le bras de Henry, pour l'empêcher de commencer à parler affaires avec Atticus plus qu'autre chose. Henry crut à un geste de tendresse et le lui rendit.

« Ma foi…, dit Alexandra. Eh bien j'imagine que tu es au courant, pour les Merriweather. Là encore, une bien triste histoire.

32

— Non, qu'est-ce qui s'est passé ?

— C'est fini.

— Quoi ? s'écria Jean Louise, sincèrement abasourdie. Tu veux dire qu'ils se sont séparés ?

— Oui », acquiesça sa tante.

Elle se tourna vers son père. « Les Merriweather ? Mais depuis combien de temps étaient-ils mariés ? »

Atticus leva les yeux au plafond, fouillant sa mémoire. C'était un homme précis. « Quarante-deux ans, dit-il. J'étais à leur mariage.

— On a commencé à se douter de quelque chose quand on les a vus à l'église s'asseoir chacun à un bout de la nef…, dit Alexandra.

— Et passer tous leurs dimanches à se regarder en chiens de faïence…, dit Henry.

— Et sans crier gare, termina Atticus, ils débarquent dans mon cabinet pour obtenir le divorce.

— Et tu l'as fait ? demanda Jean Louise en se tournant vers son père.

— Oui.

— Pour quel motif ?

— Adultère. »

Jean Louise secoua la tête, sidérée. Seigneur, se dit-elle, c'est une véritable épidémie…

La voix d'Alexandra interrompit ses ruminations : « Jean Louise, c'est comme ça que tu as voyagé ? »

Prise au dépourvu, il lui fallut un moment pour comprendre ce que sa tante voulait dire par « Comme Ça ».

« Oh… eh bien oui, dit-elle, mais je te rassure tout de suite, Tatie, quand je suis partie de New York, je portais des bas, des gants et des chaussures. Je n'ai mis cette tenue qu'une fois dépassé Atlanta. »

Sa tante renifla. « J'aimerais bien, pour une fois, que tu t'habilles correctement pendant ton séjour. Les gens d'ici se font des idées à ton propos. Ils pensent que tu... comment dire... que tu t'encanailles. »

Jean Louise était consternée. La guerre de Cent Ans était entrée dans sa vingt-septième année sans qu'on vît poindre la moindre trêve à l'horizon, exception faite de quelques fragiles accalmies.

« Tatie, dit-elle. Je suis venue ici pour me reposer pendant ces deux semaines, purement et simplement. Je ne suis même pas sûre de mettre les pieds dehors une seule fois. Je me démène toute l'année... »

Elle se leva et se dirigea vers l'âtre, jeta un coup d'œil au manteau de cheminée, puis se retourna. « Les gens de Maycomb se font toujours des idées – alors celle-là ou une autre... Et s'il y a bien une chose à laquelle ils ne sont pas habitués, c'est à me voir sur mon trente-et-un. » Elle ajouta, avec une certaine patience : « Écoute, s'ils me voyaient débouler habillée du dernier chic, ils me reprocheraient de faire ma New-Yorkaise. Et d'un autre côté, si j'ai bien compris, ils pensent que je me fiche de ce qu'ils pensent quand je me balade en pantalon. Mon Dieu, Tatie, Maycomb sait bien que je n'ai jamais porté que des salopettes jusqu'à mes premières règles... »

Atticus en oublia ses mains. Il se pencha pour lacer ses chaussures déjà parfaitement lacées et se redressa, le visage rubicond mais imperturbable. « Ça suffit, Scout, dit-il. Présente tes excuses à ta tante.

Ne commence pas à semer la zizanie alors que tu viens tout juste d'arriver. »

Jean Louise sourit à son père. Pour signifier sa désapprobation, il l'appelait toujours par son surnom de jeunesse. Elle soupira. « Je suis désolée, ma tante. Je suis désolée, Hank. Je suis persécutée, Atticus.

— Eh bien dans ce cas, retourne à New York et sois aussi désinhibée qu'il te plaira. »

Alexandra se leva et lissa les divers plis qui froissaient sa mise, des pieds à la tête. « As-tu mangé dans le train ?

— Oui, mentit-elle.

— Un café, alors ?

— S'il te plaît.

— Hank ?

— Avec plaisir, merci. »

Alexandra quitta la pièce sans consulter son frère. Jean Louise demanda : « Toujours pas converti au café ?

— Non, dit son père.

— Whiskey non plus ?

— Non.

— Tabac ? Femmes ?

— Non.

— Et comment fais-tu pour t'amuser, ces temps-ci ?

— Ne t'inquiète pas pour ça. »

Jean Louise fit semblant de tenir un club de golf entre ses mains. « Et de ce côté-là ? demanda-t-elle.

— Mêle-toi de ce qui te regarde.

— Tu sais encore te servir d'un putter ?

— Oui.

— Tu ne te débrouillais pas trop mal dans le temps, pour un aveugle.

— Je n'ai aucun problème de ce…

— Aucun, sauf que tu n'y vois rien.

— Aurais-tu l'obligeance de fournir une preuve de ce que tu avances ?

— Avec plaisir, père. Demain, trois heures, ça te va ?

— Oui. Non. J'ai une réunion. Lundi ? Hank, on a quelque chose de prévu lundi après-midi ? »

Hank se redressa. « Non, rien, à part ce prêt immobilier à treize heures. Ça ne devrait pas prendre plus d'une heure. »

Atticus dit à sa fille : « Alors compte sur moi. Et quelque chose me dit, jeune effrontée, que le plus aveugle de nous deux ne sera pas forcément celui qu'on croit… »

Devant la cheminée, Jean Louise avait attrapé un vieux club de golf en bois tout noirci, recyclé depuis de nombreuses années en tisonnier. Elle vida un ancien crachoir de son contenu – des balles de golf –, le posa sur le flanc, s'entraîna à quelques putts au beau milieu du salon, et elle était en train de remettre les balles dans le crachoir lorsque sa tante revint, apportant sur un plateau le café, les tasses, les soucoupes et le gâteau.

« Entre toi, ton père et ton frère, dit Alexandra, cette moquette est dans un état lamentable. Hank, quand je suis venue m'occuper de cette maison, la première chose que j'ai faite, c'est de teindre cette moquette de la couleur la plus sombre possible. Tu te rappelles à quoi elle ressemblait ? Il y avait une bande noire d'ici à la cheminée, impossible de la ravoir...

— Je me souviens, madame, dit Hank. Je crains d'y être moi-même pour quelque chose. »

Jean Louise replaça le club à côté des autres tisonniers, rassembla les balles de golf et les lança une par une dans le crachoir. Puis elle s'assit sur le canapé et regarda Hank ramasser les balles qui avaient manqué leur cible. Je ne me lasse pas de le voir bouger, se dit-elle.

Il revint s'asseoir, avala une tasse de café brûlant à une vitesse effrayante et dit : « Mr. Finch, je ferais mieux d'y aller.

— Attends-moi, je t'accompagne, dit Atticus.

— Vous vous sentez d'attaque, monsieur ?

— Absolument. Jean Louise, dit-il tout à trac, qu'est-ce qu'on raconte dans les journaux sur ce qui se passe ici ?

— Politiquement, tu veux dire ? Eh bien, chaque fois que le gouverneur commet une indiscrétion, les tabloïds en font leurs gorges chaudes, mais sinon, rien.

— Je voulais parler des prétentions à l'immortalité de la Cour Suprême[1].

— Ah, ça. Eh bien, à en croire le *Post*, on lynche à tour de bras au petit déjeuner ; le *Journal* s'en

---

1. Allusion à l'arrêt « Brown v. Board of Education » rendu par la Cour Suprême américaine le 17 mai 1954, déclarant inconstitutionnelle la ségrégation raciale dans les écoles publiques et marquant ainsi un tournant décisif dans l'histoire de la déségrégation aux États-Unis. (*Toutes les notes sont du traducteur.*)

fiche éperdument ; et le *Times* est tellement obnubilé par son devoir envers la postérité que sa lecture est d'un ennui mortel. Je n'ai pas vraiment fait attention, à part la grève des bus et cette histoire dans le Mississippi. Atticus, le fait que l'État ne soit pas condamné dans cette affaire, c'est la pire bourde qu'on ait commise depuis la charge de Pickett pendant la bataille de Gettysburg.

— Oui, tu as raison. J'imagine que les journaux s'en sont donné à cœur joie ?

— Ils étaient hystériques.

— Et la NAACP[1] ?

— Eux, je ne les connais pas, sinon à cause de leurs autocollants de Noël, qu'un assistant malavisé m'a envoyés l'année dernière. Du coup, je m'en suis servie pour décorer toutes mes cartes de vœux. Cousin Edgar a bien reçu la sienne ?

— Oh que oui. Et il m'a donné quelques petits conseils à ton propos, dit son père en affichant un large sourire.

— À savoir ?

— Il m'a dit que je devrais aller à New York, t'attraper par la peau du cou et t'administrer une bonne déculottée. Edgar t'a toujours regardée d'un mauvais œil, il dit que tu es trop indépendante...

— Jamais eu un gramme d'humour, ce vieux poisson-chat obséquieux. Exactement ça : de la moustache partout et une bouche de poisson-chat.

---

1. National Association for the Advancement of Colored People : principale association de défense des droits civiques des Noirs aux États-Unis.

38

J'imagine qu'à ses yeux, le fait que je vive seule à New York revient à dire que je vis dans le péché ?

— C'est à peu près ça », dit Atticus. Il se leva de son fauteuil à grand-peine et fit signe à Henry qu'il était prêt à y aller.

Henry se tourna vers Jean Louise. « Sept heures et demie, ma belle ? »

Elle acquiesça, puis jeta un regard en coin à sa tante. « Ça ira si je reste en pantalon ?

— Non, mademoiselle.

— Bien dit, Hank », approuva Alexandra.

3

Aucun doute possible à ce sujet, Alexandra Finch Hancock était une femme imposante à tous égards : aussi inflexible vue de dos que de face. Jean Louise s'était souvent demandé, sans jamais poser la question, où elle trouvait ses corsets. Ils propulsaient sa poitrine à des hauteurs vertigineuses, lui étranglaient les reins et faisaient doubler de volume son arrière-train, au point de donner l'illusion qu'elle avait eu dans sa jeunesse une taille de guêpe.

Parmi tous les membres de sa famille, personne ne savait provoquer avec une telle constance l'agacement de Jean Louise. La sœur de son père ne s'était jamais montrée ouvertement hostile à son égard – pas plus qu'envers n'importe quelle autre créature vivante, hormis les lapins qui dévoraient ses azalées et qu'elle empoisonnait – mais elle s'était débrouillée pour faire de la vie de sa nièce un enfer, autrefois, à son rythme et à sa façon. Depuis que Jean Louise était devenue adulte, elles n'avaient jamais réussi à tenir plus d'un quart d'heure de conversation sans se heurter à des points de vue inconciliables, phénomène qui en amitié peut se révéler stimulant mais n'aboutit jamais, dans les relations familiales, qu'à une froide cordialité empreinte de malaise. Il y avait tant de choses chez Alexandra qui faisaient la joie de Jean Louise en secret lorsqu'un demi-continent les séparait, qui face à face l'irritaient au plus haut point mais devenaient insignifiantes dès lors qu'elle se donnait la peine de réfléchir aux motivations de sa tante. Alexandra était l'une de ces personnes qui traversent l'existence sans qu'il leur en coûte rien ; eût-elle été contrainte de payer une quelconque facture émotionnelle au cours de son séjour terrestre, Jean Louise l'imaginait bien, sitôt arrivée au paradis, faire un esclandre au bureau des réclamations pour exiger d'être remboursée.

Alexandra était mariée depuis trente-trois ans ; si cela avait eu un effet quelconque sur elle, dans un sens ou dans l'autre, elle n'en montrait jamais rien. Elle avait engendré un fils, Francis, qui de l'avis de Jean Louise avait l'allure et les manières d'un cheval, et qui avait quitté Maycomb depuis belle lurette pour épouser un glorieux destin de courtier en assurances à Birmingham. Ce qui n'était pas plus mal.

Alexandra avait été mariée – et l'était toujours, techniquement – à un grand type placide du nom de James Hancock, lequel passait les six premiers jours de sa semaine à gérer d'une férule consciencieuse un entrepôt de coton et le septième à pêcher. Un dimanche, il y avait de cela quinze ans, il avait envoyé un jeune Noir, parmi l'équipage avec lequel il était parti taquiner le goujon sur la rivière Tensas, informer son épouse qu'il restait là-bas et ne reviendrait pas. Alexandra prit soin de s'assurer qu'il ne la quittait pas pour une autre femme, mais pour le reste, la défection de son mari ne lui fit ni chaud ni froid. Le jeune Francis, en revanche, choisit de faire de cet incident la croix qu'il porterait toute sa vie ; il ne comprit jamais pourquoi son oncle Atticus était resté en excellents termes, quoique à distance, avec son père – Atticus, pensait Francis, aurait dû « Faire Quelque Chose » – ni pourquoi le comportement excentrique et donc impardonnable de son géniteur n'avait pas plongé sa génitrice dans l'accablement et la prostration. Oncle Jimmy, ayant eu vent de la réaction de Francis, envoya du fond des bois un autre message : il se tenait prêt à une confrontation avec son fils, si l'envie de ce dernier était de venir lui tirer une balle dans la tête, mais Francis ne bougea pas, ce qui lui valut une troisième communication paternelle, laquelle disait en substance : *si tu n'es pas disposé à venir ici me parler d'homme à homme, ferme-la.*

La désertion de Jimmy ne provoqua pas la moindre vaguelette sur l'horizon étale de l'existence d'Alexandra : les collations qu'elle servait pour la Société missionnaire étaient toujours les meilleures de la ville ; ses activités au sein des trois associations culturelles de Maycomb fleurirent ; sa collection de verre dépoli s'enrichit lorsque Atticus parvint à arracher un peu d'argent à Oncle Jimmy ; en un mot comme en cent, elle méprisait les hommes et ne se portait jamais mieux que lorsqu'elle était loin d'eux. Elle ne s'avisa même pas de ce que son fils, selon toutes les apparences, avait rejoint la fanfare – tout ce qui lui importait, c'était qu'il reste à Birmingham, loin d'elle, car il lui vouait une adoration qui confinait au harcèlement, l'obligeant à prendre sur elle pour lui témoigner en retour une affection qu'elle avait quelque difficulté à éprouver spontanément.

Aux yeux de tous les acteurs de la vie du comté, cependant, Alexandra était le dernier spécimen de son espèce : elle avait les manières d'une demoiselle de pensionnat de province, prompte à monter au créneau dès qu'il était question de moralité, à exprimer sa désapprobation et à colporter tous les ragots possibles et imaginables.

À l'époque où Alexandra avait accompli ses humanités de jeune fille, aucun manuel n'enseignait l'art de se remettre en question, aussi n'apprit-elle jamais la signification d'une telle discipline : elle ne s'ennuyait jamais, et prenait prétexte de la moindre occasion pour exercer sa prérogative royale : organiser, conseiller, avertir et menacer.

Elle ne se rendait absolument pas compte que, d'une simple tournure de phrase, elle pouvait plonger Jean Louise dans les affres du désarroi moral, poussant sa nièce à douter de ses propres intentions, même les meilleures, en titillant la fibre protestante et philistine de sa conscience jusqu'à la faire vibrer telle une cithare spectrale. S'il était jamais venu à l'idée d'Alexandra d'attaquer sciemment Jean Louise sur ses points faibles, elle aurait pu accrocher un autre scalp à sa ceinture, mais Jean Louise connaissait bien son ennemie, pour avoir passé de nombreuses années à l'étudier d'un point de vue tactique. Quoiqu'elle fût capable de la percer à jour, toutefois, elle n'avait pas encore appris à réparer les dommages qu'elle pouvait causer.

Leur dernière altercation avait eu lieu lors de la mort du frère de Jean Louise. Après l'enterrement de Jem, elles s'étaient retrouvées toutes les deux dans la cuisine, à débarrasser les restes des libations tribales qui font partie de la mort à Maycomb. Calpurnia, la vieille cuisinière des Finch, avait fui la maison dès qu'elle avait appris le décès de Jem, et n'était pas revenue. Alexandra attaqua comme Hannibal : « Je crois, Jean Louise, qu'il est temps que tu rentres pour de bon à la maison. Ton père a grand besoin de toi. »

Jean Louise, échaudée par sa longue expérience, se raidit aussitôt. Menteuse, se dit-elle. Si Atticus avait besoin de moi, je le saurais. Je ne pourrais pas t'expliquer comment je le sais, parce que je n'ai pas encore trouvé le moyen de me faire comprendre de toi. « Besoin de moi ? dit-elle.

— Oui, ma chérie. Je suis sûre que tu en es consciente. Je ne devrais pas avoir à te dire les choses. »

Me dire les choses. M'installer à résidence. Toujours à venir marcher sur les plates-bandes de notre intimité avec tes gros sabots. Alors que lui et moi n'avons jamais ne serait-ce qu'évoqué le sujet.

« Tatie, si Atticus a besoin de moi, tu sais bien que je resterai. Pour l'instant, il a autant besoin de moi que d'un trou dans la tête. Nous serions malheureux tous les deux ensemble dans cette maison. Il le sait, je le sais. Tu ne comprends donc pas qu'il nous faut reprendre nos vies là où elles en étaient, sans quoi il nous faudra infiniment plus de temps pour nous en remettre ? Tatie, je sais que tu ne peux pas comprendre, mais je t'assure, la seule manière dont je puisse m'acquitter de mon devoir envers Atticus, c'est de continuer à faire ce que je fais – continuer à vivre ma vie comme avant. La seule fois où Atticus aura besoin de moi, c'est le jour où sa santé lui fera défaut, et je n'ai pas à te dire ce que je ferai alors. Tu ne comprends donc pas ? »

Non, elle ne comprenait pas. Alexandra comprenait ce que comprenait Maycomb, à savoir que toute fille devait obéir à son devoir. Et le devoir d'une fille unique envers son père endeuillé par le veuvage et la mort de son fils unique était clair : Jean Louise devait rentrer à la maison et vivre auprès d'Atticus. Voilà ce que devait faire une fille, et celle qui ne le faisait pas n'était pas une fille digne de ce nom.

« ... tu pourrais trouver du travail à la banque, et aller au bord de la mer le week-end. Il y a toute une population charmante à Maycomb aujourd'hui ; plein de jeunes gens. Tu aimes peindre, non ? »

Si elle aimait peindre ! Bon sang mais que s'imaginait Alexandra de ses soirées new-yorkaises ? Sans doute la même chose que Cousin Edgar. Cours de dessin tous les soirs de la semaine à huit heures. Les jeunes filles faisaient des esquisses, des aquarelles, écrivaient de brefs paragraphes d'une prose rêveuse. Pour Alexandra, il y avait une différence de taille – et de goût – entre un peintre et quelqu'un qui peint, entre un écrivain et quelqu'un qui écrit.

« ... il y a de magnifiques panoramas sur la côte, et tu aurais tes week-ends libres. »

Doux Jésus. Elle vient me faire la leçon au moment où je ne sais plus où j'en suis et dresser le plan tout tracé de mon existence. Comment peut-elle être sa sœur et ne pas avoir la moindre idée de ce qu'il a dans la tête, de ce que j'ai dans la tête, de ce que n'importe qui a dans la tête ? Oh Seigneur, pourquoi ne nous as-tu pas doués d'une langue propre à nous faire comprendre d'Alexandra ? « Tatie, c'est facile de dire aux gens ce qu'ils doivent faire…

— … mais très difficile de les amener à le faire. C'est la raison principale pour laquelle le monde va si mal : les gens ne font pas ce qu'on leur dit. »

La chose était entendue, irrévocablement. Jean Louise resterait à la maison. Alexandra en informerait Atticus, et il serait le plus heureux des hommes.

« Tatie, je ne resterai pas à la maison, et si je restais, Atticus serait le plus malheureux des hommes… Mais ne t'inquiète pas, Atticus comprend parfaitement, et je suis sûre que lorsque tu leur expliqueras, Maycomb comprendra aussi. »

La lame s'enfonça d'un coup dans la plaie : « Tu sais, Jean Louise, ta désinvolture a causé bien du souci à ton frère, jusqu'au jour de sa mort ! »

Il pleuvait doucement sur sa tombe à présent, en cette soirée étouffante de chaleur. Tu n'en as jamais parlé, tu n'as même jamais pensé une chose pareille ; si tu l'avais pensé, tu l'aurais dit. Tu étais comme ça. Repose en paix, Jem.

À son tour, elle remua le couteau : je suis désinvolte, d'accord. Égoïste, têtue, je mange trop, et je me fais l'effet d'être le Livre de la prière commune. Dieu me pardonne de ne pas faire ce que je devrais et de faire ce que je ne devrais pas – oh et puis au diable !

Elle était repartie à New York la conscience en proie à une agitation que même Atticus ne put apaiser.

C'était il y a deux ans ; Jean Louise avait très vite cessé de s'en faire pour sa désinvolture, et Alexandra l'avait désarçonnée en accomplissant le seul et unique geste généreux de toute son existence : quand l'arthrite d'Atticus s'était déclarée, elle était venue vivre avec lui. Jean Louise en avait éprouvé reconnaissance et humilité. Si Atticus avait su que sa sœur et sa fille avaient conclu un pacte dans son dos, il ne le leur aurait jamais pardonné. Il n'avait besoin de personne, mais c'était une excellente idée que d'installer quelqu'un à demeure pour veiller sur lui, l'aider à boutonner ses chemises quand ses mains le trahissaient, et tenir la maison. Il y a encore six mois, c'était Calpurnia qui s'occupait de tout cela, mais elle avait beaucoup vieilli, si bien que c'était lui qui se chargeait de l'essentiel des tâches ménagères, et Calpurnia avait fini par retourner dans son quartier pour profiter d'une retraite bien méritée.

« Laisse, Tatie, je vais le faire », dit Jean Louise en voyant Alexandra débarrasser la table. Elle se leva et s'étira. « Je me sens complètement engourdie.

— Il n'y a que ces quelques tasses, dit Alexandra. Ça ne me prendra qu'une minute. Ne bouge pas. »

Jean Louise ne bougea pas, et regarda autour d'elle. Les vieux meubles rendaient bien dans cette nouvelle maison. Elle jeta un coup d'œil du côté de la salle à manger et aperçut l'argenterie de sa mère, la carafe, les gobelets et le plateau posé sur la desserte qui étincelaient sur le fond vert pâle du mur.

Quel homme incroyable, se dit-elle. Un chapitre de sa vie se clôt, Atticus démolit la vieille baraque et s'en construit une autre dans un nouveau quartier de la ville. Moi, je ne pourrais pas. Il y a désormais un marchand de glaces à la place de l'ancienne maison. Je me demande qui tient la boutique.

Elle rejoignit sa tante dans la cuisine.

« Et New York alors ? Raconte un peu, dit Alexandra. Tu veux finir le café avant que je le jette ?

— Je veux bien, merci.

— Ah, au fait, j'ai organisé un Café pour toi lundi matin.

— Tatie ! » grogna Jean Louise. Les « Cafés » étaient une spécialité de Maycomb. On les organisait en l'honneur des jeunes filles qui rentraient au bercail. Ces demoiselles devaient faire leur apparition à dix heures trente précises, dans le but exprès de donner tout loisir aux autres jeunes femmes du même âge restées enlisées à Maycomb de les observer sous toutes les coutures. Il était rare que des amitiés d'enfance soient renouées dans de telles circonstances.

Jean Louise avait perdu de vue presque tous ceux avec qui elle avait grandi et n'avait aucun désir particulier de redécouvrir les compagnons de son adolescence. Elle se souvenait de l'école comme de la période la plus malheureuse de son existence, elle repensait au lycée de jeunes filles qu'elle avait fréquenté avec une absence d'émotion qui confinait à l'insensibilité, rien ne lui était plus désagréable que de se retrouver au milieu d'un groupe d'anciens amis qui jouaient à Tu-Te-Souviens-de-ce-Bon-Vieux-Untel-ou-Unetelle.

« La perspective d'un Café m'horrifie à un point que tu n'imagines pas, dit-elle, mais j'en veux bien un.

— J'en étais sûre, ma chérie. »

Un élan de tendresse la submergea. Elle ne pourrait jamais assez exprimer sa gratitude à Alexandra d'être venue s'occuper d'Atticus. Elle se trouvait minable d'avoir traité sa tante avec autant de sarcasme durant toutes ces années, elle qui, en dépit de ses corsets, était douée d'une ingénuité et d'une forme de raffinement dont Jean Louise elle-même serait toujours dépourvue. Oui, c'est vraiment la dernière de son espèce, se dit-elle. Aucune guerre ne l'avait entamée, et elle en avait pourtant connu trois ; rien n'avait jamais perturbé le monde dans lequel elle vivait, un monde où les messieurs fumaient sur la véranda ou dans des hamacs tandis que les dames jouaient de l'éventail en buvant de l'eau fraîche.

« Comment se porte Hank ?

— À merveille, ma chérie. Tu sais que le Kiwanis Club l'a élu Homme de l'Année. Ils lui ont offert un magnifique parchemin.

— Non, je ne savais pas. »

Élu Homme de l'Année par le Kiwanis Club, une innovation maycombienne d'après-guerre, cela voulait dire en général Jeune Homme Promis à un Beau Destin.

« Atticus était si fier de lui. Il dit que Henry ne connaît pas encore la signification du mot "contrat" mais qu'il se débrouille très bien dans le domaine fiscal. »

Jean Louise sourit. Son père disait toujours qu'il fallait au moins cinq ans pour apprendre le droit une fois qu'on avait fait son droit : deux années à étudier l'économie, deux autres à se familiariser avec les rouages de la justice à la mode de l'Alabama, et la cinquième à relire la Bible et Shakespeare. Alors, et alors seulement, on était fin prêt à faire face à toutes les situations.

« Que dirais-tu si Hank devenait ton neveu ? »

Alexandra, qui était en train de se sécher les mains avec un torchon, se figea. Elle se tourna vers Jean Louise et la regarda droit dans les yeux. « Tu es sérieuse ?

— Peut-être.

— Ne te précipite pas, ma chérie.

— Me précipiter ? J'ai vingt-six ans, Tatie, et je connais Hank depuis toujours.

— Oui, mais…

— Quoi ? Tu désapprouves ?

— Ce n'est pas ça, mais… Jean Louise, fréquenter un garçon, c'est une chose, l'épouser en est une autre. Il faut tout bien peser. Le parcours de Hank…

— … est très exactement le même que le mien. On a littéralement grandi main dans la main.

— Il y a des histoires d'alcool dans cette famille…

— Tatie, il y a des histoires d'alcool dans toutes les familles. »

Alexandra se raidit. « Pas chez les Finch.

— Tu as raison. Nous, nous sommes juste une famille de dingues.

— C'est faux et tu le sais, dit Alexandra.

— Je te rappelle que Cousin Joshua était fou à lier.

— Tu sais bien que ça venait de l'autre branche de la famille. Jean Louise, il n'y a pas plus valeureux jeune homme que Henry Clinton. Il ferait un merveilleux mari pour n'importe quelle jeune femme, mais...

— ... mais selon toi, un Clinton ne sera jamais digne d'une Finch. Ma très chère tante, ce genre de considérations n'a plus cours depuis la Révolution française – à moins que ça ne date de cette époquelà au contraire, je ne sais jamais...

— Ce n'est pas du tout ce que je dis. Je dis simplement que tu devrais faire attention. »

Jean Louise souriait, et elle se sentait prête à parer toutes les attaques. Ça recommençait. Seigneur, mais qu'est-ce qui m'a pris d'aborder le sujet ? Elle aurait pu se gifler. Tante Alexandra, si l'occasion s'était présentée, aurait choisi pour Henry une jolie petite plouc de Wild Fork et les aurait bénis de son consentement. Voilà quelle était la place de Henry dans la vie à ses yeux.

« Eh bien je ne sais pas ce qu'il te faut, Tatie. Atticus serait enchanté que Hank devienne officiellement membre de notre famille. Rien ne pourrait lui faire plus plaisir, tu le sais. »

De fait, Atticus avait observé Henry faire la cour à sa fille d'un œil objectif et bienveillant, allant jusqu'à lui donner des conseils quand il lui en demandait, même s'il s'était toujours catégoriquement refusé à intercéder en sa faveur.

« Atticus est un homme. Il ne connaît rien à ces choses-là. »

Jean Louise commençait à grincer des dents. « Quelles choses, ma tante ?

— Bon, écoute, Jean Louise, si tu avais une fille, que souhaiterais-tu pour elle ? Le meilleur, naturellement. Tu n'as pas l'air de t'en rendre compte – comme tous les jeunes gens de ton âge, d'ailleurs –, mais qu'est-ce que tu dirais si ta fille voulait épouser un homme dont le père a abandonné le foyer familial pour finir ivre mort sur une voie ferrée à Mobile ? Cara Clinton était une bonne âme, et elle a eu une vie bien triste, et toute cette histoire était bien triste, mais si tu songes vraiment à épouser le produit d'une telle union, tu ferais mieux d'y réfléchir à deux fois. Ce n'est pas quelque chose à prendre à la légère. »

Non, en effet. Une image traversa l'esprit de Jean Louise : des bésicles cerclées d'or, plantées sur un visage sévère, un regard perçant sous une perruque posée de traviole et un doigt crochu qui s'agite en l'air. Elle déclama :

« *C'est de spiritueux, messieurs, qu'il est ici question ;*
Vous me demandez conseil ? Voici ce que je vous
*   réponds :*
Il la bat comme plâtre, dites-vous, sous l'emprise de
*   la boisson ;*
Eh bien donnons-lui à boire, messieurs, et vérifions ! »

Cela ne fit pas du tout rire Alexandra. Elle était extrêmement contrariée. Elle ne comprenait décidément rien aux jeunes gens d'aujourd'hui. Non qu'il fût besoin de les comprendre – les jeunes étaient toujours les mêmes, à chaque génération –, mais cette effronterie, ce refus de prendre au sérieux les questions les plus graves de leur existence la confondaient et l'irritaient au plus haut point. Jean Louise risquait de commettre la pire erreur de toute sa vie, et la voilà qui s'amusait à réciter des bouffonneries, à se moquer d'elle. Cette fille aurait dû avoir une mère. Atticus lui avait lâché la bride dès l'âge de deux ans, et voyez ce qu'était devenu l'animal. Il fallait à présent la ramener dans le droit chemin, et sans prendre de gants, avant qu'il ne soit trop tard.

« Jean Louise, dit-elle, je voudrais te rappeler certains faits élémentaires de l'existence. Non, fit-elle en levant la main pour empêcher sa nièce de l'interrompre, je suis certaine que tu les connais déjà, mais tu as beau faire ta maligne, il y a des choses que tu ignores, et Dieu soit loué je vais te les apprendre. Tu es plus innocente qu'un œuf pondu du matin, et le fait que tu vives dans la grande ville n'y change absolument rien. Henry n'est pas et ne sera jamais un mari convenable pour toi. Nous autres les Finch n'épousons pas les rejetons des culs-terreux, ce qui est très exactement ce que les parents de Henry ont toujours été, des culs-terreux, du jour de leur naissance jusqu'à celui de leur mort. Il n'y a pas d'autre terme. Si Henry est devenu ce qu'il est devenu, c'est uniquement parce que ton père l'a pris sous son aile quand il était petit et parce qu'il y a eu la guerre, qui lui a permis de financer ses études. C'est peut-être un jeune homme respectable, mais c'est un cul-terreux : vulgaire il est et vulgaire il restera.

« As-tu jamais remarqué la façon dont il se lèche les doigts quand il mange une part de gâteau ? Vulgaire. As-tu jamais remarqué qu'il ne met pas la main devant sa bouche quand il tousse ? Vulgaire. Savais-tu qu'il a mis une fille dans une situation embarrassante à l'université ? Vulgaire. As-tu jamais

54

remarqué qu'il se cure le nez quand il se croit à l'abri des regards ? Vulgaire...

— Ce n'est pas parce qu'il est vulgaire, Tatie, c'est parce que c'est un homme », dit Jean Louise d'une voix posée. Intérieurement, elle bouillonnait. Encore quelques minutes à ce régime-là, et elle serait à point. Vulgaire... Je lui en donnerai, moi, de la vulgarité... Elle est incapable de simplicité, comme Hank et moi... D'ailleurs je ne sais pas ce dont elle est capable, mais elle a intérêt à me lâcher, ou bien c'est moi qui me lâche...

« ... et pour couronner le tout, il croit qu'il peut se faire une place au soleil dans cette ville en collant aux basques de ton père. Rien que d'y penser ! Quand je le vois essayer de lui prendre son siège à l'Église méthodiste, de lui piquer son cabinet, quand je le vois courir la campagne au volant de sa voiture... Enfin quoi, il se comporte dans cette maison comme si c'était déjà la sienne – et Atticus, que fait-il ? Il accepte, voilà ce qu'il fait. Et bien volontiers encore. Pourquoi, à ton avis, entend-on dire partout à Maycomb que Henry Clinton essaie de mettre le grappin sur tout ce qu'Atticus a jamais... »

Jean Louise s'arrêta de tracer des cercles du bout du doigt sur le bord d'une tasse posée à sécher sur l'évier. Elle laissa tomber une goutte d'eau par terre, qu'elle essuya d'un coup de semelle comme si elle voulait l'incruster dans le linoléum.

« Tatie, dit-elle d'un ton aimable, fais-moi plaisir : va cracher ton venin ailleurs. »

*

Le rituel qu'observaient Jean Louise et son père tous les samedis soir remontait à trop longtemps pour être brisé. Jean Louise entra dans le salon et se planta devant le fauteuil où Atticus était en train de lire le *Mobile Press*. Elle s'éclaircit la voix.

Son père leva le nez de son journal. Elle tourna lentement sur elle-même.

« Ma robe est bien fermée ? La couture de mes bas est bien droite ? Pas d'épi dans les cheveux ?

— Il est sept heures et tout va bien, dit Atticus. Tu as insulté ta tante.

— Moi ? Non.

— Elle me dit que si.

— J'ai été injurieuse, mais je ne l'ai pas injuriée. » Quand Jean Louise et son frère étaient petits, Atticus leur avait expliqué qu'il existait une distinction subtile entre le blasphème et l'insulte. Il tolérait celle-ci, tant qu'on n'y mêlait pas le Seigneur. En conséquence, Jean Louise et son frère ne juraient jamais en sa présence.

« C'est elle qui m'a provoquée, Atticus.

— Tu n'aurais pas dû tomber dans le piège. Qu'est-ce que tu lui as dit ? »

Jean Louise lui répéta ses paroles. Atticus fit la grimace. « Bon, eh bien tu as intérêt à te rabibocher avec elle. Ma chérie, je sais qu'elle peut monter sur ses grands chevaux parfois, mais elle est animée des meilleures intentions...

— C'était à propos de Hank et elle m'a énervée. »

Atticus était un homme de sagesse ; il laissa tomber le sujet.

Le carillon des Finch était un instrument mystique ; on pouvait deviner dans quelles dispositions d'esprit se trouvait la personne qui l'avait fait sonner. En entendant le *dii-ding !*, Jean Louise sut que c'était Henry et qu'il était d'humeur joyeuse. Elle se précipita à la porte.

Son agréable et discret parfum masculin la saisit quand il franchit le seuil, mais les effluves de mousse à raser, de tabac, de voiture neuve et de livres poussiéreux s'évaporèrent dès que lui revint en mémoire la conversation qui avait eu lieu dans la cuisine. Soudain, elle l'enlaça par la taille et se blottit contre sa poitrine.

« Que me vaut l'honneur ? demanda un Henry au comble de l'enchantement.

— Rien, question de Principe Général, mon général… Allons-y. »

Henry tendit le cou pour apercevoir Atticus, resté dans le salon. « Je vous la ramène pas trop tard, Mr. Finch. » Atticus lui répondit en agitant son journal.

Lorsqu'ils sortirent sous le ciel nocturne, Jean Louise se demanda comment Alexandra aurait réagi si elle avait su que, de toute sa vie, jamais sa nièce n'avait été aussi proche de faire un mariage vulgaire.

DEUXIÈME PARTIE

4

La ville de Maycomb, Alabama, devait son emplacement géographique à la présence d'esprit d'un dénommé Sinkfield qui, à l'aube de l'histoire du comté, tenait une auberge à la croisée de deux sentiers à cochons, alors seule taverne sur tout le territoire. Le gouverneur William Wyatt Bibb, dans le but de promouvoir la tranquillité domestique du nouveau comté, avait chargé une équipe d'arpenteurs d'en identifier le centre exact, où serait installé le siège du gouvernement ; si Sinkfield n'avait pas fait preuve de ruse et d'audace pour conserver sa propriété, Maycomb aurait été établi au beau milieu du marais de Winston, un endroit totalement dépourvu d'intérêt.

Au lieu de quoi Maycomb avait germé et étendu ses ramifications à partir de ce noyau, la taverne de Sinkfield, parce que Sinkfield, un soir, fit boire les arpenteurs, les persuada de lui montrer leurs cartes et leurs plans, puis les amena à retrancher un peu ici, ajouter un peu là et ajuster le centre du comté à sa propre convenance. Il les renvoya le lendemain avec cartes et bagages, leurs besaces lestées de cinq bouteilles de tord-boyaux – deux pour chacun et une pour le gouverneur.

Jean Louise n'avait jamais su que penser de la manœuvre de Sinkfield ; à cause de lui, la bourgade naissante se situait à trente kilomètres du seul moyen de transport public alors praticable – la rivière – et il fallait compter deux jours de voyage, en partant de la limite sud du comté, pour aller s'approvisionner à Maycomb. En conséquence, les dimensions de la ville étaient demeurées inchangées pendant plus de cent cinquante ans. Sa principale raison d'être était d'abriter le siège du pouvoir. Si Maycomb était devenu autre chose qu'une misérable petite commune de l'Alabama parmi tant d'autres, c'est à la forte proportion de sa population professionnelle qu'elle le devait : on allait à Maycomb se faire arracher les dents, réparer sa carriole, ausculter le cœur, soigner ses mules, sauver son âme et obtenir une rallonge de crédit immobilier.

Il s'y installait rarement de nouveaux arrivants. Les mêmes familles épousaient les mêmes familles, ce qui avait fini par créer un écheveau d'alliances impossible à démêler et une certaine monotonie dans la ressemblance physionomique des membres de la communauté. Jean Louise, jusqu'à la Seconde Guerre mondiale, était liée par le sang ou le mariage à presque tous les habitants de Maycomb, mais ce n'était rien comparé à la situation dans la moitié nord du comté : dans une commune du nom de Old Sarum ne coexistaient en tout et pour tout que deux familles, qui bien qu'entièrement distinctes à l'origine portaient hélas le même nom. À force de se marier entre eux, les Cunningham et les Coningham eux-mêmes ne faisaient plus la différence, et la variante orthographique entre leurs deux patronymes n'était plus qu'un détail de pure forme – du moins jusqu'au jour où un Cunningham décidait de chercher des noises à un Coningham pour une histoire de titre de propriété et en appelait à la loi. C'est à l'occasion d'une querelle de ce genre que Jean Louise avait vu, pour la seule et unique fois de sa vie, le juge Taylor rester pétrifié en plein tribunal. Jeems Cunningham avait déclaré à la barre que sa mère épelait parfois son nom Cunningham, sur divers papiers officiels ou autres, mais qu'en réalité c'était une Coningham, que l'orthographe n'était pas son fort et qu'il lui arrivait de passer de longs moments le regard dans le vide, assise sur sa véranda. Après avoir écouté pendant neuf heures d'affilée les élucubrations des bonnes gens de Old Sarum, le juge Taylor avait prononcé un non-lieu pour plainte abusive ; il espérait de tout cœur, avait-il ajouté, prenant Dieu à témoin, que les plaignants étaient satisfaits d'avoir pu chacun faire état de leurs griefs en public. Ils l'étaient. C'était tout ce qu'ils voulaient dès le départ.

La première rue pavée de Maycomb ne vit le jour qu'en 1935, grâce à F. D. Roosevelt, et encore, ce n'était pas une rue à proprement parler. Pour une raison mystérieuse, le Président décida qu'il fallait aménager le terrain vierge entre la porte principale de l'école élémentaire de Maycomb et les deux fossés adjacents qui délimitaient la propriété ; l'aménagement dûment réalisé entraîna, côté enfants, toute une série de genoux écorchés et de fractures du crâne et, de la part du directeur de l'école, une proclamation solennelle interdisant de jouer à l'épervier sur les pavés de la cour. Ainsi le germe de l'indépendance étatique fut-il planté dans les cœurs de la génération de Jean Louise.

La Seconde Guerre mondiale eut un effet sur Maycomb : ceux de ses garçons qui en revinrent en rapportèrent de drôles d'idées, ils voulaient faire fortune et rattraper à tout prix le temps perdu. Ils repeignirent les maisons de leurs parents dans des couleurs atroces, ils blanchirent à la chaux les façades des magasins de Maycomb et y accrochèrent des enseignes au néon, ils construisirent leurs propres maisons, en brique rouge, sur d'anciens arpents de maïs et autres bosquets de pins, ils défigurèrent la vieille bourgade. Les rues de Maycomb furent non seulement pavées mais baptisées (Adeline Avenue, en hommage à Miss Adeline Clay), même si les doyens de la ville n'adoptèrent jamais cette nouvelle terminologie – la route qui passe devant la place Tompkins était une indication amplement suffisante pour se repérer. Après la guerre, toute une cohorte de jeunes métayers débarqua des quatre coins du comté pour s'installer à Maycomb, où ils firent jaillir de terre de modestes bicoques en bois pour y fonder leur famille. Personne ne savait trop de quoi ils vivaient, mais ils se débrouillaient, et ils auraient constitué une nouvelle classe sociale à part entière dans la population de Maycomb si le reste de la ville avait daigné reconnaître leur existence.

Maycomb avait peut-être changé d'apparence, mais c'étaient toujours les mêmes cœurs qui battaient dans ces nouvelles maisons, devant les robots-mixeurs et les postes de télévision. On pouvait blanchir à la chaux tant qu'on voulait, et installer des enseignes au néon grotesques, mais les vieilles poutres tenaient bon sous l'assaut et le poids de la modernité.

« Tu n'aimes pas, hein ? dit Henry. J'ai bien vu la tête que tu as faite en entrant.

— Vieux réflexe conservateur face au changement, c'est tout », dit Jean Louise entre deux bouchées de crevettes frites. Ils étaient dans la salle à manger du Maycomb Hotel, assis sur des chaises chromées à une table pour deux. Le générateur d'air conditionné imposait sa présence par un sourd grondement régulier. « La seule chose qui me plaît, c'est qu'il n'y a plus cette odeur. »

Une longue table chargée de vaisselle, une odeur de renfermé et de petits pois sautés en cuisine. « Hank, c'est quoi déjà, le Pois-Sauté-dans-la-Cuisine ?

— Hum ?

— Une sorte de jeu…

— Tu veux dire le Pois-Sauteur, ma belle. Un jeu à la corde à sauter, quand on fait tourner la corde à toute vitesse pour essayer de faire trébucher l'autre.

— Non, je crois que c'était une variante du chat perché… »

Elle n'arrivait pas à se rappeler. Au moment de mourir, sans doute cela lui reviendrait-il, mais pour l'heure rien ne surnageait dans son esprit que le souvenir d'une manche en denim et d'un cri précipité : « Poissautédanslacui-sine ! » Elle se demanda à qui appartenait ce bras de chemise, ce qu'était devenu ce garçon. Peut-être vivait-il aujourd'hui avec sa famille dans l'une de ces nouvelles petites maisons. Elle avait le sentiment étrange que le temps avait passé et l'avait oubliée en cours de route.

« Hank, allons à la rivière, dit-elle.

— Tu ne t'imagines tout de même pas que ce n'était pas prévu, si ? » Henry souriait. Il ne savait pas pourquoi, mais jamais Jean Louise ne ressemblait autant à la petite fille de jadis que lorsqu'elle se rendait à Finch's Landing : quelque chose dans l'atmosphère de cet endroit semblait la ramener à elle-même… « C'est ton côté Dr. Jekyll et Mr. Hyde, dit-il.

— Tu regardes trop la télévision.

— Parfois j'ai l'impression de te saisir, dit Henry en fermant le poing, et juste au moment où je pensais te tenir pour de bon, tu m'échappes. »

Jean Louise haussa les sourcils. « Mr. Clinton, si la femme d'expérience que je suis peut se permettre cette observation, vous dévoilez votre jeu.

— Comment ça ? »

Elle sourit en coin. « Ne sais-tu donc pas comment il faut s'y prendre pour séduire les femmes, mon chéri ? » Elle ébouriffa les cheveux ras d'une tête imaginaire, fronça les sourcils et dit : « Les femmes aiment que leurs hommes fassent preuve à la fois d'autorité et de distance, si tant est qu'une telle gageure soit possible. Qu'ils leur donnent le sentiment de n'être que de faibles créatures, surtout s'ils savent qu'elles sont capables en réalité de soulever une pleine brassée de billots de bois sans le moindre problème. Ne leur montre jamais que tu doutes et ne leur dis jamais, au grand jamais, que tu ne les comprends pas.

— Touché, ma belle, dit Henry. Mais si tu me permets une petite objection, je croyais au contraire que les femmes adorent qu'on les trouve étranges et mystérieuses.

— Non, elles adorent seulement se donner des airs étranges et mystérieux. Une fois enlevées les plumes et les paillettes, toute femme née en ce bas monde ne désire qu'une chose : un homme fort, qui la connaisse sur le bout des doigts, et qui soit non seulement son amant mais aussi un gardien d'Israël. Ridicule, non ?

— Dans ce cas, c'est un père qu'elles veulent, pas un mari.

— C'est à peu près ça, dit-elle. Les livres disent vrai sur ce chapitre.

— Tu es pleine de sagesse ce soir, dit Henry. D'où sors-tu tout ça ?

— De New York et de la vie de pécheresse que j'y mène », dit-elle. Elle alluma une cigarette et en tira une longue bouffée. « J'ai appris à force de regarder toutes ces jeunes épouses pimpantes et Madison-Avenuisées – tu comprends ce genre de langage, mon petit ? Très amusant, mais il faut avoir l'oreille –, elles se livrent à une espèce de sarabande tribale mais au fond c'est un schéma universel. Dans un premier temps, l'épouse s'ennuie à mourir parce que son mari dépense toute son énergie à gagner de l'argent et ne la regarde plus. Mais quand elle commence à récriminer, au lieu d'essayer de comprendre pourquoi, il s'en va chercher une épaule compatissante sur laquelle s'épancher. Ensuite, une fois qu'il en a marre de parler de lui, il retourne auprès de sa femme. À ce moment-là, c'est la vie en rose pendant quelque temps, mais bientôt la lassitude reprend le dessus et l'épouse se remet à hurler et c'est reparti pour un tour. Les hommes d'aujourd'hui ont transformé l'Autre Femme en divan de psy, et en plus ça leur revient beaucoup moins cher. »

Henry la dévisageait. « Je ne t'ai jamais connue aussi cynique, dit-il. Qu'est-ce qui t'arrive ? »

Jean Louise battit des paupières. « Excuse-moi, mon chéri. » Elle éteignit sa cigarette. « C'est juste que j'ai tellement peur de faire une erreur en épousant le mauvais type, un homme qui ne serait pas mon genre, je veux dire. Je ne suis pas différente d'une autre, et si je me mariais avec celui qu'il ne faut pas, il ferait de moi une mégère hystérique en un temps record.

— Et qui te dit que tu épouseras un homme qui n'est pas pour toi ? Tu sais depuis longtemps que je suis un bourreau des cœurs, non ? »

Une main noire apporta la note sur un plateau. La main lui était familière et elle leva les yeux. « Bonsoir Albert, dit-elle. Je vois qu'on vous a donné une veste blanche ?

— Oui m'dame, Miss Scout, dit Albert. Comment va New York ?

— Très bien », dit-elle, et elle se demanda qui d'autre à Maycomb se souvenait encore de Scout Finch, l'adolescente rebelle, championne inégalée de la zizanie. Personne à part Oncle Jack, peut-être, qui prenait parfois un plaisir impitoyable à lui faire honte en public en égrenant avec malice la litanie de ses frasques de jeunesse. Elle le verrait à l'église demain, et demain après-midi elle irait lui rendre une longue visite chez lui. Oncle Jack était l'une des joies inaltérables de Maycomb.

« Comment se fait-il, demanda Henry d'un air pénétré, que tu ne finisses jamais ta deuxième tasse de café après dîner ? »

Elle baissa les yeux sur sa tasse, surprise. Toute allusion à ses petites excentricités, même venant de Henry, la faisait rougir. Quelle perspicacité de la part de Hank. Pourquoi avait-il attendu quinze ans pour le lui faire remarquer ?

5

Alors qu'elle remontait dans la voiture, elle se cogna la tête contre le haut de l'habitacle. « Mer... credi ! Pourquoi n'a-t-on jamais assez de place pour monter à bord de ces fichus engins ? » Elle se frotta la tête jusqu'à ce que ses yeux y voient clair à nouveau.

« Ça va, ma belle ?

— Oui, tout va bien. »

Henry referma doucement la portière, fit le tour du véhicule et vint s'asseoir à côté d'elle. « Tu as passé trop de temps en ville, dit-il. Tu ne circules jamais en voiture là-bas, n'est-ce pas ?

— Non. Bientôt elles nous arriveront à hauteur de genoux... L'année prochaine, il faudra s'allonger pour rentrer dedans.

— Comme des boulets dans un canon, dit Henry. De Maycomb à Mobile en trois minutes montre en main.

— Une bonne vieille Buick bien mastoc suffirait à mon bonheur. Tu te rappelles ces voitures ? On y était perché à au moins un mètre cinquante du sol.

— Tu te souviens de la fois où Jem est tombé de la voiture ? dit Henry.

— Je l'ai charrié avec ça pendant des semaines ! s'esclaffa Jean Louise. Çui qu'arrive pas à aller jusqu'à Barker's Eddy sans virer par-dessus bord est rien qu'une grosse poule mouillée ! »

Dans un lointain et obscur passé, Atticus avait possédé une vieille berline décapotable, et un jour qu'il emmenait Jem, Henry et Jean Louise se baigner, il avait roulé sur une grosse bosse et Jem avait été éjecté de la voiture. Atticus avait sereinement continué à rouler jusqu'à la crique de Barker's Eddy parce que Jean Louise n'avait pas la moindre intention d'avertir son père que Jem n'était plus là et qu'elle en avait empêché Henry en lui tordant un doigt pour le faire taire. Quand ils étaient arrivés sur les berges de la petite crique, Atticus s'était retourné en s'écriant joyeusement : « Tout le monde descend ! », et son sourire s'était figé : « Où est Jem ? » Jean Louise répondit qu'il allait sûrement arriver d'une minute à l'autre. Lorsque Jem les rejoignit, essoufflé, crasseux et dégoulinant de sueur après ce sprint forcé, il passa devant eux en courant, sans s'arrêter, et plongea directement dans l'eau tout habillé. Quelques secondes plus tard, un visage rageur refit surface : « Viens, Scout ! Allez, Hank ! Même pas cap' ! » Ils relevèrent le défi, et ce jour-là Jean Louise crut bien que Jem allait la noyer, mais il finit par la lâcher : Atticus était là.

« Ils ont construit une usine de rabotage sur l'Eddy, dit Henry. On ne peut plus y nager. »

En chemin, ils s'arrêtèrent devant la buvette E-Lite et Henry donna un coup de klaxon. « Mets-nous deux améliorés, s'il te plaît, Bill », dit-il au jeune homme qui vint à leur rencontre.

À Maycomb, soit on buvait, soit on ne buvait pas. Ceux qui buvaient allaient derrière le garage, se servaient une pinte et la descendaient cul sec ; ceux qui ne buvaient pas allaient prendre un « amélioré » au E-Lite sous le couvert de la nuit : boire un ou deux verres avant ou après le dîner, chez soi, ou en compagnie d'un voisin – autrement dit de façon occasionnelle – était un phénomène inconnu. Avoir l'Alcool Occasionnel ne vous situait pas dans le haut du panier, et dans la mesure où personne à Maycomb ne s'estimait digne d'une autre strate du panier que celle du haut, l'Alcool Occasionnel n'existait tout simplement pas.

« Léger, le mien, s'il te plaît, dit-elle. Beaucoup d'eau et juste un soupçon de couleur.

— Toujours pas appris à tenir l'alcool ? demanda Henry en sortant de sous la banquette une bouteille de Seagram's Seven.

— Pas l'alcool fort », dit-elle.

Henry colora l'eau du gobelet qu'elle lui tendit. Il se servit à lui-même une ration d'homme, mélangea avec un doigt, revissa le bouchon de la bouteille calée entre ses genoux puis la rangea sous la banquette et redémarra.

« C'est parti », dit-il.

Le ronronnement des pneus sur l'asphalte la berçait. Ce qu'elle aimait par-dessus tout chez Henry Clinton, c'était qu'il la laissait garder le silence quand elle en avait envie. Elle n'était pas obligée de le divertir.

Henry n'essayait jamais de la titiller quand elle était de cette humeur. Il faisait preuve d'une patience digne du comte d'Asquith, et il savait qu'elle lui en était reconnaissante. Elle ignorait que c'était son père qui lui enseignait cette vertu. « Tout doux, fiston, lui avait dit un jour Atticus, l'une des rares fois où il s'était aventuré à lui parler de sa fille. Ne la bouscule pas. Laisse-la aller à son rythme. Pousse-la et elle deviendra plus invivable que toutes les mules du comté réunies. »

La promotion de Henry Clinton à la faculté de droit était composée de jeunes vétérans brillants et dépourvus d'humour. La compétition était féroce, mais Henry avait l'habitude de travailler dur. Toutefois, quoiqu'il n'eût guère éprouvé de difficultés à suivre la cadence et à obtenir de bons résultats, il n'avait pas appris grand-chose d'utile. Atticus Finch avait raison : le seul avantage de ses études, c'était qu'elles lui avaient permis de côtoyer les futurs politiciens, démagogues et hommes d'État de l'Alabama. On commençait à se faire une vague notion de ce qu'était le droit uniquement lorsque l'heure était venue de le mettre en pratique. Le droit commun en Alabama, par exemple, était un sujet si abscons que Henry avait dû apprendre par cœur le manuel pour avoir la moyenne. Le petit homme aigri qui leur faisait cours était le seul professeur de toute l'université assez courageux pour s'attaquer à cette matière dont lui-même, à en juger par la rigidité de son enseignement, n'avait qu'une compréhension très limitée. « Mr. Clinton, avait-il dit un jour à Henry qui avait osé remettre en cause une démonstration particulièrement épineuse, vous pouvez ratiociner jusqu'au jour du Jugement dernier si ça vous chante, mais si vos réponses ne coïncident pas avec les miennes, c'est qu'elles sont fausses. Fausses, mon jeune ami. » Guère étonnant, dès lors, que Henry ait été sidéré d'entendre Atticus lui déclarer un jour, au tout début de leur collaboration : « Plaider, ça consiste à coucher sur le papier ce que tu veux dire, et pas grand-chose d'autre. » Avec patience et discrétion, Atticus avait appris à Henry tout ce qu'il savait aujourd'hui, mais Henry se demandait parfois s'il lui faudrait attendre d'avoir atteint l'âge d'Atticus pour devenir comme maître et possesseur des complexités de sa discipline. *Tom, Tom, le fils du ramoneur...* Un vieux cas d'école, mais lequel ? Le contrat de dépôt ? Ah non, la règle numéro un du droit de propriété : possession vaut titre contre tout solliciteur à l'exception du véritable propriétaire. Le garçon avait trouvé une broche. Il regarda Jean Louise. Elle s'était assoupie.

Son véritable propriétaire à elle, c'était lui. Il n'en doutait pas. Depuis l'âge où elle lui lançait des cailloux ; depuis le jour où elle avait failli se brûler la cervelle en jouant avec de la poudre à canon ; depuis l'époque où elle lui sautait dessus par-derrière, l'immobilisait par une clé de bras et le forçait à crier « Pouce ! » ; depuis l'été où elle était tombée malade et où, en proie à une fièvre délirante, elle l'avait appelé, lui, et Jem, et Dill – Henry se demanda où était Dill aujourd'hui. Jean Louise le saurait, elle était restée en contact.

« Ma belle, où est Dill ? »

Jean Louise ouvrit les yeux. « En Italie, aux dernières nouvelles. »

Elle se redressa sur son siège. Charles Baker Harris. Dill, l'ami si cher à son cœur. Elle bâilla et regarda l'avant de la voiture avaler la ligne blanche de la route. « Où sommes-nous ?

— Encore une quinzaine de kilomètres.

— On sent déjà la rivière, dit-elle.

— Tu dois être moitié alligator, dit Henry. Moi je ne sens rien.

— Tom-aux-deux-griffes rôde toujours dans les parages ? »

Tom l'Alligator-aux-deux-griffes vivait partout où il y avait une rivière. C'était un génie : il creusait des tunnels sous Maycomb et dévorait les poulets des fermiers pendant la nuit ; une fois, on l'avait pourchassé de Demopolis jusqu'à Tensas. Il était aussi vieux que le comté de Maycomb.

« On l'apercevra peut-être ce soir.

— Qu'est-ce qui t'a fait penser à Dill ? demanda-t-elle.

— Je ne sais pas. Je pensais à lui, c'est tout.

— Tu ne l'as jamais beaucoup aimé, pas vrai ? »

Henry sourit. « J'étais jaloux de lui. Il vous avait, toi et Jem, pour lui tout seul pendant tout l'été, tandis que moi je devais rentrer à la maison dès la fin des cours. Je n'avais personne avec qui m'amuser, chez moi. »

Elle ne dit rien. Le temps s'arrêta, fit demi-tour et repartit lentement en arrière. D'une certaine manière, c'était toujours l'été à cette époque-là. Hank était chez sa mère et injoignable, et Jem devait se contenter de sa sœur pour toute compagnie. Les journées étaient longues, Jem avait onze ans, le décor était planté.

Ils étaient sur la véranda, l'endroit de la maison où il faisait le plus frais. C'est là qu'ils dormaient, toutes les nuits, de début mai à fin septembre. Jem, allongé sur son sac de couchage, un livre à la main depuis le lever du jour, lui mit un magazine de football sous le nez, pointa du doigt une photo et dit : « C'est qui ça, Scout ?

— Johnny Mack Brown. On joue aux histoires ? »
Jem agita la page devant elle. « Et ça alors, c'est qui ?

— Toi, dit-elle.

— OK. Appelle Dill. »

Il n'était pas nécessaire d'appeler Dill. Les choux frissonnaient dans le jardin de Miss Rachel, le portillon de la clôture grinçait, et Dill était avec eux. Dill était une curiosité, parce qu'il venait de Meridian, Mississippi, et qu'il connaissait le monde. Il venait passer chaque été à Maycomb chez sa grand-tante, la voisine des Finch. Il était petit, trapu, des cheveux comme une boule de coton et le visage d'un ange, rusé comme une hermine. Il avait un an de plus qu'elle, mais elle le dépassait d'une tête.

« Salut, fit Dill. On joue à Tarzan aujourd'hui. C'est moi qui fais Tarzan.

— Tu peux pas faire Tarzan, dit Jem.

— Moi je suis Jane, dit Jean Louise.

— Ah non, c'est pas moi qui fais le singe cette fois, protesta Dill. C'est toujours moi qui fais le singe.

— Et alors quoi, tu veux faire Jane, peut-être ? »
demanda Jem. Il s'étira, enfila son pantalon et dit :
« On joue à Tom Swift. C'est moi qui fais Tom.

— Moi je suis Ned, dirent Jean Louise et Dill
en même temps.

— Non c'est pas toi », dit-elle à Dill.

Le visage de Dill devint tout rouge. « Scout, faut
toujours que ce soit toi le deuxième meilleur rôle.
Jamais moi.

— Tu veux qu'on règle ça ? demanda-t-elle poli-
ment en serrant les poings.

— T'as qu'à faire Mr. Damon, Dill, proposa Jem.
Il est super-drôle et en plus il sauve tout le monde
à la fin. Tu sais, il dit toujours "loué soit je sais pas
quoi" et tout…

— Louée soit ma police d'assurance, imita Dill en
coinçant ses pouces dans des bretelles imaginaires.
Bon bah d'accord alors.

— On joue à laquelle ? dit Jem. Son Aéroport
sous-marin ou sa Machine volante ?

— J'en ai marre de celles-là, dit Jean Louise. On
n'a qu'à en inventer une nouvelle.

— OK. Scout, toi t'es Ned Newton. Dill, t'es
Mr. Damon. Alors on dirait qu'un jour, Tom est dans
son laboratoire en train de fabriquer une machine
qui permet de voir à travers un mur de briques,
quand tout à coup un type débarque et demande :
"Mr. Swift ?" C'est moi qui fais Tom, alors là je
dis : "Lui-même"…

— On peut pas voir à travers un mur de briques,
fit Dill.

— Avec cette machine, si. Donc, le type entre et dit : "Mr. Swift ?"

— Jem, interrompit Jean Louise, s'il y a ce type, alors on a besoin de quelqu'un d'autre. Je vais chercher Bennett ?

— Non, le type reste pas longtemps, donc c'est moi qui vais jouer son rôle. Faut bien que l'histoire commence quelque part, Scout... »

Le rôle du type en question consistait à informer le jeune inventeur de la disparition d'un éminent professeur au Congo belge, trente ans auparavant ; nul ne l'avait revu depuis et il était grand temps que quelqu'un parte à sa recherche. Tout naturellement, il avait songé à Tom Swift et à ses amis pour cette mission, et Tom avait bondi à la perspective d'une telle aventure.

Tous trois grimpèrent à bord de sa Machine volante, figurée par des planches de bois qu'ils avaient clouées des années auparavant aux branches les plus grosses de l'arbre à suif.

« Fait sacrément chaud là-haut, fit Dill. Heu-heu-heu...

— Quoi ? dit Jem.

— Je disais, il fait sacrément chaud là-haut, on est tellement près du soleil. Loué soit mon caleçon long.

— Tu peux pas dire ça, Dill. Plus on monte, plus il fait froid.

— Moi je dirais plus chaud au contraire.

— Eh bah non. Plus on est haut, plus il fait froid, parce qu'il y a moins d'air. Bon, et maintenant toi, Scout, tu dis : "Tom, où est-ce qu'on va ?"

— Je croyais qu'on allait en Belgique, fit Dill.

— Il faut que tu me demandes où on va parce que le type me l'a dit à moi mais pas à vous, et que moi je vous l'ai pas encore dit. Vous voyez ? »

Ils voyaient.

Quand Jem leur eut expliqué en quoi consistait leur mission, Dill demanda : « S'il a disparu depuis si longtemps, comment ils savent qu'il est toujours vivant ?

— Le type m'a dit qu'il avait reçu un signal envoyé depuis la Côte d'Or, expliqua Jem, comme quoi le professeur Wiggins était…

— Mais s'il vient d'avoir de ses nouvelles, ça veut dire qu'en fait il était pas perdu, non ? dit Jean Louise.

— … prisonnier d'une tribu cannibale, continua Jem sans prêter attention à sa sœur. Ned, tu as le fusil à rayons X ? Et là tu réponds oui.

— Oui, Tom, dit-elle.

— Mr. Damon, avez-vous emporté assez de provisions à bord de la Machine volante ? *Mr. Damon !* »

Dill sursauta et reprit son rôle. « Loué soit mon rouleau à pâtisserie, Tom. Oui mon capitaine ! Heu-heu-heu ! »

La Machine volante atterrit à l'horizontale près du Cap, et Jean Louise dit à Jem qu'il ne lui avait confié aucune réplique depuis dix minutes et qu'elle ne jouerait plus s'il ne lui en donnait pas une.

« OK, Scout, alors là tu dis : "Tom, il n'y a pas de temps à perdre ! Allons dans la jungle !" »

Elle le dit.

Ils se mirent à arpenter le jardin derrière la maison, fouettant les feuillages et s'arrêtant en chemin de temps à autre pour tirer sur un éléphant égaré ou combattre une tribu de sauvages. Jem avait pris la tête de l'expédition. Parfois il criait « Arrière toute ! » et ils se couchaient sur le ventre dans le sable chaud. Une fois, il sauva Mr. Damon qui avait failli dégringoler du haut des chutes Victoria tandis que Jean Louise observait la scène en boudant parce qu'elle n'avait rien d'autre à faire que de tenir la corde de rappel de Jem.

Ce dernier s'écria : « On est presque arrivés, venez ! »

Ils se précipitèrent vers le garage – un village de cannibales. Jem tomba à genoux et se mit à gesticuler comme un charmeur de serpents.

« Qu'est-ce que tu fais ? demanda Jean Louise.

— Chut ! Je fais un sacrifice.

— On dirait que t'es malade, fit Dill. C'est quoi un sacrifice ?

— C'est pour éloigner les cannibales. Regardez, les voilà ! » Jem laissa échapper un grondement sourd, marmonna quelque chose du genre « *bouya-bouya-bouya* », et les sauvages déferlèrent autour du garage.

Les yeux de Dill roulèrent dans leurs orbites, il fit mine d'être pris de nausée, se figea, puis s'effondra au sol.

« Ils ont eu Mr. Damon ! » s'écria Jem.

Ils évacuèrent Dill, raide comme un poteau, ramassèrent quelques feuilles de figuier et les placèrent en ligne droite sur le corps du blessé, de la tête aux pieds.

« Tu crois que ça va marcher, Tom ? demanda Jean Louise.

81

« — Peut-être. Je ne suis pas encore sûr. Mr. Damon ? Mr. Damon, réveillez-vous ! » Jem le frappa à la tête.

Dill se redressa d'un bond, éparpillant les feuilles de figuier autour de lui. « Arrête ça tout de suite, Jem Finch ! dit-il, puis il se rallongea, les bras en croix. Je vais pas rester longtemps comme ça. Il fait vraiment chaud maintenant. »

Jem fit tournoyer ses mains en une mystérieuse cérémonie papale au-dessus de la tête de Dill et souffla à Jean Louise : « Ned, regarde. Il revient à lui. »

Dill battit des paupières et ouvrit les yeux. Il se leva et se mit à tituber dans le jardin en balbutiant : « Où suis-je ?

— Ici, Dill », fit-elle d'une voix un peu inquiète.

Jem la gronda. « Mais non, c'est pas ça ! Tu dois dire : "Mr. Damon, vous êtes perdu au Congo belge et vous avez été ensorcelé. Moi c'est Ned, et lui c'est Tom."

— Nous aussi on est perdus ? demanda Dill.

— On l'était, pendant que vous étiez sous l'emprise du sortilège, mais plus maintenant, dit Jem. Le professeur Wiggins est retenu prisonnier dans une hutte, là-bas, il faut qu'on aille le délivrer… »

Et jusqu'à aujourd'hui, pour autant qu'elle sache, le professeur Wiggins était toujours l'otage des cannibales. Calpurnia les avait arrachés à leur monde imaginaire en passant la tête par la porte de derrière pour leur crier : « Les enfants, qui veut de la limonade ? Il est dix heures et demie ! Vous feriez mieux de rentrer ou vous allez tous griller comme des sardines avec ce soleil ! »

Calpurnia avait posé trois gobelets et une grande carafe remplie de limonade juste derrière la porte de la véranda, afin de s'assurer qu'ils resteraient à l'ombre pendant au moins cinq minutes. Le verre de limonade du milieu de matinée était un rituel quotidien pendant l'été. Ils en vidèrent trois gobelets chacun puis se demandèrent comment occuper les heures creuses qui se profilaient devant eux avant le déjeuner.

« Vous voulez qu'on aille dans le champ de Dobbs ? » demanda Dill.

Non.

« Et si on fabriquait un cerf-volant ? proposa Jean Louise. On pourrait demander de la farine à Calpurnia pour la colle...

— On peut pas faire du cerf-volant en été, dit Jem. Y a pas un pet de vent. »

Le thermomètre de la véranda indiquait 33 degrés, les contours du garage vacillaient au loin sous l'effet de la chaleur et les immenses arbres à suif jumeaux semblaient pétrifiés.

« Je sais ! s'écria Dill. Si on jouait au réveil religieux ? »

Tous trois se regardèrent. L'idée n'était pas mauvaise.

Chaque année, à la saison des grandes chaleurs, Maycomb avait droit à des célébrations de réveil religieux, et il y en avait justement une en cours cette semaine-là. La tradition voulait que les trois Églises de la ville – méthodiste, baptiste et presbytérienne – se réunissent à cette occasion pour écouter un prêtre invité, mais il arrivait qu'un désaccord survienne, au sujet du prêtre ou de ses émoluments, et chaque congrégation organisait alors ses propres festivités, ouvertes à tous ; de sorte que la population de Maycomb pouvait parfois compter sur trois bonnes semaines de renouveau spirituel. L'appel au réveil religieux était un appel à la guerre : guerre contre le péché, contre le Coca-Cola, le cinéma, l'ouverture de la chasse le dimanche ; guerre contre la tendance de plus en plus prononcée des jeunes filles à se maquiller et à fumer en public ; guerre contre la consommation de whiskey – ainsi voyait-on chaque été une cinquantaine d'enfants monter sur l'autel et faire serment de ne pas boire, fumer ni blasphémer jusqu'à leurs vingt et un ans ; guerre contre quelque chose de si nébuleux que Jean Louise n'avait jamais bien compris de quoi il s'agissait, sinon qu'il n'y avait apparemment aucun serment à prononcer à ce sujet-là ; guerre enfin entre les paroissiennes de la ville, à qui dresserait la plus belle table en l'honneur de l'évangéliste. Les prêtres habituels de Maycomb en profitaient pour manger à l'œil pendant toute la semaine, et il se murmurait, dans les cercles les plus irrévérencieux de la communauté, que le clergé local poussait délibérément les trois églises à organiser chacune leurs propres cérémonies, ce qui leur permettait de gagner deux semaines supplémentaires de libations gratis. Cette rumeur, cependant, était infondée.

Cette semaine-là, Jem, Dill et Jean Louise avaient passé trois soirées, assis dans le carré réservé aux enfants de l'Église baptiste (c'était au tour des baptistes d'organiser les festivités cette fois-ci), à écouter les sermons du révérend James Edward Moorehead, un prêcheur de renom, venu du nord de la Géorgie. C'est du moins ce qu'on leur avait dit ; ils n'avaient pas compris grand-chose à son discours, hormis ses remarques sur l'enfer. L'enfer était et serait toujours, aux yeux de Jean Louise, un lac de feu aux dimensions très exactes de Maycomb, Alabama, entouré d'un mur de briques de cinquante mètres de haut. Satan embrochait les pécheurs et les précipitait par-dessus cette muraille dans une sorte de bouillon de soufre liquide où ils marinaient pour l'éternité.

Le révérend Moorehead était un homme grand et triste, voûté et enclin à donner des titres surprenants à ses sermons. (*Adresseriez-vous la parole à Jésus si vous le croisiez dans la rue ?* Il doutait que cela fût possible, car, quand bien même vous en auriez eu le désir, Jésus parlait probablement araméen.) Le deuxième soir, il avait choisi pour thème « Le Salaire du Péché ». Il se trouve qu'un film du même nom était alors projeté au cinéma de Maycomb (interdit aux moins de 16 ans) : tout le monde pensait que le révérend Moorehead parlerait de ce film dans son sermon, et toute la ville vint l'écouter. Mais le révérend Moorehead ne fit rien de tel. Il passa trois quarts d'heure à pinailler sur des questions de syntaxe. (Fallait-il dire « le salaire du péché, c'est la mort », ou « la mort est le salaire du péché » ? Ce n'était pas la même chose, et le révérend Moorehead en avait tiré des interprétations d'une telle profondeur qu'Atticus Finch lui-même n'avait pas compris où il voulait en venir.)

Jem, Dill et Jean Louise se seraient ennuyés à mourir si le révérend Moorehead n'avait possédé un don singulier qui fascinait les enfants. C'était un siffleur. Ses deux dents de devant étaient écartées (Dill était sûr et certain que c'étaient des fausses et qu'elles avaient été fabriquées ainsi pour faire naturel), de sorte que chaque mot qu'il prononçait contenant un ou plusieurs « s » était accompagné d'un sifflement aussi désastreux que jouissif. *Vice*, *Sauveur*, *Christ*, *souffrance*, *salut* et *succès* comptaient parmi les maîtres mots du prêche qu'ils entendirent lors de ces trois soirées, et leur attention fut doublement récompensée : à cette époque, nul prédicateur ne pouvait prononcer un sermon sans utiliser au moins une fois chacun de ces termes, ce qui permit à Jem, Dill et Jean Louise d'atteindre chaque soir des paroxysmes de fou rire étouffé ; et en prime, la concentration intense avec laquelle ils écoutaient le révérend Moorehead leur valut de passer pour les enfants les plus sages et bien élevés de toute la congrégation.

Le troisième soir des festivités, lorsque tous trois s'avancèrent, parmi plusieurs autres enfants, pour reconnaître en Jésus Christ leur Sauveur personnel, ils durent garder les yeux baissés pendant toute la cérémonie car le révérend Moorehead, posant les deux mains sur leur tête, dit entre autres choses : « Saint soit celui qui ne s'assoit point parmi les persifleurs. » Dill fut pris d'une quinte de toux inextinguible et le révérend Moorehead glissa à l'oreille de Jem : « Emmène cet enfant dehors prendre l'air. Il est bouleversé. »

Jem dit : « Tu sais quoi ? On pourrait faire ça dans ton jardin, près de l'étang aux poissons. »

Dill acquiesça. « Ouais, Jem. Et on n'a qu'à prendre des cageots pour faire un pupitre. »

Une allée de gravier séparait le jardin des Finch de la propriété de Miss Rachel. L'étang était situé dans le jardin attenant à la maison de cette dernière, et il était entouré de buissons d'azalées, de roses, de camélias et de gardénias. Un vieux poisson rouge obèse vivait dans l'étang en compagnie de quelques grenouilles et autres lézards d'eau douce, à l'ombre de larges nénuphars et de rameaux de lierre. Un grand figuier déployait son feuillage vénéneux au-dessus de toute la zone environnante, ce qui en faisait l'endroit le plus frais de tout le quartier. Miss Rachel avait installé quelques meubles de jardin autour de l'étang, et il y avait une table en bois sous le figuier.

Ils dénichèrent deux cageots vides dans le fumoir de Miss Rachel et dressèrent un pupitre devant l'étang. Dill alla se positionner derrière.

« Je suis Mr. Moorehead, dit-il.

— Non, c'est moi qui fais Mr. Moorehead, dit Jem. Je suis le plus vieux.

— Oh, bon, d'accord, fit Dill.

— Toi et Scout, vous serez la congrégation.

— Mais on n'aura rien à faire, protesta Jean Louise, et je veux bien être pendue si je dois rester là pendant une heure à t'écouter parler, Jem Finch.

— Toi et Dill, vous pouvez faire la quête, dit Jem. Et jouer le chœur aussi. »

La congrégation tira deux chaises de jardin et prit place face à l'autel.

Jem dit : « Et maintenant, chantez quelque chose. »
Jean Louise et Dill entonnèrent :

« Grâce étonnante, comme il est doux le son
Qui sauva le misérable que j'étais ;
J'étais perdu mais aujourd'hui je suis retrouvé,
J'étais aveugle, mais aujourd'hui je vois. »

Jem étreignit le pupitre, se pencha en avant et
murmura comme en confidence : « Mes amis, quelle
joie de vous voir tous ici ce matin. Oui, quelle belle
matinée en vérité !

— Aaamen, fit Dill.

— Est-ce que quelqu'un ici ce matin a envie
d'ouvrir son cœur et de chanter de toute son âme ?
demanda Jem.

— Oh oui ! » s'exclama Dill. Ce dernier, que sa
carrure trapue et sa petite taille condamnaient à jouer
éternellement les troisièmes couteaux, se leva alors et
se transforma sous leurs yeux en un chœur d'église
à lui tout seul :

« Quand la trompette du Seigneur retentira et que
le temps ne sera plus,
Et que poindra le matin éternel dans tout son éclat
et sa splendeur ;
Et que les sauvés de la terre se rassembleront sur le
rivage lointain,
Quand résonnera l'appel tout là-haut, je serai là. »

Le pasteur et la congrégation se joignirent au
refrain. Tandis qu'ils chantaient, Jean Louise entendit

Calpurnia les appeler au loin. Elle chassa cette voix de son oreille d'un revers de main, comme elle se fût débarrassée d'un moucheron.

Dill, le visage cramoisi après son récital, se rassit au premier rang des fidèles.

Jem accrocha des bésicles invisibles au bout de son nez, s'éclaircit la voix et dit : « Notre texte aujourd'hui, mes frères, est tiré des Psaumes : "Poussez vers le Seigneur des cris de joie, ô habitants de la terre." »

Jem ôta ses bésicles et, tout en les essuyant, répéta d'une voix grave : « Poussez vers le Seigneur des cris de joie.

— Il est temps de passer à la quête, fit Dill, et il demanda à Jean Louise de lui donner les deux pièces de cinq *cents* qu'elle avait dans sa poche.

— Tu me les rends après l'église, Dill, fit-elle.

— Silence, dit Jem. C'est l'heure du sermon. »

Jem prononça le sermon le plus long et le plus ennuyeux qu'elle eût entendu de toute sa vie. Il dit que rien n'était plus vicieux que le vice et que le vice n'assurait jamais le succès, et que saint était celui qui s'asseyait parmi les persifleurs ; en somme, il donna sa propre version de tout ce qu'ils avaient entendu ces trois derniers soirs. Sa voix descendait dans les registres les plus graves, puis s'élevait soudain pour pousser un couinement et il semblait alors s'agripper au ciel comme si le sol se dérobait sous ses pieds. « Où est le Diable ? demanda-t-il à un moment, et il pointa du doigt la congrégation. Ici même, à Maycomb, Alabama. »

Il commença à parler de l'enfer, mais Jean Louise l'interrompit : « Allez, c'est bon, arrête, Jem. » Le révérend Moorehead l'avait suffisamment affranchie sur ce sujet pour le restant de ses jours. Jem changea donc son fusil d'épaule et s'attaqua au paradis : le paradis regorgeait de bananes (Dill en était fou) et de pommes de terre en gratin (son plat préféré à elle), et quand ils mourraient, ils iraient là-haut et ils mangeraient toutes ces bonnes choses jusqu'au jour du Jugement dernier, sauf que ce jour-là, Dieu, qui avait consigné dans un grand livre chacun des gestes qu'ils avaient accomplis depuis leur venue au monde, les précipiterait en enfer.

Jem conclut son oraison en demandant à tous ceux qui désiraient être unis dans le Christ de s'avancer. Jean Louise s'avança.

Jem posa la main sur sa tête et dit : « Jeune fille, te repens-tu ?

— Oui monsieur, dit-elle.

— Es-tu baptisée ?

— Non monsieur, dit-elle.

— Eh bien alors… » Jem plongea la main dans les eaux noires de l'étang puis la reposa sur sa tête. « Je te baptise…

— Hé, pas si vite ! s'écria Dill. C'est pas comme ça qu'on fait !

— Si, c'est comme ça, dit Jem. Scout et moi on est méthodistes.

— Ouais sauf que là c'est une cérémonie baptiste. Faut que tu la plonges tout entière dans l'eau. D'ailleurs je crois que moi aussi je vais me faire baptiser. » Dill commençait à entrevoir toutes les implications de la cérémonie et s'accrochait mordicus à son rôle. « C'est moi qui devrais le faire, insista-t-il. Moi je suis baptiste, alors c'est moi qui devrais me faire baptiser.

— Non mais dis donc, Dill Débile Harris, intervint Jean Louise d'un ton menaçant. Je te signale que j'ai rien fait du tout depuis le début de la matinée. Toi t'as été dans le carré des fidèles, t'as chanté et t'as fait la quête. C'est mon tour, maintenant. »

Elle avait les poings serrés, le bras gauche armé et les orteils cramponnés au sol.

Dill recula. « Oh ça va, Scout, arrête.

— Elle a raison, Dill, fit Jem. Toi tu seras mon assistant. »

Jem se tourna vers sa sœur. « Scout, tu ferais mieux de te déshabiller, sinon tous tes habits vont être trempés. »

Elle enleva sa salopette – son seul vêtement. « Me tiens pas la tête sous l'eau, dit-elle, et oublie pas de me pincer le nez. »

Elle se mit debout sur le rebord en ciment de l'étang. Un vieux poisson rouge s'approcha de la surface et la regarda d'un œil torve, puis disparut dans les eaux sombres.

« C'est profond à ton avis ? demanda-t-elle.

— Cinquante ou soixante centimètres, pas plus », dit Jem, et il se tourna vers Dill pour que celui-ci confirme son estimation. Mais Dill était parti. Ils le virent rentrer au pas de charge dans la maison de Miss Rachel.

« Tu crois qu'il est fâché ? demanda-t-elle.

— Je sais pas. On verra bien s'il revient. »

Jem dit qu'il feraient mieux de chasser les poissons d'un côté de l'étang pour ne pas en blesser un par inadvertance, et ils étaient en train de faire des remous dans l'eau, penchés au-dessus du rebord, quand ils entendirent une voix inquiétante dans leur dos : « Hououou… »

« Hououou… », répéta Dill, dissimulé sous un grand drap dans lequel il avait découpé deux trous pour les yeux. Il leva les bras au-dessus de sa tête et se précipita sur Jean Louise. « T'es prête ? dit-il. Dépêche, Jem. Je commence à avoir chaud là-dessous.

— Bon sang, dit Jem, mais qu'est-ce que tu fiches ?

— Je suis le Saint-Esprit », expliqua modestement Dill.

Jem prit sa sœur par la main pour l'aider à enjamber le rebord. L'eau était tiède et visqueuse, et le fond de l'étang glissant. « Tu me plonges qu'une seule fois, d'accord ? » dit-elle.

Jem se tenait debout sur le rebord. Le drap fantôme se rapprocha en battant frénétiquement des bras. Jem bascula sa sœur en arrière en lui soutenant le dos puis l'immergea. Tandis que sa tête disparaissait sous la surface de l'eau, elle entendit Jem psalmodier : « Jean Louise Finch, je te baptise au nom du… »

Chlac !

La badine de Miss Rachel cingla le postérieur du Saint-Esprit en plein dans le mille. Plutôt que de reculer, ce qui l'aurait précipité tout droit sous une grêle de coups, Dill partit en avant au petit trot et rejoignit Jean Louise dans l'étang. Miss Rachel fouetta avec acharnement un entrelacs houleux de nénuphars, de drap, de jambes, de bras et de lierre entortillé.

« Sors de là ! hurlait Miss Rachel. Je vais t'en donner, moi, du Saint-Esprit, Charles Baker Harris ! Ah comme ça tu fais de la charpie avec mes plus beaux draps ? Ah tu les taillades ? Et tu invoques en vain le nom du Seigneur ? Allez, sors de là !

— Arrête, Tante Rachel ! glouglouta Dill, la tête à moitié sous l'eau. Laisse-moi une chance ! »

Les efforts de Dill pour se dépêtrer avec un tant soit peu de dignité furent couronnés d'un succès tout relatif : il émergea de l'étang tel un fantastique petit monstre aquatique, recouvert de vase verdâtre et d'un drap trempé. Un filament de lierre s'était enroulé autour de sa tête et de son cou. Il s'ébroua violemment pour s'en débarrasser, et Miss Rachel fit un pas en arrière pour éviter d'être éclaboussée.

Jean Louise sortit de l'étang à son tour. L'eau qui s'était infiltrée dans ses narines lui provoquait des picotements horribles, et elle avait mal quand elle reniflait.

Miss Rachel évita de toucher Dill mais le dirigea du bout de sa badine : « Avance ! »

Jean Louise et Jem les regardèrent tous deux repartir vers la maison de Miss Rachel. Elle ne put s'empêcher d'avoir pitié de lui.

« Rentrons, dit Jem. Ça doit être l'heure du déjeuner. »

Ils tournèrent les talons et se retrouvèrent nez à nez avec leur père. Il se tenait immobile dans l'allée.

À ses côtés, une femme qu'ils n'avaient jamais vue, ainsi que le révérend James Edward Moorehead. Ils donnaient l'impression d'être plantés là depuis un certain temps.

Atticus s'approcha d'eux en enlevant sa veste. Jean Louise sentit sa gorge se serrer et ses genoux trembler. Quand son père posa sa veste sur ses épaules, elle prit soudain conscience qu'elle était nue comme un ver devant un prêtre. Elle tenta de partir en courant, mais Atticus la rattrapa par la peau du cou et lui dit : « Va voir Calpurnia. Passe par-derrière. »

Calpurnia la décrassa d'une main vigoureuse dans la baignoire, en marmonnant : « Mr. Finch a appelé ce matin pour prévenir qu'il avait invité le prêtre et sa femme à déjeuner. Je me suis vidé les poumons à vous crier après, tous les deux. Pourquoi que vous me répondiez pas ?

— On t'a pas entendue, mentit-elle.

— Oui, eh ben moi, soit je surveillais le four, soit je vous courais après. Je pouvais pas faire les deux à la fois. Devriez avoir honte, causer tout ce tracas à votre papa ! »

Elle crut bien que le doigt effilé de Calpurnia allait lui traverser le tympan. « Arrête ! dit-elle.

— S'il vous flanque pas une bonne trempe à tous les deux, c'est moi qui m'en chargerai, promit Calpurnia. Allez, sors de là. »

Calpurnia faillit l'écorcher vive à force de la frotter avec la serviette rêche, puis elle lui ordonna de lever les bras au-dessus de sa tête. Elle lui enfila une robe rose repassée et amidonnée de frais, lui saisit le menton entre le pouce et l'index et lui démêla les cheveux avec un peigne aux dents acérées. Enfin elle jeta à ses pieds une paire de souliers en cuir vernis.

« Mets ça.

— J'arrive pas à les fermer », dit-elle. D'un geste brusque, Calpurnia abaissa le couvercle des toilettes et la fit asseoir dessus. Jean Louise regarda ses grands doigts d'épouvantail s'évertuer à faire passer les boutons de nacre à travers des œillets trop petits, émerveillée par l'habileté de Calpurnia.

« Et maintenant, file rejoindre ton papa.

— Où est Jem ? demanda-t-elle.

— En train de se débarbouiller dans la salle de bains de Mr. Finch. Lui, je peux lui faire confiance. »

Dans le salon, Jean Louise et Jem s'assirent sagement sur le canapé. Atticus et le révérend Moorehead discutaient de choses inintéressantes, et Mrs. Moorehead toisa ouvertement les enfants. Jem soutint son regard et lui sourit. Ce sourire ne lui étant pas rendu, il n'insista pas.

Au grand soulagement de tous, Calpurnia fit tinter la cloche annonçant que le déjeuner était servi. Ils s'attablèrent et observèrent un moment de silence empreint de malaise, puis Atticus pria le révérend Moorehead de bien vouloir prononcer le bénédicité. Ce dernier, au lieu de réciter une prière impersonnelle, se saisit de cette occasion pour rapporter au Seigneur les méfaits de Jem et de Jean Louise. Quand il eut terminé de Lui expliquer que ces deux pauvres enfants n'avaient plus de mère, Jean Louise était mortifiée. Elle coula un regard en douce à Jem : il avait le nez pratiquement collé à son assiette et les oreilles toutes rouges. Elle n'était pas certaine qu'Atticus parviendrait jamais à relever la tête, et ses doutes furent confirmés lorsque le révérend Moorehead dit enfin « Amen » et qu'Atticus leva les yeux. Deux grosses larmes avaient coulé sous ses lunettes jusqu'au bas de ses joues. Ils l'avaient profondément blessé, cette fois. Soudain, il s'excusa, se leva brusquement et disparut dans la cuisine.

Calpurnia entra dans la salle à manger d'un pas prudent, un lourd plateau entre les mains. Chaque fois que les Finch recevaient de la société, Calpurnia endossait le rôle que la société attendait d'elle : quoiqu'elle fût capable de parler le langage le plus châtié qui soit, elle tronquait les verbes en présence des invités, passait les plats de légumes d'un air las et semblait pousser de profonds soupirs. Lorsque Calpurnia vint servir Jean Louise, celle-ci dit « Veuillez m'excuser », puis elle tendit le bras pour forcer Calpurnia à se pencher vers elle. « Cal, lui murmura-t-elle à l'oreille, est-ce qu'Atticus est vraiment très fâché ? »

Calpurnia se redressa, la regarda, puis répondit d'une voix forte à toute la tablée : « Mr. Finch ? Pas du tout, Miss Scout. Lui sur la véranda écroulé de rire ! »

*

Mr. Finch ? Lui écroulé de rire. Les cahots de la voiture, qui avait quitté l'asphalte pour s'engager sur une route de terre, la sortirent de ses songes. Elle passa la main dans ses cheveux. Elle ouvrit la boîte à gants, y trouva un paquet de cigarettes, en retira une et l'alluma.

« On y est presque, dit Henry. Où étais-tu passée ? À New York, avec ton petit ami ?

— Non, je rêvassais, dit-elle. Je repensais à la fois où on avait joué au réveil religieux. Tu n'étais pas là.

— Dieu merci ! C'est l'une des anecdotes préférées du Dr. Finch. »

Elle rit. « Oncle Jack ne se lasse pas de la raconter depuis vingt ans et chaque fois j'ai honte. Tu sais, Dill est la seule personne que nous avons oublié de prévenir quand Jem est mort. Quelqu'un lui a envoyé une coupure de presse. C'est comme ça qu'il a su.

— C'est toujours comme ça que ça se passe. On oublie les plus vieux amis. Tu crois qu'il reviendra un jour ? »

Jean Louise fit non de la tête. L'armée avait envoyé Dill en Europe, et il était resté là-bas. Il était né pour voyager. Il faisait penser à une petite panthère, chaque fois qu'il passait un certain temps dans un même endroit en compagnie des mêmes gens. Elle se demandait où le trouverait la mort, le jour où elle viendrait le chercher. Pas sur un trottoir de Maycomb, en tout cas.

L'air frais de la rivière trancha soudain dans la chaleur de la nuit.

« Finch's Landing, madame », dit Henry.

Finch's Landing consistait en trois cent soixante-six marches descendant le long d'un haut promontoire rocheux et débouchant sur un large ponton en saillie au-dessus de la rivière. Pour l'atteindre, il fallait traverser une grande clairière qui partait de la lisière des bois et s'étendait sur près de trois cents mètres jusqu'au sommet de la falaise. Au bout de la clairière, un sentier sauvage, tracé par deux ornières, allait se perdre dans l'obscurité des arbres. À l'autre extrémité, il menait à une maison blanche flanquée de vérandas sur les quatre côtés, au rez-de-chaussée et à l'étage.

Loin d'être dans un état de délabrement avancé, l'ancienne demeure des Finch était parfaitement entretenue : c'était un club de chasse. Des hommes d'affaires de Mobile avaient loué le terrain et racheté la maison pour y fonder un établissement qui, aux yeux des habitants de Maycomb, n'était rien d'autre qu'un tripot privé tout droit sorti de l'enfer. Ce n'était pourtant pas le cas : la nuit en hiver, les pièces de la vieille demeure résonnaient de rires masculins, et l'on entendait parfois retentir un coup de fusil, tiré sous l'emprise non pas de la colère mais d'un excès de réjouissances. Qu'ils jouent donc au poker et batifolent autant qu'il leur plaît – tout ce que Jean Louise souhaitait, c'était que la vieille maison reste en bon état.

Son pedigree était des plus classique pour une maison du Sud : le grand-père d'Atticus Finch l'avait rachetée à l'oncle d'une célèbre empoisonneuse qui opérait des deux côtés de l'Atlantique mais venait à l'origine d'une ancienne et respectable famille de l'Alabama. Le père d'Atticus était né dans cette maison, comme Atticus lui-même, Alexandra, Caroline (laquelle avait épousé un citoyen de Mobile) et John Hale Finch après lui. La clairière avait longtemps servi de décor aux réunions familiales avant

que celles-ci ne passent de mode, à une époque suffisamment récente pour que Jean Louise en conservât
le souvenir.

L'arrière-arrière-grand-père d'Atticus Finch, un
méthodiste anglais, s'était installé au bord de la
rivière, près de Claiborne, où il avait engendré sept
filles et un fils. Ces derniers avaient épousé les enfants
des troupes du colonel Maycomb, puis ils avaient
prospéré et fondé les Huit Familles, comme on les
appelait dans le comté. Au fil des années, chaque
fois que les descendants se réunissaient, les Finch
en résidence devaient déboiser toujours un peu plus
autour de la demeure ancestrale afin d'aménager un
terrain propice à la tenue du grand pique-nique familial, ce qui expliquait les dimensions actuelles de la
clairière. Cependant, la propriété avait toujours eu
d'autres usages : les Noirs venaient y jouer au basket,
le Ku Klux Klan à l'époque de sa gloire y organisait
des réunions, et une grande joute chevaleresque s'y
déroulait, du temps d'Atticus, au cours de laquelle
les gentlemen du comté rivalisaient pour remporter
l'honneur d'emmener leur dame de cœur festoyer à
Maycomb autour d'un grand banquet. (Alexandra
racontait que c'était le jour où elle avait vu Oncle
Jimmy à cheval planter au grand galop un piquet au
milieu d'un cerceau qu'elle avait décidé de l'épouser.)

L'époque d'Atticus était aussi celle où les Finch
avaient quitté la vieille demeure pour s'installer en
ville. Après être parti à Montgomery faire son droit,
c'est à Maycomb qu'Atticus était revenu le pratiquer ;
c'est à Maycomb qu'Alexandra, transportée par la
dextérité d'Oncle Jimmy, avait suivi ce dernier ; quant

à John Hale Finch, il était parti étudier la médecine à Mobile, tandis que Caroline, à dix-sept ans, fuyait le cocon familial pour convoler. À la mort de leur père, ils mirent la propriété en location, mais leur mère refusa de déménager. Elle resta donc, et regarda peu à peu lui échapper le terrain, loué, puis vendu, une parcelle après l'autre. Quand elle mourut à son tour, il ne restait plus que la maison, la clairière et la jetée. La maison demeura vide jusqu'à ce que ces messieurs de Mobile la rachètent.

Jean Louise croyait se souvenir de son aïeule, mais elle n'en était pas tout à fait sûre. Le jour où elle vit son premier Rembrandt, une femme avec un bonnet et une fraise autour du cou, elle s'exclama : « Tiens, voilà grand-mère. » Atticus lui dit que non, qu'il n'y avait même pas la plus petite ressemblance. Mais il semblait bel et bien à Jean Louise qu'un jour, quelque part dans la vieille maison, on l'avait emmenée dans une pièce à demi plongée dans la pénombre et qu'au milieu de cette pièce était assise une vieille, très vieille dame, vêtue tout de noir et portant une collerette de dentelle blanche.

Les escaliers rocheux menant à la jetée avaient été surnommés les Marches du Plongeoir, et chaque année, quand elle était petite et qu'elle assistait encore aux réunions de famille, Jean Louise et ses innombrables cousins les dévalaient sous l'œil inquiet de leurs parents, jusqu'au moment où ceux-ci décidaient de rassembler les enfants pour les diviser en deux groupes, ceux qui savaient nager et ceux qui ne savaient pas. Ces derniers étaient relégués aux marges forestières de la clairière, où ils se livraient à des jeux innocents, tandis que les nageurs pouvaient continuer à s'en donner à cœur joie sur les marches, sous la surveillance distraite de deux jeunes Noirs.

Le club de chasse avait veillé à ce que les marches soient entretenues, et la jetée avait été aménagée en quai pour accueillir les bateaux de ses membres. C'étaient des hommes paresseux ; il était plus facile de se laisser porter par le courant de la rivière pour rejoindre le marais de Winston à la rame que de batailler contre les taillis et les branches affûtées des pins. Un peu plus loin en aval, derrière la falaise, se trouvaient les vestiges de l'ancien débarcadère où les nègres des Finch chargeaient autrefois leurs balles de coton et déchargeaient les blocs de glace, la farine et le sucre, les outils de ferme et les diverses marchandises destinées aux femmes. Le ponton de Finch's Landing était utilisé exclusivement par les voyageurs : les marches fournissaient à ces dames une excellente excuse pour s'évanouir ; leurs bagages restaient à l'arrière, sur le quai de la cotonnerie – débarquer là-bas, devant tous ces Noirs, eût été impensable.

« Tu crois qu'elles sont solides ?

— Bien sûr, dit Henry. Le club les entretient. Je ne sais pas si tu te rends compte, mais c'est une violation de propriété privée, ce qu'on est en train de faire.

— Violation ? J'aimerais bien voir ça, tiens ! Depuis quand est-il interdit à un Finch de marcher sur ses propres terres ? » Elle marqua un temps d'arrêt. « Attends, qu'est-ce que tu veux dire ?

— Ils ont vendu la dernière parcelle il y a cinq mois.

— Personne ne m'a rien dit », s'étonna Jean Louise.

Le ton de sa voix surprit Henry. « Ne me dis pas que ça te chagrine ?

— Non, pas vraiment. J'aurais aimé être prévenue, c'est tout. »

Henry n'était pas convaincu. « Bon sang, Jean Louise, à quoi ça leur servait tout ça, Mr. Finch et les autres ?

— À rien, avec tous ces impôts… Mais j'aurais aimé être prévenue. Je n'aime pas les surprises. »

Henry éclata de rire. Il se baissa et ramassa une poignée de sable gris. « Tu nous fais ta petite Sudiste ? Tu veux que je te fasse mon Gerald O'Hara ?

— Oh ça va, Hank, arrête », dit-elle en souriant.

Henry reprit : « Je crois que tu es la pire de tout le lot. Mr. Finch a soixante-douze ans, et toi tu en as cent dès qu'il s'agit de ce genre d'histoires.

— Je n'aime pas qu'on chamboule mon univers sans m'avertir, c'est tout. Allons jusqu'au ponton.

— Tu te sens d'attaque ?

— Je te bats à plate couture quand je veux. »

Ils dévalèrent les marches. À peine Jean Louise avait-elle entamé la vertigineuse descente qu'elle sentit ses doigts effleurer du métal froid. Elle s'arrêta. Ils avaient installé une rambarde en fer sur les marches depuis l'année dernière. Hank était déjà trop loin, elle ne pourrait pas le rattraper ; elle essaya quand même.

Quand elle arriva sur le ponton, à bout de souffle, elle aperçut Henry étalé de tout son long sur les planches. « Fais attention au goudron, ma belle, dit-il.

— Je me fais vieille », dit-elle.

Ils fumèrent une cigarette en silence. Henry avait passé un bras autour de son cou et se tournait de temps à autre pour l'embrasser. Elle regardait le ciel. « Il est tellement bas qu'on pourrait presque le toucher rien qu'en tendant la main.

— Tu étais sérieuse, tout à l'heure, quand tu disais que tu n'aimais pas qu'on chamboule ton univers ?

— Hum ? » Elle ne savait pas. Oui, sans doute. Elle tenta d'expliquer : « C'est juste que chaque fois que je suis revenue, ces cinq dernières années… et même avant ça. Depuis l'université… il y a toujours quelque chose de changé…

— … et tu n'es pas sûre que ça te plaise, hein ? » Henry souriait, elle le devinait dans le clair de lune.

Elle se redressa. « Je ne sais pas si j'arriverais à t'expliquer, mon chéri. Quand tu vis à New York, tu as souvent l'impression que New York, ce n'est pas le monde. Ce que je veux dire c'est que, chaque fois que je rentre à la maison, j'ai l'impression de revenir au monde, et quand je repars de Maycomb, c'est comme si je quittais le monde. C'est idiot. Je ne sais pas comment dire, et c'est d'autant plus absurde que je deviendrais complètement folle si je devais vivre à Maycomb.

— Mais non, dit Henry. Je ne veux pas te presser, tu sais – non, ne bouge pas –, mais il va bien falloir que tu choisisses, Jean Louise. Tu en verras, du changement, tu verras Maycomb se transformer du tout au tout de notre vivant. Ton problème, pour le moment, c'est que tu veux le beurre et l'argent du beurre : tu voudrais empêcher l'horloge de tourner, mais tu ne peux pas. Tôt ou tard, il faudra bien que tu te décides : Maycomb ou New York. »

Il avait presque tout compris. Je t'épouserai, Hank, si tu m'emmènes vivre ici, à Finch's Landing. Je quitterais New York pour cet endroit – mais pas pour Maycomb.

Elle regarda la rivière. Côté Maycomb, ce n'étaient que des hautes falaises ; côté Abbott, la terre était plate. Quand il pleuvait, la rivière débordait de son lit et l'on pouvait naviguer en barque sur les champs de coton. Elle tourna la tête. Là-bas, un peu plus en amont, s'était déroulée la bataille du Canoë. Sam Dale avait vaincu les Indiens et Aigle Rouge avait sauté du haut de la falaise.

Et alors il lui semble connaître
Les collines qui l'ont vu naître
Et la mer qui le verra disparaître.

« Tu disais quelque chose ? demanda Henry.

— Non, rien. Un petit moment romantique, c'est tout, dit-elle. Ah, au fait, tu n'as pas la bénédiction de ma tante.

— Ça, je suis au courant depuis longtemps. Ai-je la tienne ?

— Oui.

— Alors épouse-moi.

— J'attends ta demande. »

Henry se redressa et s'assit à côté d'elle sur le parapet. Leurs pieds se balançaient au-dessus de l'eau. « Où sont mes chaussures ? demanda-t-elle soudain.

— Tu les as enlevées dans la voiture. Jean Louise, j'ai de quoi voir venir pour tous les deux. Et dans quelques années, on pourrait mener la belle vie, si les choses continuent à marcher aussi bien. Le Sud est devenu une terre d'opportunités. Il y a assez d'argent, rien qu'ici dans le comté de Maycomb, pour faire couler un… Que dirais-tu d'avoir un mari à la législature ?

— Tu te présentes ? répondit-elle, surprise.

— J'y songe.

— Contre le système ?

— Oui madame. Il est prêt à s'écrouler de toute façon, et si j'arrivais à me faire une place dans l'arène…

— Un gouvernement honnête à Maycomb ? Ce serait un tel choc que les citoyens ne s'en remettraient sans doute pas, dit-elle. Qu'en dit Atticus ?

— Il pense que l'heure est venue.

— Ce ne sera pas aussi facile pour toi que ça l'a été pour lui. » Son père avait été élu dès sa première campagne et était resté en poste aussi longtemps qu'il l'avait souhaité, sans jamais rencontrer la moindre opposition. C'était un cas unique dans les annales du comté : aucun système ne s'était opposé à Atticus Finch, aucun système ne l'avait soutenu, et personne ne s'était présenté contre lui. Et le jour où il avait pris sa retraite, le système avait purement et simplement absorbé le seul et unique siège indépendant qu'il restait.

« Non, mais je peux leur en faire baver. L'équipe en place s'est endormie au gouvernail, et une campagne agressive pourrait bien les déloger.

— Mon chéri, je ne te serais pas d'une grande aide, dit-elle. La politique m'ennuie à un point, si tu savais...

— Au moins tu ne ferais pas campagne contre moi. Ce serait déjà un soulagement.

— La jeune étoile montante, hein ? Pourquoi tu ne m'as pas dit que tu avais été élu Homme de l'Année ?

— J'avais peur que tu te moques, dit Henry.

— Moi, me moquer de toi, Hank ?

— Oui. J'ai l'impression que tu passes la moitié de ton temps à te moquer de moi. »

Que pouvait-elle répondre à ça ? Combien de fois l'avait-elle vexé ? « Je sais que je n'ai jamais fait preuve de beaucoup de tact, dit-elle, mais je jure devant Dieu que je ne me suis jamais moquée de toi, Hank. Au fond de mon cœur, jamais. »

Elle prit sa tête dans le creux de ses bras. Elle sentait ses cheveux ras sous son menton ; du velours noir. Henry l'embrassa et l'allongea sur les planches du ponton.

Quelques minutes plus tard, Jean Louise mit un terme à leurs étreintes : « On devrait rentrer, Hank.

— Pas tout de suite.

— Si. »

Henry soupira. « Le truc que je déteste dans cet endroit, c'est qu'il faut remonter.

— J'ai un ami à New York qui monte toujours les escaliers quatre à quatre. Il dit que c'est le seul moyen pour ne pas s'essouffler. Tu devrais essayer.

— C'est ton petit ami ?

— Ne sois pas bête, dit-elle.

— Tu m'as déjà dit ça aujourd'hui.

— Eh bien dans ce cas va au diable, dit-elle.

— Tu m'as déjà dit ça aujourd'hui. »

Jean Louise posa les mains sur les hanches. « Et si tu allais goûter l'eau tout habillé ? Voilà quelque chose que je ne t'ai pas encore dit aujourd'hui. Parce que là, tout de suite, j'ai plus envie de te pousser à la baille que de te regarder.

— Tu sais, je crois que tu en serais capable.

— Ne me tente pas », acquiesça-t-elle.

Henry l'attrapa par l'épaule. « Si j'y vais, tu y vas aussi.

— Vendu, dit-elle. Tu as jusqu'à cinq pour vider tes poches.

— C'est complètement dément, Jean Louise », dit-il en sortant son argent, ses clés, son portefeuille, ses cigarettes. Puis il ôta ses mocassins.

Ils s'observèrent comme deux coqs de combat. Henry fut le plus rapide à sauter, mais elle eut le temps de s'agripper à sa chemise et il l'entraîna dans sa chute. Ils nagèrent rapidement jusqu'au milieu de la rivière, en silence, se retournèrent, puis regagnèrent lentement le ponton. « Aide-moi », dit-elle.

Trempés, leurs vêtements plaqués sur la peau, ils remontèrent les marches. « On sera presque secs le temps d'arriver à la voiture, dit-il.

— Il y avait un sacré courant ce soir, dit-elle.

— Manque de concentration, c'est tout.

— Fais attention, je pourrais te pousser du haut de cette falaise. Et je ne plaisante pas, dit-elle en gloussant. Tu te rappelles comment Mrs. Merriweather traitait ce pauvre vieux Mr. Merriweather ? Quand on sera mariés, je te réserve le même traitement. »

Le sort de Mr. Merriweather était particulièrement cruel lorsqu'il lui arrivait de se disputer avec sa femme alors qu'ils étaient en voiture. Mr. Merriweather ne savait pas conduire, et si la querelle s'envenimait, Mrs. Merriweather s'arrêtait, abandonnait le véhicule en plein milieu de la route et finissait le trajet en stop. Un jour, ils s'étaient chamaillés sur un étroit chemin de campagne, et Mr. Merriweather était resté seul sur le bas-côté pendant sept heures avant de grimper sur une carriole qui passait par là.

« Une fois que je serai élu, on ne pourra plus se permettre les bains de minuit, dit Henry.

— Alors ne te présente pas. »

La voiture ronronnait. Peu à peu, l'air frais s'éloigna derrière eux et il fit de nouveau une chaleur étouffante. Jean Louise aperçut le reflet de deux phares dans le pare-brise à l'arrière, et une voiture les dépassa. Puis une autre, et bientôt une autre encore. Maycomb n'était plus très loin.

La tête posée sur l'épaule de Henry, Jean Louise était contente. Ça pourrait peut-être marcher après tout, se disait-elle. Mais je ne suis pas une créature domestique. Je ne sais même pas diriger une cuisine. Que se racontent les femmes quand elles se rendent visite ? Il faudrait que je porte un chapeau. Je lâcherais les bébés et je les tuerais.

Un véhicule qui ressemblait à une espèce de bourdon noir géant les dépassa à toute allure et disparut dans le virage en faisant crisser ses pneus. Jean Louise sursauta. « C'était quoi ?

— Des Noirs en voiture.

— Dieu du ciel, mais qu'est-ce qu'ils fichaient ?

— C'est comme ça qu'ils s'affirment, de nos jours, dit Henry. Ils ont assez d'argent pour acheter des voitures d'occasion, et ils s'amusent à rouler à tombeau ouvert. Un vrai danger public.

— Permis de conduire ?

— Souvent, non. Pas d'assurance non plus.

— Mince alors, et s'il arrive quelque chose ?

— Eh bien ce serait triste. »

*

Devant chez elle, Henry la quitta sur un chaste baiser. « Demain soir ? » demanda-t-il.

Elle acquiesça. « Bonne nuit, mon chéri. »

Chaussures à la main, elle entra dans sa chambre à pas de loup et alluma la lumière. Elle se déshabilla, enfila son haut de pyjama, puis se faufila en silence dans le salon. Elle alluma une lampe et se dirigea vers la bibliothèque. Ah, du sang, se dit-elle. Elle promena un doigt le long des volumes d'histoire militaire, s'attarda un moment devant *La Deuxième Guerre punique* et arrêta finalement son choix sur *La Charge de la Brigade légère : les raisons d'un fiasco*. Autant réviser ses classiques avant d'aller voir Oncle Jack, songea-t-elle. Elle retourna dans sa chambre, éteignit le plafonnier, chercha à tâtons sa lampe de chevet, la trouva, appuya sur l'interrupteur. Elle grimpa dans le lit qui l'avait vue naître, lut trois pages, et s'endormit avec la lumière allumée.

TROISIÈME PARTIE

6

« Jean Louise, Jean Louise, réveille-toi ! »

La voix d'Alexandra se fraya un chemin dans son esprit inconscient, et elle lutta pour remonter à la surface du jour. Elle ouvrit les yeux et découvrit sa tante debout au pied de son lit. « Qu'est-ce que..,

— Jean Louise, quelle mouche vous a piqués, toi et Henry Clinton, d'aller nager hier soir dans le plus simple appareil ? »

Jean Louise se redressa dans son lit. « Hum ?

— J'ai dit, quelle mouche vous a piqués, toi et Henry Clinton, d'aller nager hier soir dans le plus simple appareil ? Tout Maycomb ne parle que de ça ce matin ! »

Jean Louise posa la tête sur ses genoux et essaya de se réveiller. « Qui t'a raconté ça, Tatie ?

— Mary Webster m'a appelée à la première heure. Elle dit qu'on vous a vus tous les deux hier soir, entièrement nus, au beau milieu de la rivière, à une heure du matin !

— "On" a de trop bons yeux pour être honnête. » Jean Louise haussa les épaules. « Eh bien, ma tante, j'imagine qu'il ne me reste plus qu'à épouser Hank à présent, n'est-ce pas ?

— Je… je ne sais pas quoi dire, Jean Louise. Ton père en mourra, il en mourra quand il saura. Tu ferais mieux de tout lui raconter avant qu'il ne l'apprenne au coin de la rue. »

Atticus se tenait dans l'embrasure de la porte, les mains dans les poches. « Bonjour, dit-il. Et de quoi vais-je donc mourir ?

— Je ne lui dirai rien, Jean Louise. C'est à toi de le faire. »

Jean Louise adressa un petit signe à son père ; son message fut reçu et compris. Atticus prit un air grave. « Que se passe-t-il ? demanda-t-il.

— Mary Webster a dégainé sa turbine à potins. Ses espions nous ont vus, Hank et moi, nager dans la rivière hier soir, entièrement dévêtus.

— Hum, fit Atticus en rajustant ses lunettes. J'espère au moins que vous ne faisiez pas de la natation synchronisée.

— Atticus ! s'exclama Alexandra.

— Pardon, Zandra, dit Atticus. C'est vrai, Jean Louise ?

— En partie. Ai-je irrémédiablement plongé la famille dans la disgrâce ?

— Nous devrions y survivre. »

Alexandra s'assit au bord du lit. « C'est donc vrai, dit-elle. Jean Louise, je n'ai pas la moindre idée de ce que vous pouviez bien fiche au ponton hier soir…

— … oh mais si, tu as bien une petite idée. Mary Webster t'a tout raconté, Tatie. Ne t'a-t-elle pas dit ce qui s'est passé ensuite ? Père, si vous vouliez bien me passer mon négligé. »

Atticus lui lança son bas de pyjama. Elle l'enfila sous les draps, rabattit ceux-ci d'un coup de pied et étira ses jambes.

« Jean Louise… », reprit Alexandra avant de s'interrompre aussitôt. Atticus tenait à la main une robe en coton. Il la posa sur le lit et se dirigea vers le fauteuil. Il attrapa un jupon, se retourna et le laissa tomber par-dessus la robe.

« Cesse de tourmenter ta tante, Jean Louise. C'est ton équipement de bain, tout ça ?

— Oui, père. Tu crois qu'on devrait les faire parader dans les rues de la ville au bout d'une pique ? »

Alexandra, perplexe, toucha les vêtements humides de Jean Louise et dit : « Mais qu'est-ce qui t'a pris d'aller te baigner tout habillée ? »

Quand son frère et sa nièce éclatèrent de rire, elle dit : « Ça n'a absolument rien de drôle. Tu n'étais peut-être pas dévêtue, mais ce n'est pas ça qui va t'attirer la clémence de Maycomb. Tu te serais baignée toute nue que ce serait la même chose. Je n'arrive pas à comprendre ce qui vous est passé par la tête à tous les deux.

— Moi non plus, dit Jean Louise. Mais tu sais, Tatie, si ça peut te rassurer, ce n'était même pas si amusant que ça. On a simplement commencé à se taquiner, j'ai mis Hank au défi et il ne pouvait pas se défiler, et ensuite c'est moi qui ne pouvais plus me défiler, et voilà, l'instant d'après, on était dans l'eau. »

Alexandra n'était pas impressionnée. « À vos âges, Jean Louise, ce genre de conduite est inacceptable. »

Jean Louise soupira et sortit de son lit. « Bon, eh bien je suis désolée, dit-elle. Il y a du café ?

— Il t'attend dans la cuisine. »

Jean Louise suivit son père. Elle alla à la cuisinière où le café était posé à réchauffer, se versa une tasse et s'assit à la table. « Comment peux-tu boire du lait glacé au petit déjeuner ? »

Atticus déglutit. « Ça a meilleur goût que le café.

— Calpurnia disait toujours, chaque fois que Jem et moi la suppliions de nous donner du café, que ça nous rendrait noirs comme elle. Tu es fâché contre moi ? »

Atticus laissa échapper un petit rire. « Bien sûr que non. Mais à mon avis il y a bien mieux à faire au milieu de la nuit que de se livrer à ce genre de cabrioles. Tu devrais aller te préparer pour l'église. »

*

Le corset du dimanche d'Alexandra était encore plus formidable que ceux des jours de semaine. Elle se tenait sur le seuil de la chambre de Jean Louise, sanglée, chapeautée, gantée, parfumée, fin prête.

Le dimanche était le jour d'Alexandra : avant et après l'École du dimanche, la tante de Jean Louise et quinze autres paroissiennes méthodistes prenaient place dans l'auditorium de l'église pour y tenir conférence. Jean Louise appelait ce petit symposium « La Revue des Cancans de la Semaine ». Elle regrettait d'avoir gâché le plaisir dominical de sa tante ; Alexandra serait sur la défensive aujourd'hui, même si Jean Louise était certaine qu'elle mettrait en œuvre

116

autant de génie tactique à repousser les assauts qu'elle en mettait en général à lancer l'offensive, qu'elle sortirait de la bataille la tête haute et pourrait écouter le sermon sans craindre pour la réputation de sa nièce.

« Jean Louise, tu es prête ?

— Presque », répondit-elle. Elle badigeonna ses lèvres d'un peu de rouge, lissa son accroche-cœur, détendit ses épaules et se retourna. « Alors ? dit-elle.

— Je ne t'ai jamais vue entièrement vêtue de toute ta vie. Où est ton chapeau ?

— Tatie, tu sais bien que si j'arrivais à l'église ce matin avec un chapeau sur la tête, tout le monde penserait que quelqu'un est mort. »

La seule fois où elle avait mis un chapeau, c'était aux funérailles de Jem. Elle ne savait pas pourquoi, mais avant l'enterrement, elle avait prié Mr. Ginsberg de bien vouloir ouvrir sa boutique pour elle, elle en avait choisi un et l'avait posé sur sa tête, en songeant que Jem se serait tordu de rire s'il avait pu la voir à cet instant, et pourtant elle s'était sentie étrangement mieux ainsi.

Son oncle Jack les attendait sur les marches de l'église.

Le Dr. John Hale Finch n'était pas plus grand que sa nièce, qui elle-même ne dépassait pas le mètre soixante-dix. De son père, il avait hérité un nez effilé, une lèvre inférieure sévère et des pommettes hautes. La ressemblance physique avec Alexandra était frappante mais s'arrêtait au cou : le Dr. Finch était sec, presque arachnéen ; sa sœur était plus généreuse de proportions. C'était à cause de lui qu'Atticus ne s'était pas marié avant l'âge de quarante ans – quand l'heure était venue pour lui de choisir un métier, John Hale Finch s'était orienté vers la médecine. À l'époque où il s'était lancé dans ses études, le coton valait un *cent* le kilo et les Finch avaient tout sauf de l'argent. Atticus, lui-même incertain quant à son avenir professionnel, s'était endetté et avait dépensé jusqu'au dernier sou pour subvenir à l'éducation de son frère ; à terme, son sacrifice avait été payé de retour, et avec intérêts.

Le Dr. Finch se spécialisa dans les maladies des os, établit son cabinet à Nashville, fit de judicieux placements boursiers, et à quarante-cinq ans, il avait amassé assez d'argent pour prendre sa retraite et consacrer tout son temps à son premier et grand amour, la littérature victorienne, marotte qui à elle seule lui avait valu la réputation d'excentrique patenté le plus cultivé du comté de Maycomb.

Le Dr. Finch s'était si bien et depuis si longtemps abreuvé de son capiteux élixir que sa personne tout entière était comme criblée de tics curieux et d'exclamations bizarres. Il ponctuait son discours de petits « ha » et autres « hum » ainsi que d'expressions archaïques auxquelles venait se mêler, en une alchimie précaire, un goût prononcé pour l'argot du jour. Son esprit était plus piquant qu'une épingle à chapeau, il était farfelu, il était célibataire mais donnait l'impression de nourrir nombre de souvenirs plaisants, il possédait un chat roux âgé de dix-neuf ans, il était incompréhensible pour la plupart des oreilles du comté de Maycomb, tant il saupoudrait sa conversation de subtiles allusions aux arcanes du monde victorien.

Ceux qui le rencontraient pour la première fois avaient le sentiment de se trouver en face d'un homme dérangé, mais ceux qui avaient appris à se brancher sur sa fréquence savaient que le Dr. Finch était si sain d'esprit, surtout lorsqu'il s'agissait de manœuvres commerciales, que ses amis se risquaient souvent à endurer d'interminables dissertations sur la poésie de Mackworth Praed afin d'obtenir ses conseils avisés. L'ayant côtoyé de près et de longue date (du temps de son enfance solitaire, le Dr. Finch avait tenté de faire d'elle une érudite), Jean Louise en avait suffisamment appris sur le sujet de prédilection de son oncle pour suivre ses propos, la plupart du temps, et s'entretenir avec lui était un régal. Lorsqu'il ne provoquait pas chez elle de grands élans d'hilarité silencieuse, il l'ensorcelait par la puissance de sa mémoire, plus solide qu'un piège à ours, et l'étendue prodigieuse de son esprit infatigable.

« Salut à toi, fille de Nérée ! » dit-il en l'embrassant sur la joue. Le Dr. Finch possédait un téléphone – l'une de ses rares concessions au vingtième siècle. Il fit reculer sa nièce d'un pas et la considéra d'un air amusé.

« Rentrée depuis à peine dix-neuf heures et tu sacrifies déjà à ta passion pour les ablutions extrêmes, ha ! Exemple classique de comportementalisme watsonien – je crois que je devrais t'étudier et envoyer mes observations au *Journal de l'Association médicale américaine*.

— Tais-toi donc, vieux charlatan, murmura Jean Louise sans desserrer les dents. Je passe te voir cet après-midi.

— Toi et Hank turpitudinant dans la rivière...
ha !... devriez avoir honte... déshonneur de la
famille... tu t'es bien amusée ? »

L'École du dimanche allait commencer ; le Dr.
Finch s'inclina pour la laisser passer. « Ton coupable
paramour t'attend à l'intérieur », dit-il.

Jean Louise lança à son oncle un regard qui ne le
désarçonna pas le moins du monde et pénétra dans
l'église du pas le plus digne dont elle fût capable.
Elle adressa sourires et salutations aux méthodistes de
Maycomb, et dans la salle de classe de son enfance
elle s'installa à sa place, près de la fenêtre, où elle
passa toute la leçon à dormir les yeux ouverts, comme
à son habitude.

7

Rien de tel qu'un hymne à vous glacer les sangs pour se sentir de retour chez soi, se dit Jean Louise. Si elle avait éprouvé un quelconque sentiment d'isolement depuis son arrivée, celui-ci se dissipa, puis disparut tout à fait, en présence des deux cents pécheurs qui demandaient avec le plus grand sérieux à être noyés sous les flots rouges de la rédemption. Tout en proférant elle aussi à l'adresse du Seigneur les paroles dictées à Mr. Power par ses hallucinations, déclarant que c'était l'Amour qui l'exaltait, Jean Louise se laissait bercer par la chaleur qui rassemble les individus les plus disparates lorsqu'ils se retrouvent chaque semaine dans le même bateau pendant une heure.

Elle était assise à côté de sa tante sur le banc du milieu, dans la partie droite de la nef ; son père et le Dr. Finch avaient pris place côte à côte au troisième rang à gauche. Elle ne s'expliquait pas ce mystère, mais telle était la configuration invariable qu'ils adoptaient à l'église depuis que le Dr. Finch était revenu vivre à Maycomb. Personne ne les prendrait pour des frères, se dit-elle. On a du mal à croire qu'il a dix ans de plus qu'Oncle Jack.

Atticus Finch ressemblait à sa mère ; Alexandra et John Hale Finch ressemblaient à leur père. Atticus dépassait son frère d'une tête, il avait un visage large et avenant, le nez droit, une grande bouche aux lèvres fines, mais il y avait quelque chose chez ces trois-là qui trahissait leur lien de parenté. Oncle Jack et Atticus grisonnent aux mêmes endroits et ils ont les mêmes yeux, songea Jean Louise : voilà, ça doit être ça. Elle avait raison. Tous les Finch avaient des sourcils nets, incisifs, et des paupières lourdes ; quand ils regardaient de biais, vers le haut ou droit devant eux, on pouvait, en les observant avec un peu de recul, déceler chez eux ce que Maycomb appelait un « Air de Famille ».

Ses méditations furent interrompues par Henry Clinton. Il venait de faire passer une sébile dans la rangée juste derrière elle et, en attendant que son acolyte la récupère au bout de celle où elle était assise, il lui adressa ouvertement un clin d'œil solennel. Alexandra le vit et le foudroya du regard. Henry et son comparse remontèrent la travée centrale et se présentèrent humblement au pied de l'autel.

Tout de suite après la quête, les méthodistes de Maycomb chantaient ce qu'ils appelaient la Doxologie plutôt que de laisser le pasteur se recueillir devant la sébile, afin de lui épargner la peine de devoir inventer une nouvelle prière, lui qui s'était déjà donné celle de prononcer trois robustes invocations. Aussi loin que remontât la mémoire ecclésiastique de Jean Louise, Maycomb avait toujours chanté la Doxologie de la même façon :

Loué — soit — le — Seigneur — pour — toutes
— bénédictions,

hymne tout aussi consubstantiel au méthodisme
sudiste que les traditionnelles offrandes de bienvenue
au pasteur. Ce dimanche, Jean Louise et la congrégation étaient donc en train de s'éclaircir la voix
en toute innocence avant de l'entonner comme de
coutume lorsque soudain, tel un orage surgi d'un
ciel sans nuages, Mrs. Clyde Haskins se précipita
sur son orgue avec fracas :

LouésoitleSeigneurpour tou–tes bénédic–tions
LouésoitIlicibaspar tou–te la Créa–tion
LouésoitIlaucielparles an–ges du Para–dis
LouéssoientlePèreleFilsetle Saint Es–prit !

Dans la cacophonie qui s'ensuivit, Jean Louise
n'aurait pas été surprise de voir débarquer l'arche-
vêque de Canterbury lui-même en grand apparat :
aucun des paroissiens ne semblait avoir remarqué le
moindre changement dans l'interprétation immémo-
riale de Mrs. Haskins, et tous chantèrent la Doxologie
jusqu'à la lie de la dernière note ainsi qu'ils l'avaient
apprise, tandis que Mrs. Haskins caracolait en tête,
martelant furieusement son clavier comme si elle
jouait sur les grandes orgues de la cathédrale de
Salisbury.

Le premier réflexe de Jean Louise fut de se dire
que Herbert Jemson avait perdu la raison. Herbert
Jemson était le directeur musical de l'Église méthodiste de Maycomb depuis si longtemps qu'elle ne se

rappelait pas en avoir connu d'autre. C'était un gros monsieur sympathique à la voix de baryton feutrée, qui dirigeait un chœur de solistes contrariés avec un tact bonhomme et dont la mémoire infaillible avait retenu les cantiques préférés de chacun des doyens du corps pastoral. Dans les diverses guerres de paroisse qui scandaient la vie méthodiste de Maycomb, Herbert était la seule et unique personne sur qui l'on pouvait toujours compter pour garder la tête froide, faire preuve de bon sens et trouver un terrain d'entente entre les éléments les plus primitifs de la congrégation et la faction des Jeunes Turcs. Il avait consacré trente années de son temps libre à son Église, et son Église lui avait récemment témoigné sa reconnaissance en lui offrant un séjour dans un camp musical en Caroline du Sud.

Le second réflexe de Jean Louise fut de pointer du doigt le pasteur. C'était un jeune homme, répondant au nom de Mr. Stone, dont le Dr. Finch disait qu'il était doué du plus formidable génie soporifique qu'il eût jamais vu à l'œuvre chez un homme n'ayant pas encore atteint sa cinquantième année. Mr. Stone était irréprochable en soi, si ce n'est qu'il possédait toutes les qualités indispensables à un clerc de notaire : il n'aimait pas les gens, il calculait vite, il n'avait aucun humour, et il était bête.

Pendant des années, l'église avait été à la fois trop petite pour accueillir un bon pasteur et trop grande pour un pasteur médiocre ; aussi le Tout-Maycomb s'était-il réjoui en apprenant que les dignitaires ecclésiastiques avaient décidé, à l'issue de leur dernière Conférence, d'envoyer du sang neuf à ses

124

méthodistes. Moins d'un an plus tard, toutefois, le jeune pasteur avait fait si forte impression à sa congrégation que le Dr. Finch n'avait pu s'empêcher, un dimanche, de lâcher comme en passant mais à haute et intelligible voix : « Nous demandions du pain et ils nous ont envoyé une pierre. »

La pierre en question – le bien nommé Mr. Stone – était depuis longtemps soupçonnée de tendances libérales ; il était un peu trop affable avec ses ouailles yankees ; il était récemment sorti quelque peu égratigné d'une controverse sur le Credo des Apôtres ; et pire que tout, on lui prêtait de l'ambition. Jean Louise s'apprêtait à le vouer aux gémonies lorsqu'elle se rappela que Mr. Stone n'avait pas l'oreille musicale.

Le pasteur, que le sacrilège de Herbert Jemson n'avait pas décontenancé pour un sou puisqu'il n'avait rien entendu, se leva et rejoignit son pupitre, Bible à la main. Il l'ouvrit et dit : « Notre texte, aujourd'hui, est tiré du livre d'Isaïe, chapitre 21, verset 6 :

Car ainsi m'a parlé le Seigneur :
Va et poste une sentinelle ; qu'elle annonce ce qu'elle
  verra. »

Jean Louise fit un effort sincère pour écouter ce que voyait la sentinelle de Mr. Stone, mais elle eut beau résister, elle sentit peu à peu son amusement initial virer à la colère indignée et elle passa tout le sermon à fixer Herbert Jemson. Comment avait-il pu oser ? Essayait-il de les ramener dans le giron de sa sainte mère l'Église ? Si elle avait bien voulu écouter

125

la voix de sa raison, elle aurait compris que Herbert Jemson était en réalité la plus pure incarnation du méthodisme : chacun savait qu'il était plus porté sur les bonnes œuvres que sur la théologie.

D'abord on se débarrassait de la Doxologie, et ensuite quoi ? De l'encens ? *Orthodoxie mes fesses...* Était-ce Oncle Jack qui disait cela, ou l'un de ses chers vieux évêques ? Elle tourna la tête et aperçut le profil aiguisé de son visage de l'autre côté de la travée ; il est de mauvais poil, se dit-elle.

Mr. Stone continuait de bourdonner... un chrétien peut se débarrasser des frustrations de la vie moderne en... venant à la Soirée familiale tous les mercredis avec un petit plat préparé... à être avec vous aujourd'hui et pour l'éternité, amen.

Tandis que Mr. Stone, ayant prononcé la bénédiction, se dirigeait vers la sortie, elle descendit la travée centrale, déterminée à demander des comptes à Herbert, qui était resté à l'intérieur pour fermer les fenêtres. Mais le Dr. Finch l'avait devancée :

« ... ne devriez pas la chanter de cette façon, Herbert, disait-il. Nous sommes méthodistes après tout, D.V.

— Ne vous en prenez pas à moi, Dr. Finch. » Herbert leva les mains en l'air comme pour esquiver le prochain coup. « C'est ainsi qu'on nous a appris à chanter au camp Charles Wesley.

— Vous n'allez tout de même pas accepter une chose pareille sans réagir, j'espère ? Qui vous a dit de faire ça ? » Les lèvres du Dr. Finch se froncèrent au point de devenir quasi invisibles, puis se détendirent d'un coup, comme un élastique.

« Le maître de musique. Il enseignait un cours sur les travers des chants religieux dans le Sud. Il venait du New Jersey.

— Tiens donc.

— Oui monsieur.

— Et quels sont ces travers, selon lui ?

— Il disait qu'à entendre nos hymnes, nous chanterions "Fourrez vot' museau sous le tuyau d'où la bonne parole coule à gogo" que ce serait la même chose. Que Fanny Crosby devrait être bannie par l'Église et que *Ô Roche d'Éternité* était une abomination aux yeux du Seigneur.

— Vous m'en direz tant.

— Il disait aussi qu'il fallait donner un petit coup de fouet à la Doxologie.

— Un petit coup de fouet ? Comment cela ?

— En la chantant comme nous l'avons fait aujourd'hui. »

Le Dr. Finch s'assit sur le premier banc devant l'autel. Il passa un bras derrière le dossier et remua les doigts d'un air songeur. Il leva les yeux vers Herbert.

« Il semblerait…, dit-il, oui, il semblerait que les activités de la Cour Suprême ne suffisent pas à la satisfaction de nos frères du Nord ; il faut encore qu'ils nous obligent à changer nos habitudes musicales.

— Il disait, continua Herbert, que nous devrions abandonner les hymnes sudistes et en apprendre de nouveaux. Moi ça ne me plaît pas – certains qu'il trouvait jolis n'avaient même pas de mélodie. »

Le « Ha ! » du Dr. Finch fut encore plus sec que de coutume – signe infaillible qu'il était en train de perdre son sang-froid. Il parvint toutefois à le conserver suffisamment pour dire : « Les hymnes sudistes, Herbert ? Les hymnes sudistes ? »

Le Dr. Finch posa les mains sur ses genoux et se redressa, le dos bien à la verticale contre le dossier du banc.

« Bon, Herbert, dit-il, gardons notre calme et profitons de la sérénité de ce sanctuaire pour analyser tout cela tranquillement. Mon impression est que votre bonhomme souhaiterait nous voir chanter la Doxologie selon les préceptes de l'Église anglicane, rien de moins, et en même temps il se contredit – il se contredit – en prétendant vouloir se débarrasser de... *Demeure auprès de moi* ?

— C'est cela même.

— Lyte.

— Euh... plaît-il ?

— Lyte, cher ami. Henry Francis Lyte. Et quid de *Lorsque je contemple la Croix merveilleuse* ?

— Oui, celui-là aussi, dit Herbert. Il nous a donné une liste.

— Une liste, tiens tiens. J'imagine qu'*En avant soldats chrétiens* y figure ?

— En bonne place.

— Ha ! fit le Dr. Finch. H. F. Lyte, Isaac Watts, Sabine Baring-Gould. »

Il fit rouler ce dernier nom avec des accents typiquement maycombiens : longs « a », longs « i », et une pause entre chaque syllabe.

« Tout le monde à l'heure anglaise, Herbert, voilà de quoi il s'agit, poursuivit-il. Il veut faire table rase et nous forcer à chanter la Doxologie comme si nous étions tous à l'abbaye de Westminster, si j'ai bien compris. Eh bien je vais vous dire une bonne chose... »

Jean Louise se tourna vers Herbert, qui opinait du chef, puis vers son oncle, qui avait soudain de faux airs de Theobald Pontifex.

« ... votre bonhomme n'est qu'un snob, Herbert, voilà la vérité.

— Il était assez maniéré, concéda Herbert.

— Je l'aurais parié. Et vous êtes d'accord avec ces sornettes ?

— Grands dieux, non ! dit Herbert. Je me suis dit que je pourrais essayer une fois, pour confirmer mes doutes. La congrégation n'arrivera jamais à suivre. Et puis je les aime bien, moi, nos vieux hymnes.

— Moi aussi, Herbert », dit le Dr. Finch. Il se leva et passa son bras sous celui de Jean Louise. « Nous nous reverrons dimanche prochain à la même heure, et si je m'aperçois que cette église s'est hissée entre-temps ne fût-ce que d'un pouce au-dessus du sol, je vous en tiendrai pour personnellement responsable. »

Herbert crut comprendre, au regard du Dr. Finch, qu'il s'agissait d'une plaisanterie. Il rit et dit : « Ne vous inquiétez pas, monsieur. »

Le Dr. Finch raccompagna Jean Louise à la voiture, où l'attendaient Atticus et Alexandra. « On te dépose ? demanda-t-elle.

— Bien sûr que non », répondit le Dr. Finch. Il avait pour habitude de se rendre à pied à l'église chaque dimanche et d'en repartir de même, et il se tenait à cette résolution que rien, ni tempête, ni soleil de plomb, ni bise glaciale, ne pouvait décourager.

Comme il tournait les talons, Jean Louise l'interpella. « Oncle Jack, dit-elle. Qu'est-ce que ça veut dire, D.V. ? »

Le Dr. Finch poussa son soupir signifiant jeune-fille-tu-n'as-décidément-aucune-instruction, haussa les sourcils et répondit : « *Deo volente*. "Avec la volonté de Dieu", mon enfant. "Avec la volonté de Dieu". Une bonne vieille expression catholique qui a fait ses preuves. »

8

Aussi brutalement qu'un petit garçon barbare extirpe de son trou la larve d'une fourmi-lion pour la regarder se tortiller sous le soleil, Jean Louise fut arrachée à son paisible royaume, livrée à elle-même et vouée à protéger seule, du mieux qu'elle pût, son sensible épiderme, par un dimanche après-midi humide, à très exactement quatorze heures dix-huit. Voici comment la chose advint.

Après le déjeuner, au cours duquel Jean Louise fit la joie de toute la maisonnée en rapportant les propos tenus à l'église par le Dr. Finch sur la meilleure façon de chanter, Atticus alla s'asseoir dans son coin du salon pour lire les journaux du dimanche tandis que Jean Louise s'apprêtait à passer un après-midi de fous rires auprès de son oncle, accompagnés de petits gâteaux secs et arrosés du café le plus fort de tout Maycomb.

On sonna à la porte ; elle entendit Atticus répondre : « Entrez ! », puis la voix de Henry : « Prêt, Mr. Finch ? »

Elle lâcha son torchon ; avant même qu'elle ait eu le temps de sortir de la pièce, Henry passa la tête par l'embrasure et dit : « Salut, toi. »

Alexandra le plaqua contre le mur en un éclair : « Henry Clinton, vous devriez avoir honte ! »

Henry, dont le charme était loin d'être négligeable, en fit plein usage face à Alexandra, laquelle y était apparemment imperméable. « Allons, Miss Alexandra, dit-il. Même si vous le vouliez, vous n'arriveriez pas à rester fâchée bien longtemps contre nous.

— Je vous ai tirés d'affaire tous les deux aujourd'hui, dit-elle, mais la prochaine fois, je ne serai peut-être pas là.

— Miss Alexandra, vous n'imaginez pas à quel point nous vous sommes reconnaissants. » Il se tourna vers Jean Louise. « Ce soir, sept heures et demie, et pas de Landing. On ira voir un spectacle.

— D'accord. Où est-ce que vous allez ?

— Au tribunal. Une réunion.

— Un dimanche ?

— Oui.

— Ah, c'est vrai, j'oublie toujours que la politique est une affaire du dimanche par ici. »

Atticus, sur le départ, pressa Henry. « À ce soir, ma belle », dit-il.

Jean Louise le suivit dans le salon. Quand la porte se fut refermée derrière son père et Henry, elle alla ramasser les journaux qu'Atticus avait abandonnés au pied de son fauteuil. Elle les remit en ordre et les posa sur le canapé. Puis elle retraversa la pièce pour aligner la pile de livres entassés sur sa liseuse, et c'est alors qu'elle remarqua un petit fascicule, de la taille d'une enveloppe administrative.

Sur la couverture était dessiné un Noir anthropophage, et au-dessus du dessin il était écrit : *La Peste noire*. Son auteur était quelqu'un dont le nom était suivi d'une kyrielle de titres universitaires. Elle ouvrit le fascicule, s'assit dans le fauteuil de son père et commença à lire. Quand elle eut fini, elle le prit du bout des doigts, comme elle eût tenu un rat mort par le bout de la queue, alla dans la cuisine et le brandit sous le nez de sa tante.

« Qu'est-ce que c'est que ça ? » demanda-t-elle.

Alexandra y jeta un coup d'œil par-dessus ses lunettes. « C'est à ton père. »

Jean Louise appuya sur la pédale de la poubelle et jeta le fascicule.

« Ne fais pas ça, dit Alexandra. Ils ne sont pas faciles à se procurer, ces temps-ci. »

Jean Louise ouvrit la bouche, la ferma, puis la rouvrit. « Tatie, tu as lu ce machin ? Tu sais ce qu'il y a dedans ?

— Bien sûr. »

Jean Louise aurait été moins surprise d'entendre Alexandra proférer une obscénité.

« Tu... Tatie, tu te rends bien compte qu'à côté de ce qui est écrit là-dedans, le Dr. Goebbels est un naïf petit plouc de la cambrousse ?

— Je ne vois pas de quoi tu parles, Jean Louise. Il y a beaucoup de choses vraies dans ce livret.

— Oh ça oui, pour sûr, dit Jean Louise d'un ton sarcastique. J'aime surtout le passage où il explique que les nègres, Dieu ait pitié de leur âme, sont par définition inférieurs à la race blanche parce que leur crâne est plus épais et leur cervelle plus creuse – si tant est qu'un tel charabia veuille dire quelque chose – et que nous devons par conséquent être

133

très gentils avec eux et les empêcher de se faire du mal à eux-mêmes et veiller à ce qu'ils restent bien à leur place. Bonté divine, Tatie… »

Alexandra se tenait droite comme un i. « Eh bien ? dit-elle.

— Eh bien je ne savais pas que tu goûtais ce genre de lectures salaces, Tatie », dit Jean Louise.

Sa tante garda le silence, et Jean Louise continua : « J'ai été également très impressionnée par la parabole selon laquelle les maîtres du monde, depuis la nuit des temps, ont toujours été des Blancs, sauf Gengis Khan ou je ne sais plus qui – l'auteur fait preuve d'un sens de l'équité vraiment admirable à ce propos –, et la façon imparable dont il explique que les Pharaons eux-mêmes étaient blancs et que leurs sujets étaient soit noirs soit juifs…

— Et alors, c'est vrai, non ?

— Bien sûr, mais où est le rapport ? »

Quand Jean Louise était inquiète, perplexe ou tendue, surtout face à sa tante, son cerveau changeait de fréquence et la faisait basculer dans des pitreries dignes de Gilbert et Sullivan. Trois silhouettes pleines d'entrain tournoyaient follement dans sa tête – les heures passées avec Oncle Jack et Dill en train de danser de manière hystérique reléguaient au néant le lendemain et les soucis qui l'accompagnent.

Alexandra était en train de lui parler : « Je te l'ai dit. C'est ton père qui l'a rapporté d'une réunion du conseil des citoyens.

— Du quoi ?

134

— Du conseil des citoyens de Maycomb[1]. Tu ne savais pas qu'on en avait un ?

— Non, je ne savais pas.

— Eh bien ton père fait partie du comité de direction et Henry est l'un des membres les plus actifs. » Alexandra soupira. « Non pas que nous en ayons véritablement besoin. Il ne s'est encore rien passé à Maycomb, mais prudence est mère de sûreté. D'ailleurs c'est là qu'ils sont, en ce moment même.

— Un conseil des citoyens ? À Maycomb ? s'entendit-elle répéter d'un air idiot. Atticus ?

— Jean Louise, dit Alexandra, je ne crois pas que tu aies pris la mesure de ce qui est en train de se passer ici... »

Jean Louise fit volte-face, fonça vers la porte, sortit en trombe, traversa le jardin et dévala la grand-rue à toutes jambes, poursuivie par l'écho des dernières paroles de sa tante : « Je t'interdis d'aller en ville Comme Ça ! » Elle avait oublié qu'il y avait une voiture en parfait état de marche dans le garage et que les clés étaient posées sur le meuble de l'entrée. Elle continua son chemin d'un pas brusque, en cadence avec la mélodie absurde qui lui trottait dans la tête.

Ohé ! bien l'bonjour et ohé !
Si jamais je dois t'épouser,

---

1. « Citizens' Councils », ou « White Citizens' Councils » : associations locales regroupant des défenseurs de la « suprématie de la race blanche » aux États-Unis, surtout présentes dans les États du Sud, à partir des débuts de la déségrégation au milieu des années 1950.

Quand pour toi de mourir il sera l'heure
Alors la belle si tendre à ton cœur
Devra elle aussi trépasser !
Ohé ! bien l'bonjour et ohé !

Que mijotaient Hank et Atticus ? Que se passait-il ? Elle ne savait pas, mais elle le découvrirait avant le coucher du soleil.

C'était lié à ce fascicule qu'elle avait trouvé dans la maison – posé là au vu et au su de tous et du Seigneur –, c'était lié aux conseils des citoyens. Ça, pour en avoir entendu parler... Les journaux new-yorkais en faisaient des gorges chaudes. Elle regrettait à présent de ne pas y avoir prêté plus d'attention, mais un seul coup d'œil à ces articles suffisait en général à lui remettre en mémoire une histoire familière : c'étaient les mêmes individus qui constituaient l'Empire invisible, qui haïssaient les catholiques ; des Anglo-Saxons au sang rouge à cent pour cent, habités par l'ignorance et la peur, rubiconds, rustres, respectueux de la loi, ses compatriotes américains – la lie.

Atticus et Henry avaient une idée derrière la tête, ils n'étaient là-bas que pour garder un œil sur les agissements de cette clique – Tatie affirmait qu'Atticus siégeait au comité de direction. Elle se trompait. Tout cela n'était qu'une gigantesque méprise ; Tatie s'emmêlait les idées, parfois...

Elle ralentit en arrivant aux abords du centre-ville. Les rues étaient désertes ; seules deux voitures étaient garées devant le drugstore. La façade blanche du vieux tribunal scintillait sous le soleil de l'après-midi. Un chien noir trottinait d'un pas chaloupé dans la rue, au loin ; le feuillage des désespoirs-des-singes frissonnait en silence aux quatre coins de la place.

Quand elle eut atteint l'entrée nord du tribunal, elle vit des voitures vides stationnées en double file tout le long du bâtiment.

En grimpant les marches, elle ne remarqua pas les vieux messieurs qui flânaient alentour, ni le distributeur d'eau fraîche installé juste derrière la porte, ni les chaises en osier alignées dans le couloir ; elle nota en revanche l'odeur d'urine humide et rance qui émanait des renfoncements soustraits au soleil du comté. Elle passa devant les bureaux du percepteur, du contrôleur des impôts, du secrétaire du comté, de l'officier d'état civil, du juge des successions, monta les marches en bois brut jusqu'à l'étage de la salle d'audience, puis un autre escalier, recouvert d'un tapis, jusqu'au balcon réservé aux gens de couleur, entra et alla s'asseoir à sa place habituelle, dans le coin au premier rang, là où elle s'installait jadis avec son frère, chaque fois qu'ils se rendaient au tribunal pour voir leur père plaider.

En dessous, sur des bancs sommaires, étaient assis non seulement la quasi-totalité de la lie du comté de Maycomb mais aussi la plupart de ses citoyens les plus respectables.

Elle regarda de l'autre côté de la salle, et derrière la barrière qui séparait la cour des spectateurs, à une longue table, étaient assis son père, Henry Clinton, plusieurs hommes qu'elle ne connaissait que trop bien, et un homme qu'elle ne connaissait pas.

Au bout de la table, avachi telle une énorme limace grise et boursouflée, se trouvait William Willoughby, le symbole politique de tout ce que son père et les hommes de sa trempe abhorraient. En voilà encore un qui est bien le dernier de son espèce, se dit-elle. Atticus répugnait ne serait-ce qu'à le croiser sur le même trottoir, et pourtant il était là, assis à la même...

William Willoughby était, de fait, le dernier spécimen de son espèce, du moins pour encore un certain temps. Il saignait lentement à mort au milieu de l'abondance, car le sang qui coulait dans ses veines était celui de la pauvreté. Chaque comté du Sud profond avait un Willoughby, et tous se ressemblaient tellement qu'ils constituaient une catégorie en soi, appelée « Il », « Le Grand Homme », « Le Petit Homme », selon les infimes détails permettant de les différencier d'un territoire à l'autre. Il – quel que fût le nom par lequel le désignaient ses sujets – occupait le poste administratif le plus en vue de son comté – shérif, en général, ou juge des successions –, mais il arrivait que des mutations surviennent ; ainsi du Willoughby de Maycomb, qui avait choisi de ne briguer aucun siège électoral. Willoughby se montrait rarement – il préférait rester dans les coulisses, ce qui était censé dénoter chez lui l'absence de toute ambition personnelle excessive, caractéristique essentielle des despotes au petit pied.

Willoughby avait choisi de diriger son comté non pas depuis son bureau le plus fastueux mais dans ce qu'il fallait bien appeler un clapier – une petite pièce obscure aux relents méphitiques, sur la porte de laquelle était gravé son nom, meublée en tout et pour tout d'un téléphone, d'une table de cuisine et de quelques fauteuils de capitaine en bois brut richement patiné. Chaque fois que Willoughby se déplaçait quelque part, il était systématiquement escorté d'une petite coterie de personnages passifs et pour la plupart peu recommandables, qu'on appelait la Bande du Tribunal, des spécimens que Willoughby avait placés à divers postes locaux et municipaux afin qu'ils agissent selon ses directives.

Assis à côté de Willoughby se trouvait l'un d'entre eux, Tom-Carl Joyner, son bras droit et plus fier soutien : n'était-il pas avec Willoughby depuis toujours ? N'était-il pas l'exécuteur de toutes les basses œuvres de Willoughby ? N'avait-il pas, autrefois, pendant la Grande Dépression, frappé à la porte de tous les taudis à minuit, n'avait-il pas enfoncé dans le crâne de tous les misérables crève-la-faim ignares acceptant l'aide des pouvoirs publics, que ce fût sous la forme d'un emploi ou d'un subside, que leur voix devait aller à Willoughby ? Toi pas voter, toi pas manger. À l'instar de ses satellites de moindre envergure, Tom-Carl, au fil des années, avait fini par revêtir un air contrefait de respectabilité et n'aimait guère qu'on lui rappelle les débuts peu glorieux de sa carrière. Tom-Carl siégeait, ce dimanche, campé dans la certitude que le petit empire à l'érection duquel il avait sacrifié tant de nuits blanches lui reviendrait le jour où Willoughby s'en lasserait ou mourrait. Rien dans l'expression de Tom-Carl n'indiquait qu'une mauvaise surprise l'attendait peut-être au tournant ; déjà, l'indépendance née de la prospérité avait sapé les bases de son royaume, qui avait commencé de crouler ; encore deux élections et il n'en resterait plus rien que des ruines tout juste bonnes à fournir un sujet de mémoire à quelque thésard en sociologie. Jean Louise, observant cette petite trogne imbue d'elle-même, faillit éclater de rire en songeant à la récompense impitoyable que réservait le Sud à ses serviteurs : l'extinction.

Elle passa en revue les rangées de têtes familières : cheveux blancs, cheveux bruns, cheveux soigneusement peignés pour dissimuler l'absence de cheveux, et elle se souvint de l'époque lointaine, quand on s'ennuyait à mourir au tribunal, où elle bombardait discrètement tous ces dômes brillants de glaviots en rafale. Le juge Taylor l'avait prise en flagrant délit, un jour, et l'avait menacée d'un mandat d'arrêt.

L'horloge de la salle d'audience grinça, peina, émit un « chklong ! », et sonna. Deux heures. Quand les vibrations de l'écho se furent dissipées, elle vit son père se lever et s'adresser à l'assemblée de la voix sèche dont il usait au tribunal :

« Messieurs, la tribune aujourd'hui est à Mr. Grady O'Hanlon. Inutile de vous le présenter. Mr. O'Hanlon. »

Mr. O'Hanlon se leva et déclara : « Comme dit la vache au laitier quand il fait froid le matin : "Merci de me tendre une main si chaleureuse." »

Elle n'avait jamais vu ni entendu parler de ce Mr. O'Hanlon de toute sa vie. À en juger par ses remarques liminaires, cependant, elle n'eut aucun mal à le situer : c'était un homme pieux et ordinaire, semblable à n'importe quel autre homme ordinaire, qui avait quitté son emploi pour se consacrer à plein temps à la défense de la ségrégation. Ma foi, se dit-elle, il y a des gens qui ont de drôles de hobbies.

Mr. O'Hanlon avait les cheveux châtain clair, les yeux bleus, un visage qui rappelait celui d'une mule, une cravate sidérante, et pas de veste. Il défit le bouton de son col de chemise, desserra son nœud de cravate, cligna des yeux, passa une main dans ses cheveux, puis entra dans le vif du sujet.

Mr. O'Hanlon était né dans le Sud et y avait grandi, c'est là qu'il était allé à l'école, là qu'il avait épousé une femme elle aussi originaire du Sud, là qu'il avait vécu toute sa vie, sa principale préoccupation, aujourd'hui, était de préserver le Mode de Vie Sudiste, et ce n'étaient pas des nègres ou une Cour Suprême qui allaient lui dire, à lui ou à qui que ce soit d'autre, ce qu'il convenait de faire… une race aussi crétine que… infériorité naturelle… boules de coton crépues sur la tête… pas descendus de leur arbre… sales et puants… épouser vos filles… abâtardir la race… abâtardir… *abâtardir*… sauver le Sud… Lundi Noir… plus ignobles que des cafards… Dieu a créé les races… personne ne sait pourquoi mais Il a voulu qu'elles restent séparées… autrement Il nous aurait tous faits de la même couleur… renvoyer en Afrique…

Elle entendit la voix de son père, une toute petite voix résonnant dans le confort rassurant du passé. *Messieurs, s'il y a un slogan en ce monde auquel je crois, c'est celui-ci : droits égaux pour tous, privilèges pour personne.*

Ces escrocs de pasteurs nègres… des singes… lèvres comme des pneus… pervertir les Évangiles…

141

la cour de justice préfère écouter les communistes…
tous les rafler et les fusiller pour trahison…

Tandis que Mr. O'Hanlon poursuivait sa harangue
monocorde, un souvenir s'élevait en elle pour le
contredire : imperceptiblement, la salle d'audience se
transforma ; sous ses yeux, les mêmes visages. Quand
elle tourna la tête, elle vit des jurés assis dans leur
box, le juge Taylor qui présidait et, devant lui, au
pied de la tribune, son poisson pilote qui prenait
docilement des notes ; son père était debout : il s'était
dressé derrière une table à laquelle était assis un autre
personnage, dont elle n'apercevait que la nuque et
les cheveux, crépus comme une boule de coton…

Atticus Finch s'occupait rarement des affaires de
droit pénal ; il ne s'y intéressait guère en général. S'il
avait accepté celle-ci, c'est parce qu'il savait que son
client était innocent et qu'il ne pouvait tolérer en
son âme et conscience de voir ce jeune Noir finir en
prison à cause de la plaidoirie médiocre d'un avocat
commis d'office. Le jeune homme en question était
venu le solliciter par l'intermédiaire de Calpurnia,
lui avait raconté son histoire et lui avait raconté la
vérité. La vérité était horrible.

Atticus mit sa carrière en jeu, mit à profit les failles
de l'accusation, mit tout son cœur dans sa plaidoirie
devant les jurés et réussit ce qui ne l'avait encore
jamais été ni ne le serait jamais plus dans l'histoire du
comté de Maycomb : il avait obtenu l'acquittement
d'un Noir accusé de viol. Le témoin principal de
l'accusation était une jeune fille blanche.

Atticus avait pu jouer de deux avantages consé-
quents : quoique la jeune fille fût âgée de quatorze

ans, le détournement de mineur ne faisait pas partie des charges retenues contre l'accusé, ce qui avait permis à Atticus de prouver qu'il y avait eu consentement. Consentement par ailleurs plus facile à démontrer qu'en temps normal – l'accusé n'avait qu'un seul bras. Il avait perdu l'autre dans un accident de scierie.

Atticus mena l'affaire à son terme en usant de tout son talent et avec une répugnance instinctive si amère que seule la perspective d'avoir la conscience tranquille put l'en débarrasser. Après le verdict, il sortit du tribunal au beau milieu de la journée, rentra chez lui et prit un bain brûlant. Pas un seul instant il ne songea à ce que cette affaire lui coûterait ; pas un seul instant il ne regarda en arrière. Il ne sut jamais qu'une paire d'yeux semblables aux siens l'observaient depuis le balcon.

… question n'est pas de savoir si ces nègres morveux iront à l'école avec vos enfants ou prendront place à l'avant du bus… mais bien plutôt de savoir si la civilisation chrétienne perdurera ou si nous sommes voués à devenir les esclaves des communistes… avocats nègres… piétiner la Constitution… nos amis juifs… assassiné Jésus… voté pour les nègres… nos grands-pères… juges et shérifs nègres… la séparation c'est l'égalité… quatre-vingt-quinze pour cent de nos impôts… pour les nègres et les chiens… suivre le veau d'or… prêcher les Évangiles… vieille mégère de Roosevelt… amie des nègres… reçoit quarante-cinq nègres mais pas une seule jeune vierge blanche du Sud… Huey Long, cet honnête homme et bon chrétien… aussi noir que du petit bois brûlé… soudoyé la

Cour Suprême… honorables chrétiens blancs… pas pour les nègres que Jésus est monté sur la croix…

La main de Jean Louise glissa. Elle lâcha la rambarde et regarda sa paume. Elle était moite. Un rai de lumière filtrant par les hautes fenêtres se reflétait dans la petite tache de transpiration qu'elle avait laissée sur le bois. Elle regardait son père, assis à la droite de Mr. O'Hanlon, et n'arrivait pas à croire ce qu'elle voyait. Elle regardait Henry, assis à la gauche de Mr. O'Hanlon, et n'arrivait pas à croire ce qu'elle voyait…

… et pourtant ils étaient tous bel et bien là, dans cette salle d'audience. Des hommes de poids et de caractère, des hommes responsables, des hommes honorables. Des hommes de toute extraction et de toute réputation… le seul qui manquât à l'appel était apparemment Oncle Jack. Oncle Jack – elle était censée lui rendre visite aujourd'hui. Quand ?

Elle en savait peu sur les manigances des hommes, mais elle savait que la présence de son père à cette table, aux côtés d'un individu éructant de telles ignominies – sa présence les rendait-elle moins ignobles ? Non. Elle les cautionnait.

Elle avait la nausée. Son estomac se serra, elle se mit à trembler.

Hank.

Tous les nerfs de son corps se hérissèrent, puis se figèrent. Elle était paralysée.

Elle se leva, chancelante, quitta le balcon et redescendit l'escalier d'un pas mal assuré. Elle n'entendit pas ses semelles frotter contre les larges marches, ni l'horloge du tribunal sonner péniblement la demi-heure ; elle ne sentit pas l'odeur rance du rez-de-chaussée.

L'éclat du soleil lui transperça la rétine et elle cacha son visage dans ses mains. Quand elle les enleva, lentement, le temps que ses yeux s'accommodent à la lumière, elle vit Maycomb et ses rues désertes qui vibraient dans la fournaise de l'après-midi.

Elle descendit les marches du tribunal et alla se réfugier à l'ombre d'un chêne vert. Elle tendit le bras pour s'appuyer contre le tronc. Elle regarda Maycomb et sa gorge se noua : Maycomb soutenait son regard.

Va-t'en, lui disaient les vieilles bâtisses. Ta place n'est pas ici. Tu n'es pas la bienvenue. Nous avons des secrets.

Obéissante, écrasée par la chaleur et le silence, elle descendit l'artère principale de Maycomb, une grand-rue qui menait jusqu'à Montgomery. Elle continua de marcher, passa devant des maisons flanquées de grands jardins où s'activaient des dames à la main verte et de corpulents messieurs aux gestes lents. Elle crut entendre Mrs. Wheeler crier quelque chose à Miss Maudie Atkinson de l'autre côté de la rue, et si Miss Maudie l'avait entendue, elle lui dirait venez donc prendre une part de gâteau, j'en ai fait un gros pour le docteur et un plus petit pour vous. Elle compta les fissures du trottoir, se prépara à subir les assauts de Mrs. Henry LaFayette Dubose – *On ne dit pas salut, Jean Louise Finch, on dit bonjour !* –, se hâta de dépasser la vieille maison au toit en pente, puis celle de Miss Rachel, et fut rendue chez elle.

GLACES MAISON.

Elle cligna des yeux. Je deviens folle, se dit-elle.

Elle aurait voulu poursuivre son chemin, mais il était trop tard. La petite échoppe moderne, carrée et trapue, qui se dressait devant elle à la place de son ancienne maison était ouverte, et un homme penché sur le comptoir la regardait. Elle fouilla dans une poche de son pantalon et en sortit une pièce de vingt-cinq *cents*.

« Pourrais-je avoir un cône vanille, s'il vous plaît ?

— On fait plus des cônes. Je peux vous donner un...

— Peu importe. Donnez-moi ce que vous avez, lui dit-elle.

— Z'êtes Jean Louise Finch, pas vrai ? dit-il.

— Oui.

— Z'habitiez ici dans le temps, pas vrai ?

— Oui.

— Z'êtes même née ici, pas vrai ?

— Oui.

— Z'êtes partie à New York, pas vrai ?

— Oui.

— Maycomb a changé, pas vrai ?

— Oui.

— Vous rappelez pas qui j'suis, pas vrai ?

— Non.

— Eh ben j'vous le dirai pas. Z'avez qu'à rester là, manger votre glace et essayer de deviner qui j'suis, et si vous trouvez, je vous en offre une autre.

— Merci, monsieur, dit-elle. Ça vous ennuie si je vais derrière... ?

— Pas de problème. Y a des tables et des chaises dans la cour. Les gens viennent s'installer là le soir, manger leur glace. »

La cour était tapissée de gravier blanc. Comme elle a l'air petite ainsi, sans maison, sans garage, sans lilas de Perse, se dit-elle. Elle s'assit à une table et posa son petit pot de glace devant elle. Il faut que je réfléchisse.

Tout s'était passé si vite qu'elle avait encore des haut-le-cœur. Elle prit une grande inspiration pour desserrer le nœud qui lui tordait le ventre – en vain. Elle se sentit pâlir sous l'effet de la nausée et baissa la tête ; elle avait beau essayer, impossible de rassembler ses pensées ; son esprit n'arrivait pas à aller au-delà de ce qu'elle savait, et ce qu'elle savait était ceci :

Le seul être humain en qui elle avait jamais placé sa pleine et entière confiance, sans la moindre réserve, l'avait déçue ; le seul homme qu'elle eût jamais connu dont elle pouvait dire avec certitude : « C'est un honnête homme. Un homme d'une profonde honnêteté » l'avait trahie, publiquement, grossièrement, éhontément.

9

Intégrité, humour et patience étaient les trois mots qui définissaient le mieux Atticus Finch. Une phrase aussi le caractérisait : prenez n'importe quel citoyen du comté de Maycomb et des environs, demandez-lui ce qu'il pensait d'Atticus Finch, et il y avait de fortes chances pour qu'il vous réponde : « C'est le meilleur ami que j'aie jamais eu. »

Le secret d'Atticus Finch était d'une simplicité telle qu'elle confinait à la plus profonde complexité : là où la plupart des hommes se fixaient un code de conduite puis s'évertuaient à le suivre, Atticus se tenait au sien à la lettre sans effort, sans fanfare et sans se perdre dans des abîmes d'introspection. Il était le même en privé comme en public. Son éthique était celle du Nouveau Testament, ni plus ni moins, et lui valait en récompense le respect et le dévouement de tous ceux qui le connaissaient. Même ses ennemis l'appréciaient, car Atticus ne les considérait jamais comme tels. Il n'avait jamais été riche, mais c'était l'homme le plus fortuné que ses enfants eussent jamais connu.

Ses enfants le connaissaient mieux qu'il n'est donné en général aux enfants de connaître leurs parents. Un jour, du temps où il était député, il avait rencontré une fille de Montgomery, de quinze ans sa cadette ; il était tombé amoureux d'elle, il l'avait épousée, et il l'avait ramenée chez lui, à Maycomb, où ils s'étaient installés dans la maison qu'il venait d'acheter dans la rue principale. Atticus avait quarante-deux ans quand leur fils était né, et ils l'avaient baptisé Jeremy Atticus, comme son père et le père de son père. Quatre ans plus tard, leur fille était venue au monde, et ils l'avaient appelée Jean Louise, comme sa mère et la mère de sa mère. Deux ans plus tard, Atticus rentrait de sa journée de travail, un soir, lorsqu'il découvrit sa femme étendue à terre, sur la véranda, son cadavre en partie caché par les glycines qui faisaient de ce coin de la maison un havre de fraîcheur et de paix. Elle n'était pas morte depuis longtemps ; le fauteuil à bascule dont elle était tombée se balançait encore. Jean Graham Finch avait introduit dans la famille le cœur qui devait tuer son propre fils, vingt-deux ans plus tard, en pleine rue, devant le cabinet de son père.

À quarante-huit ans, Atticus s'était retrouvé seul avec deux jeunes enfants à charge et une cuisinière noire nommée Calpurnia. Rien ne laisse à penser qu'il se posa jamais de grandes questions ; il fit de son mieux pour élever ses enfants et, à en juger par l'affection que ceux-ci lui portaient, il fit très bien : il n'était jamais trop fatigué pour jouer à la balle au prisonnier ; jamais trop occupé pour inventer des histoires merveilleuses ; jamais trop accaparé par ses propres soucis pour prêter l'oreille à un gros chagrin ;

tous les soirs il leur lisait des histoires jusqu'à ce que sa voix le lâche.

Atticus faisait d'une pierre plusieurs coups lorsqu'il faisait la lecture à ses enfants, et ses habitudes en la matière auraient sans doute plongé n'importe quel pédopsychiatre dans la consternation : il partageait avec Jem et Jean Louise ce que lui-même était alors en train de lire, et les enfants grandirent ainsi armés d'une obscure érudition. Ils firent leurs dents sur des ouvrages d'histoire militaire, divers projets de loi soumis au vote de l'Assemblée, les *Grandes énigmes policières*, le Code civil de l'Alabama, la Bible et l'*Anthologie des plus beaux poèmes anglais* de Palgrave.

Jem et Jean Louise le suivaient partout, la plupart du temps. Il les emmenait avec lui à Montgomery pendant les sessions estivales de l'Assemblée ; il les emmenait à des matchs de foot, à des réunions politiques, à l'église, et il les emmenait au bureau, le soir, quand il devait travailler tard. Après le coucher du soleil, il était rare qu'on vît Atticus en public sans ses enfants.

Jean Louise n'avait jamais connu sa mère, elle n'avait même aucune idée de ce qu'était une mère, mais cela ne lui manquait pour ainsi dire pas. Durant son enfance, jamais elle ne s'était sentie incomprise ou traitée avec maladresse par son père, sauf une fois, à onze ans, le jour où, rentrant de l'école pour déjeuner à la maison, elle sentit du sang couler entre ses jambes.

Persuadée qu'elle était sur le point de mourir, elle se mit à hurler. Calpurnia, Atticus et Jem accoururent, et quand ils comprirent ce qui se passait, Atticus et Jem, démunis, se tournèrent vers Calpurnia, et Calpurnia prit la situation en main.

Jean Louise n'avait jamais eu pleinement conscience d'être une fille : sa vie jusqu'alors n'avait été qu'une frénésie de coups et de ruades ; se bagarrer, jouer au foot, crapahuter, suivre Jem dans ses frasques et tenir la dragée haute à tous les gamins de son âge dans n'importe quelle activité requérant une démonstration de force physique.

Quand elle eut suffisamment recouvré son calme pour écouter les explications de Calpurnia, elle se dit que la farce qu'on lui avait jouée était bien cruelle : il lui fallait à présent entrer dans le monde de la féminité, un monde qu'elle méprisait, auquel elle n'entendait rien et contre lequel elle était sans défenses, un monde qui ne voulait pas d'elle.

À seize ans, Jem la délaissa. Il se plaquait maintenant les cheveux en arrière et commençait à fréquenter des filles, et le seul ami de Jean Louise était désormais Atticus. Puis le Dr. Finch revint à Maycomb.

Sous l'œil bienveillant de ces deux hommes d'âge mûr, elle traversa les heures les plus difficiles et les plus solitaires de son existence, contrainte de se livrer à de douloureuses contorsions pour que le turbulent garçon manqué se transforme en jeune femme. Atticus lui arracha des mains son fusil à air comprimé pour y mettre à la place un club de golf ; quant au Dr. Finch, eh bien… du Dr. Finch, elle n'apprit que ce qui intéressait le Dr. Finch. Elle tenta de se prêter au jeu de bonne grâce : elle suivit docilement les règles afférentes au comportement des jeunes filles de bonne famille ; elle fit mine de s'intéresser à la mode, aux garçons, aux coupes de cheveux, aux potins et aux aspirations féminines de manière générale ; mais elle se sentait mal à l'aise dès qu'elle était loin du giron rassurant des quelques êtres sur l'affection desquels elle savait pouvoir compter.

Atticus l'envoya faire ses études dans une université pour jeunes filles en Géorgie ; quand elle eut décroché son diplôme, il déclara qu'il était grand temps pour elle de prendre son envol et de partir, pourquoi pas à New York, par exemple, ou ailleurs. Elle eut l'impression de se faire chasser de chez elle et en conçut une vague vexation, mais avec le temps, elle finit par reconnaître la sagesse d'Atticus ; il se faisait vieux et ne voulait pas mourir sans s'être assuré que sa fille saurait se débrouiller dans la vie par ses propres moyens.

Elle n'était pas seule au monde, mais ce qui la soutenait véritablement, la force morale la plus puissante de toute son existence, c'était l'amour de son père. Elle n'avait jamais douté de cet amour, elle n'y avait jamais réfléchi, elle ne s'était même jamais rendu compte que, chaque fois qu'il lui fallait prendre une décision importante, la question réflexe « Que ferait Atticus ? » lui traversait l'esprit sans qu'elle en eût conscience ; elle ne s'était jamais rendu compte que ce qui la faisait tenir debout et tenir bon face à l'adversité, c'était son père ; que tout ce qu'il y avait de noble et de louable dans son caractère, c'était à son père qu'elle le devait ; elle ne savait pas qu'elle le vénérait.

La seule chose qu'elle savait, c'était qu'elle avait pitié de tous ces jeunes gens de son âge qui passaient leur temps à râler contre leurs parents, à leur reprocher de ne pas leur avoir donné ceci et de les avoir privés de cela ; pitié de toutes ces matrones vieillissantes qui, après un long travail d'analyse, découvraient que le siège de leurs angoisses était celui-là même sur lequel elles étaient assises ; pitié de tous ces gens qui appelaient leur père « mon vieux », esquissant ainsi à demi-mot le portrait d'une créature vulgaire, impotente et probablement alcoolique qui, à un moment ou un autre, avait déçu ses enfants de manière cruelle et impardonnable.

Elle était très prodigue de sa pitié, et très satisfaite de son petit univers douillet.

10

Jean Louise se leva de sa chaise, alla jusqu'au coin du bâtiment et vomit son repas du dimanche. Ses doigts s'agrippèrent aux croisillons d'une clôture grillagée, la clôture qui séparait autrefois le jardin de Miss Rachel de celui des Finch. À l'époque, si Dill était là, il sautait par-dessus, lui attrapait le visage pour l'approcher du sien, l'embrassait, lui prenait la main, et ils se serraient les coudes quand les choses tournaient à l'orage chez eux.

La nausée la reprit, encore plus violente que tout à l'heure, quand elle se remémora la scène à laquelle elle avait assisté au tribunal, mais elle n'avait plus rien dans l'estomac.

Si tu m'avais craché au visage…

Tout cela n'était sans doute, n'était peut-être, n'était encore qu'un terrible malentendu. Son esprit refusait d'accepter ce que ses yeux et ses oreilles lui disaient. Elle retourna s'asseoir et demeura un long moment le regard fixé sur sa glace à la vanille qui avait fondu et s'écoulait lentement vers le bord de la table. La glace se répandit, se figea un instant, puis déborda et se mit à couler sur le sol, goutte à goutte. Une goutte, puis une autre, et encore une autre, dans le gravier blanc, jusqu'à ce que celui-ci ne puisse plus rien absorber et qu'une deuxième petite flaque se forme.

C'est toi qui as fait cela. Oui, c'est bien toi, aussi sûr que je t'ai vu là-bas, de mes yeux vu.

« Alors ? Z'avez deviné comment que je m'appelle ? Oh ben dites, regardez-moi ça, z'avez tout laissé fondre votre glace. »

Elle leva la tête. Le vendeur de glaces était penché à sa lucarne, à moins de deux mètres d'elle. Il disparut, puis sortit de son échoppe, un torchon à la main. Il nettoya la table et demanda : « Alors, comment que je m'appelle ? »

Le Nain Tracassin.

« Oh, je suis désolée. » Elle le regarda attentivement. « Êtes-vous de la famille des Coningham-avec-un-o ? »

Le visage de l'homme se fendit d'un large sourire. « Presque. Avec-un-u. Comment z'avez deviné ?

— Air de famille. Qu'est-ce qui vous a poussé à quitter la cambrousse ?

— J'ai hérité de ma maman un peu de bois et j'ai tout vendu pour monter ma petite boutique que vous voyez là.

— Quelle heure est-il ? demanda-t-elle.

— Pas loin de quatre heures et demie », répondit Mr. Cunningham.

Elle se leva, le salua d'un sourire et lui dit qu'elle reviendrait bientôt. Puis elle se remit en route. Deux heures entières, et je ne sais pas où j'étais. Je suis si fatiguée.

Elle ne rentra pas chez elle par le centre-ville. Elle fit un grand détour, traversa une aire de jeux, descendit une rue bordée de pacaniers, traversa une autre aire de jeux, puis un terrain de football où Jem, un jour, la tête ailleurs, avait taclé l'un de ses propres coéquipiers. Je suis si fatiguée.

Alexandra se tenait sur le perron. Elle s'effaça pour laisser entrer Jean Louise. « Où étais-tu passée ? dit-elle. Jack a appelé il y a des heures, il se demandait où tu étais. Tu es allée voir des gens extérieurs à la famille Comme Ça ?

— Je… Je ne sais pas.

— Comment ça tu ne sais pas ? Jean Louise, cesse de dire n'importe quoi et va appeler ton oncle. »

Elle alla d'un pas traînant décrocher le combiné, demanda le « un-un-neuf » et entendit bientôt le Dr. Finch annoncer : « Dr. Finch. » Elle dit d'une voix éteinte : « Je suis désolée. À demain ? » Le Dr. Finch dit : « D'accord. »

Elle était trop fatiguée pour s'amuser des manières de son oncle au téléphone ; ces outils modernes le mettaient dans un état de rage intense et, lorsqu'il daignait décrocher, sa conversation se résumait, au mieux, à quelques monosyllabes.

Quand elle se retourna, Alexandra dit : « Tu as l'air toute penaude. Qu'est-ce qui t'arrive ? »

Ma chère tante, mon père m'a laissée ventre en l'air comme une truite à marée basse, et tu me demandes ce qui m'arrive. « Mon estomac, dit-elle.

— Oui, il y a quelque chose qui traîne en ce moment. Ça fait très mal ? »

Oui ça fait mal. Un mal de chien. Ça fait tellement mal que c'est insupportable. « Non, je suis juste un peu barbouillée.

— Tu devrais prendre un Alka-Seltzer. »

Jean Louise acquiesça, et soudain une éclaircie se fit dans l'esprit d'Alexandra : « Jean Louise, es-tu allée à cette réunion avec tous ces hommes, là-bas ?

— Oui.

— Comme Ça ?

— Oui.

— Et où étais-tu ?

— Au balcon. Ils ne m'ont pas vue. Je les ai regardés du balcon. Tatie, quand Hank arrivera ce soir, dis-lui que je suis… indisposée.

— Indisposée ? »

Elle ne pouvait pas rester ici une minute de plus. « Oui, Tatie. Je vais faire ce que toute jeune et innocente vierge chrétienne du Sud fait quand elle est indisposée.

— C'est-à-dire ?

— Je vais rester au lit. »

Jean Louise alla dans sa chambre, ferma la porte, déboutonna son chemisier, défit la fermeture Éclair de son pantalon et se laissa tomber sur le lit en fer forgé de sa mère. Elle tendit le bras à l'aveugle pour attraper un oreiller et le cala sous sa tête. Une minute plus tard, elle dormait.

Si elle avait été en état de réfléchir, Jean Louise aurait pu prévenir la suite des événements en considérant la journée qu'elle venait de vivre à la lumière d'une histoire récurrente et vieille comme le monde : le chapitre qui la préoccupait avait commencé deux cents ans plus tôt ; la scène s'était jouée alors dans une société orgueilleuse que la guerre la plus sanglante et la paix la plus âpre de toute l'histoire moderne n'avaient pu détruire, et elle se rejouait aujourd'hui, en privé, au crépuscule d'une civilisation qu'aucune guerre ni aucune paix ne pourraient sauver.

Avec du recul, si elle avait pu franchir les barrières de son univers hautement sélectif et insulaire, elle aurait peut-être découvert que sa vision du monde était biaisée depuis toujours par un défaut de naissance dont personne, ni elle-même ni ses proches, ne s'était jamais avisé ni soucié : elle ne distinguait pas les couleurs.

QUATRIÈME PARTIE

11

Il fut un temps, autrefois, où les seuls instants paisibles de son existence étaient ceux qui s'écoulaient entre le moment où elle ouvrait les yeux le matin et celui où elle reprenait pleinement conscience, quelques secondes à peine avant de devoir, enfin tirée de son sommeil, pénétrer dans le cauchemar éveillé de la journée.

C'était pendant la dernière année d'école élémentaire, période mémorable durant laquelle elle apprit beaucoup, en classe comme à l'extérieur. Cette année-là, le petit groupe des élèves de la ville fut temporairement submergé par une flopée d'élèves plus âgés qui avaient débarqué de Old Sarum parce que quelqu'un avait mis le feu à leur école là-bas. Le garçon le plus vieux de la classe de Miss Blunt avait presque dix-neuf ans et trois camarades de la même génération. Il y avait plusieurs filles de seize ans, de joyeuses et voluptueuses créatures pour qui aller à l'école revenait plus ou moins à partir en vacances, loin des travaux dans les champs de coton et à la ferme. Miss Blunt les accueillit tous avec équanimité : elle était aussi grande que le plus grand des garçons et deux fois plus large.

Jean Louise se prit tout de suite d'affection pour les nouveaux venus de Old Sarum. Après avoir captivé l'ensemble de ses camarades en évoquant délibérément la figure du célèbre escroc Gaston B. Means dans un exposé sur les ressources naturelles de l'Afrique du Sud, puis démontré l'étendue de ses talents au tir à l'élastique pendant la récréation, elle s'attira le respect de la bande de Old Sarum.

Avec une brusquerie mâtinée de gentillesse, les garçons lui apprirent à jouer aux dés et à chiquer du tabac sans en perdre un brin. Les filles, de leur côté, passaient l'essentiel de leur temps à pouffer entre elles et à s'échanger des messes basses, mais Jean Louise leur trouvait une certaine utilité lorsqu'il s'agissait de tirer les équipes pour jouer au volley. En somme, l'année s'annonçait merveilleuse.

Merveilleuse – jusqu'à ce fameux jour où elle rentra chez elle pour le déjeuner. Elle ne retourna pas à l'école et passa tout l'après-midi allongée sur son lit à pleurer de rage et à essayer de prendre la mesure des explications terribles qu'elle avait reçues de Calpurnia.

Le lendemain, quand elle revint en classe, elle s'avança parmi ses camarades d'une allure extrêmement digne, non par fierté mais à cause de la gêne que lui procurait certain accoutrement jusqu'alors inédit pour elle. Elle était persuadée que tout le monde savait ce qui lui arrivait, que tout le monde la regardait, mais elle ne comprenait pas pourquoi elle n'en avait jamais entendu parler auparavant. Peut-être que personne n'y connaît rien, se dit-elle. Si tel était le cas, la nouvelle n'en était que plus formidable.

Pendant la récréation, quand George Hill lui dit « C'est-toi-qui-y-es » lors d'une partie de Pois-Sauté-dans-la-Cuisine, elle secoua la tête.

« Je ne peux plus rien faire, dit-elle en s'asseyant sur les marches et en regardant les garçons se rouler dans la poussière. Je ne peux même plus marcher. »

Bientôt, elle ne put se retenir d'aller rejoindre la petite grappe de filles qui s'étaient installées sous le chêne vert de la cour de l'école.

Ada Belle Stevens gloussa et se décala pour lui faire une place sur le long banc en ciment. « Pourquoi tu joues pas ? demanda-t-elle.

— J'ai pas envie », dit Jean Louise.

Les yeux d'Ada Belle se rétrécirent et ses sourcils blancs frémirent. « Je parie que je sais ce que t'as.

— Quoi ?

— T'as tes ragnagnas.

— Mes quoi ?

— Tes ragnagnas. La Malédiction d'Ève. Si Ève avait pas mangé la pomme, on les aurait pas. T'as mal ?

— Non, dit Jean Louise en maudissant Ève à part soi. Comment t'as deviné ?

— Tu marches, on dirait que tu montes une jument, dit Ada Belle. Tu t'habitueras. Moi, ça fait des années que je les ai.

— Je ne m'y habituerai jamais. »

Ce fut difficile. Chaque fois qu'elle se retrouvait limitée dans ses activités, Jean Louise allait se réfugier derrière un tas de charbon, au fond de la cour de l'école, où elle jouait à faire des paris pour des petites sommes d'argent. Le danger inhérent à cette entreprise l'excitait bien plus que les paris en eux-mêmes ; elle n'était pas assez forte en arithmétique pour se soucier de ses gains ou de ses pertes, et la perspective de défier les lois du hasard ne lui procurait aucune joie réelle, mais elle éprouvait un certain plaisir à tromper la vigilance de Miss Blunt. Ses compagnons de jeu étaient les cancres de Old Sarum, et le plus cancre d'entre eux était un certain Albert Coningham, un benêt à qui Jean Louise rendait d'inestimables services depuis six semaines pendant les interrogations écrites.

Un jour, alors que la cloche sonnait la fin de la récréation, Albert, époussetant la poussière de charbon sur son pantalon, dit : « Attends une seconde, Jean Louise. »

Elle attendit. Quand ils furent seuls, Albert dit : « Je voulais te signaler que j'ai eu un C– au dernier contrôle de géo.

— C'est très bien, Albert, dit-elle.

— Je voulais juste te remercier.

— De rien, Albert. »

Albert rougit jusqu'à la racine des cheveux, l'attira contre elle et l'embrassa. Elle sentit sa langue, chaude et humide, entrer en contact avec ses lèvres, et elle se dégagea. C'était la première fois qu'on l'embrassait ainsi. Albert n'insista pas et retourna en classe d'un pas traînant. Jean Louise le suivit, déconcertée et vaguement contrariée.

Seuls les membres de sa famille étaient autorisés à l'embrasser, sur la joue, qu'elle s'empressait ensuite d'essuyer discrètement d'un revers de main ; Atticus l'embrassait au petit bonheur la chance, sans vraiment regarder où ses lèvres se posaient ; Jem, lui, ne l'embrassait jamais. Elle se dit qu'Albert avait dû se tromper dans ses intentions, et bientôt elle oublia l'incident.

Au fil des jours, on la vit de plus en plus souvent parmi les filles sous le chêne vert pendant la récréation ; elle s'asseyait là, au milieu de la petite troupe, résignée à son sort, mais regardait du coin de l'œil les garçons jouer dans la cour. Un matin, les rejoignant un peu en retard, elle trouva les filles en train de glousser de manière encore plus cachottière qu'à l'accoutumée et leur demanda ce qui se passait.

« C'est Francine Owen, dit l'une des filles.

— Francine Owen ? Ça fait deux jours qu'elle est pas venue en classe, dit Jean Louise.

— Et tu sais pourquoi ? dit Ada Belle.

— Ben non.

— C'est sa sœur. Les services sociaux les ont embarquées toutes les deux. »

Jean Louise donna un coup de coude à Ada Belle qui lui fit de la place sur le banc.

« Pourquoi, qu'est-ce qu'elle a ?

— Elle est enceinte, et tu sais de qui ? De son père. »

Jean Louise demanda : « Ça veut dire quoi enceinte ? »

La petite bande ricana de concert. « Ça veut dire qu'elle va avoir un bébé, espèce de cruche », dit l'une des filles.

Jean Louise prit le temps d'assimiler cette nouvelle définition, puis demanda : « Mais qu'est-ce qu'il a à à voir là-dedans, son père ? »

167

Ada Belle soupira. « Son père, c'est le père. »

Jean Louise éclata de rire. « Arrête, Ada Belle...

— C'est la vérité, Jean Louise. Et ma main à couper que si Francine l'est pas elle aussi, c'est qu'elle a pas encore commencé.

— Commencé à quoi ?

— À *monstruer*, répondit Ada Belle d'un ton agacé. Je parie qu'il l'a fait avec les deux.

— Fait quoi ? » Jean Louise ne comprenait plus rien à présent.

Les filles se mirent à caqueter de rire. Ada Belle dit : « Tu sais vraiment rien de rien, Jean Louise Finch. D'abord faut que tu aies tes... et puis ensuite, si tu le fais après, quand tu les as déjà eues, je veux dire, eh bah là, tu te retrouves avec un bébé.

— Mais faire *quoi*, Ada Belle ? »

Ada Belle regarda ses copines et leur adressa un clin d'œil. « Bon, d'abord, faut qu'y ait un garçon. Ensuite, il te serre contre lui et il se met à respirer très fort, et puis ensuite il te roule une pelle. Ça veut dire que quand il t'embrasse il ouvre la bouche et il met sa langue dans ta bouche à toi... »

Les oreilles de Jean Louise se mirent soudain à bourdonner, noyant la suite des explications d'Ada Belle. Elle sentit son visage se vider de tout son sang. Elle avait les mains moites et n'arrivait plus à avaler sa salive. Surtout ne pas s'en aller. Si elle s'en allait, elles sauraient. Elle se leva, essaya de sourire, mais ses lèvres tremblaient. Elle se força à garder la bouche fermée et serra les dents.

« ... et puis voilà, c'est tout. Qu'est-ce qui t'arrive, Jean Louise ? On dirait que t'as vu un fantôme. Je t'ai pas fichu la trouille, quand même ? dit Ada Belle avec un sourire en coin.

— Non, dit Jean Louise. J'ai juste un peu froid. Je crois que je vais rentrer. »

Elle pria pour qu'elles ne voient pas ses genoux flageoler tandis qu'elle traversait la cour. Dans les toilettes des filles, elle se pencha au-dessus d'un lavabo et vomit.

Aucun doute possible, Albert avait mis sa langue dans sa bouche. Elle était enceinte.

*

La compréhension qu'avait Jean Louise à cette époque des mœurs et de la moralité des adultes était parcellaire mais suffisante : une femme pouvait avoir un bébé sans être mariée, ça, elle le savait. Jusqu'à ce jour, elle ne savait pas comment et n'avait jamais cherché à le savoir, car c'était un sujet dénué d'intérêt, mais elle savait que quand une femme avait un enfant en dehors des liens du mariage, sa famille était déshonorée. Elle avait entendu maintes fois Alexandra discourir sur les Familles Tombées en Disgrâce : la disgrâce vous envoyait tout droit à Mobile où vous finissiez cloîtrée dans un foyer, loin de la bonne société. Quant aux autres membres de la famille, ils ne pouvaient plus jamais relever la tête. Une histoire de ce genre était arrivée une fois, en bas de la rue qui menait à Montgomery, et les dames du voisinage avaient échangé murmures et cancans pendant des semaines.

Elle se haïssait, elle haïssait le monde entier. Elle n'avait fait de mal à personne. Elle était bouleversée par cette injustice : elle n'avait pas pensé à mal.

Elle quitta l'école en douce, contourna la maison, se faufila dans le jardin en catimini, grimpa dans le lilas de Perse et n'en redescendit qu'à l'heure du dîner.

Le repas fut long et silencieux. Elle avait à peine conscience de la présence de Jem et d'Atticus à ses côtés. Quand ils sortirent de table, elle retourna dans son arbre et y demeura jusqu'à la tombée de la nuit, quand soudain elle entendit Atticus l'appeler.

« Descends de là », dit-il. Elle était si effondrée que le ton glacial de sa voix ne lui fit ni chaud ni froid.

« Miss Blunt a appelé pour dire que tu avais quitté l'école après la récréation et que tu n'étais pas revenue. Où étais-tu ?

— Dans l'arbre.

— Tu es malade ? Tu sais que si tu es malade, tu dois tout de suite aller voir Cal.

— Non, père.

— Eh bien alors, si tu n'es pas malade, es-tu en mesure d'avancer des arguments probants pour expliquer ton comportement ? As-tu une explication ?

— Non, père.

— Bon, écoute-moi bien. Si jamais une telle chose se reproduit, je te prie de croire que tu te feras souffler dans les bronches.

— Oui, père. »

Elle était sur le point de tout lui raconter, de se décharger de son fardeau sur lui, mais elle garda le silence.

« Tu es sûre que tout va bien ?

— Oui, père.

— Alors descends de là et rentre à la maison. »

À l'heure du souper, elle dut se retenir pour ne pas balancer son assiette au visage de Jem, qui du haut de ses quinze ans conversait d'homme à homme avec leur père. De temps en temps, Jem lui jetait un coup d'œil dédaigneux. Attends un peu, je te rendrai la monnaie de ta pièce, tu verras, lui promit-elle. Mais je ne peux pas pour l'instant.

Elle se réveillait tous les matins animée d'une énergie féline et des meilleures intentions, et tous les matins la terreur, lancinante, revenait s'emparer d'elle ; tous les matins elle guettait le bébé. Pendant la journée, il n'était jamais très loin de ses pensées, surgissant de manière sporadique, aux moments les plus inattendus, persiflant et murmurant à son oreille.

Elle consulta la définition du mot *bébé* dans le dictionnaire et n'apprit pas grand-chose ; elle alla voir au mot *naissance* et en apprit moins encore. Elle tomba sur un vieux livre à la maison, intitulé *Diables, Drogues et Docteurs*, dans lequel elle découvrit, muette de panique et d'épouvante, des reproductions de chaises de parturiente et autres instruments obstétriques médiévaux ainsi que l'histoire de ces femmes enceintes qu'on projetait plusieurs fois de suite contre les murs pour provoquer l'accouchement. Peu à peu, elle glana des informations auprès de ses camarades d'école, en prenant bien soin d'espacer ses questions de plusieurs semaines afin de ne pas éveiller les soupçons.

Elle évita Calpurnia aussi longtemps que possible, parce qu'elle pensait que Cal lui avait menti. Cal lui avait dit que ça arrivait à toutes les filles, que c'était aussi naturel que respirer, que c'était le signe qu'elles grandissaient, et que ça leur arrivait jusqu'à la cinquantaine. Sur le moment, Jean Louise avait été si accablée de désespoir à l'idée qu'elle serait alors trop vieille pour se réjouir quand cela s'arrêterait enfin qu'elle n'avait plus posé la moindre question. Cal ne lui avait pas parlé des bébés et des baisers avec la langue.

Elle finit par se résoudre à sonder Calpurnia en évoquant l'histoire de la famille Owen. Cal lui dit qu'elle ne voulait pas parler de ce Mr. Owen parce qu'il n'était pas digne d'être considéré comme un être humain. Il allait rester en prison pendant un bon bout de temps. Oui, la sœur de Francine avait été envoyée à Mobile, pauvre petiote. Francine avait été placée à l'Orphelinat baptiste du comté d'Abbott. Il ne fallait pas que Jean Louise se torture les méninges à cause de ces gens-là. Calpurnia avait l'air furieuse, et Jean Louise décida d'en rester là.

Quand elle découvrit qu'il lui faudrait attendre neuf mois avant l'arrivée du bébé, elle se fit l'effet d'une condamnée en sursis. Elle se mit à compter les semaines en les cochant sur un calendrier, mais elle omit de prendre en considération les quatre mois qui s'étaient déjà écoulés au moment où elle avait entamé son compte à rebours. Plus le terme se rapprochait, plus elle cédait à la panique, désemparée et terrorisée à l'idée de se réveiller un beau matin avec un nouveau-né dans son lit. Les bébés poussaient dans le ventre, ça, elle en était sûre.

L'idée lui trottait dans la tête depuis longtemps, mais elle y répugnait instinctivement : la perspective d'une séparation définitive lui était insupportable, mais elle savait qu'un jour viendrait où elle ne pourrait plus fuir ni dissimuler. Même si ses rapports avec Atticus et Jem étaient plus tendus que jamais ces derniers temps (« Tu as vraiment la tête dans les nuages en ce moment, Jean Louise, lui avait dit son père. Tu pourrais te concentrer plus de cinq minutes sur quelque chose ? »), l'idée de vivre sans eux, si agréable que puisse être le paradis, était insoutenable. Mais être exilée à Mobile et savoir que ses proches devraient passer le restant de leurs jours à baisser la tête était pire encore : même à Alexandra, elle ne souhaitait pas un tel sort.

D'après ses calculs, le bébé arriverait au début du mois d'octobre, et le dernier jour de septembre, elle se suiciderait.

*

L'automne arrive tard en Alabama. Même à Halloween, quand vient l'heure de rentrer les fauteuils, on peut sortir sur la véranda sans s'encombrer d'un épais manteau. Le crépuscule dure longtemps, mais la nuit tombe subitement ; le ciel vire de l'orange foncé au bleu-noir avant qu'on ait pu faire cinq pas, et quand la lumière disparaît, elle emporte avec elle le dernier rayon de chaleur de la journée, laissant dans son sillage une paisible tiédeur.

L'automne était sa saison préférée. Elle en guettait avec impatience les sonorités et les silhouettes : le bruit mat d'une balle en cuir dans laquelle on frappe et les corps vigoureux sur le terrain d'entraînement près de la maison lui évoquaient des orchestres et du Coca glacé, les cacahuètes et le spectacle des petits nuages de buée s'échappant de la bouche des gens. Même la rentrée des classes était grosse de promesses – les vieilles querelles ranimées, les amitiés renouées, les semaines passées à devoir réapprendre tout ce qu'on avait à moitié oublié durant l'été. L'automne était la saison des soupers chauds, où l'on pouvait profiter des vrais repas pour lesquels, trop engourdi de sommeil au matin, on n'avait pas d'appétit. Jamais son univers n'était aussi merveilleux que lorsque venait l'heure pour elle de le quitter.

Elle avait maintenant douze ans et elle entrait au collège. Elle aborda cette rentrée sans grand enthousiasme ; elle n'éprouva aucun plaisir particulier à devoir changer désormais de salle de classe d'un cours à l'autre et à avoir plusieurs professeurs, ni à se dire qu'elle avait un frère que son accession au monde lointain du lycée avait transformé en héros. Atticus travaillait à la Chambre des représentants de Montgomery, et si Jem était parti avec lui, cela n'aurait fait aucune différence, tant elle le voyait peu.

Le 30 septembre, elle alla en classe et n'apprit rien. Après les cours, elle se rendit à la bibliothèque et y resta jusqu'à ce que le gardien vienne lui dire de partir à l'heure de la fermeture. Elle marcha lentement dans les rues de la ville, pour la laisser derrière elle le plus tard possible. Le soir tombait quand elle traversa le chemin de l'ancienne scierie et passa devant la réserve à glace. Theodore le glacier la salua, et elle poursuivit sa route sans le quitter du regard jusqu'à ce qu'il rentre à l'intérieur.

Le château d'eau de la ville se trouvait dans un champ non loin de la réserve à glace. C'était le bâtiment le plus haut qu'elle eût jamais vu. Une échelle minuscule menait à une petite passerelle qui faisait tout le tour de l'édifice.

Elle lâcha ses livres et se mit à grimper. Quand elle fut montée aussi haut que les lilas de Perse de son jardin, elle regarda en bas, eut le vertige, et termina son ascension en se forçant à lever la tête.

Tout Maycomb était à ses pieds. Elle crut apercevoir sa maison : Calpurnia devait être en train de préparer des petits pains chauds, Jem n'allait pas tarder à rentrer de son entraînement de foot. Elle regarda du côté de la grande place et fut certaine de voir Henry Clinton sortir du Jitney Jungle, les bras chargés de provisions. Il les déposa dans le coffre d'une voiture. Tous les réverbères de la ville s'allumèrent d'un coup, et elle sourit, soudain émerveillée.

Elle s'assit sur la petite passerelle circulaire et laissa ses pieds se balancer dans le vide. Elle perdit une chaussure, puis l'autre. Elle se demanda à quoi ressembleraient ses funérailles : la vieille Mrs. Duff se chargerait de la veillée et du registre des condoléances. Jem pleurerait-il ? Si oui, ce serait la première fois.

Elle se demanda s'il valait mieux opter pour le saut de l'ange ou se laisser simplement tomber de la passerelle. S'écraser sur le dos serait peut-être moins douloureux. Elle se demanda s'ils sauraient jamais combien elle les aimait.

Quelqu'un l'attrapa. Elle se raidit en sentant des mains lui plaquer les bras contre le corps. C'étaient celles de Henry, toutes verdies par les légumes. Sans dire un mot, il la força à se mettre debout et à redescendre l'échelle.

Quand ils furent arrivés en bas, Henry l'empoigna par les cheveux : « Je jure devant Dieu que cette fois je te dénonce à Mr. Finch ! aboya-t-il. Je te le jure, Scout ! Tu es folle ou quoi, de grimper sur ce réservoir ? Tu aurais pu te tuer ! »

Il lui tira les cheveux à nouveau, et une poignée lui resta dans la main ; il la secoua ; enleva son tablier blanc, le roula en boule et le jeta par terre d'un geste rageur. « Non mais tu te rends compte que t'aurais pu te tuer ? Mais qu'est-ce que t'as dans la tête ? »

Jean Louise le fixait d'un air hébété.

« Theodore t'a vue là-haut et il a couru prévenir Mr. Finch, et comme il le trouvait pas, il est venu me chercher. Bonté divine... »

Quand il s'aperçut qu'elle tremblait, il comprit qu'elle ne jouait pas. Il posa doucement une main sur sa nuque ; sur le chemin du retour, il essaya de savoir ce qui la tracassait, mais elle resta muette. Il la laissa dans le salon et alla dans la cuisine.

« Ma chérie, où étais-tu passée ? »

Quand Calpurnia s'adressait à elle, il y avait toujours dans sa voix un mélange d'affection bougonne et de léger reproche. « Mr. Hank, dit-elle. Vous feriez mieux de retourner au magasin. Mr. Fred va se demander ce qui vous est arrivé. »

Calpurnia, mâchant résolument un morceau de gomme, fit les gros yeux à Jean Louise. « Qu'est-ce qui s'est passé ? dit-elle. Qu'est-ce que tu fichais sur ce château d'eau ? »

Jean Louise ne desserra pas les lèvres.

« Si tu me le dis, je ne dirai rien à Mr. Finch. Qu'est-ce qui te met dans un état pareil, ma chérie ? »

Calpurnia s'assit à côté d'elle. C'était une femme d'âge mûr ; elle avait un peu épaissi, ses cheveux crépus grisonnaient et la myopie lui faisait plisser les yeux. Elle posa les mains à plat sur ses genoux et les regarda. « Y a rien de grave en ce monde au point que tu peux pas me le dire », fit-elle.

Jean Louise se jeta dans les bras de Calpurnia. Elle sentit deux mains robustes lui pétrir les épaules et le dos.

« Je vais avoir un bébé ! s'exclama-t-elle en fondant en larmes.

— Quand ?

— Demain ! »

Calpurnia la redressa et lui essuya le visage avec un pan de son tablier. « Où diable es-tu allée chercher une idée pareille ? »

Entre deux sanglots, Jean Louise lui avoua son secret honteux, sans omettre aucun détail, en suppliant pour ne pas être envoyée à Mobile, écartelée ou balancée contre un mur. « Je ne pourrais pas aller chez toi ? S'il te plaît, Cal. » Elle implora Calpurnia de l'accompagner en catimini ; quand le bébé serait là, elles pourraient s'enfuir avec lui sous le couvert de la nuit.

« T'as ruminé toute cette histoire dans ton coin pendant tout ce temps ? Mais pourquoi t'as rien dit ? »

Elle sentait le bras puissant de Calpurnia la soutenir, la réconforter alors qu'aucun réconfort n'était possible. Elle entendit Calpurnia marmonner :

« ... pas idée de te fiche des sornettes pareilles dans le crâne... les tuerais si je leur mettais le grappin dessus.

— Cal, tu m'aideras, n'est-ce pas ? demanda-t-elle d'une voix timide.

— Aussi sûr que le doux Jésus est né, ma chérie. Dis-toi une bonne chose tout de suite, tu n'es pas enceinte et tu ne l'as jamais été. C'est pas comme ça que ça se passe, ces choses-là.

— Mais si je suis pas enceinte, alors j'ai quoi ?

— Avec tous les livres dans lesquels t'as fourré ton nez, dit Calpurnia, t'es bien l'enfant la plus ignorante que j'aie jamais vue... » Puis elle ajouta à mi-voix : « ... mais faut dire aussi que t'as pas vraiment eu de chance de ce côté-là. »

Lentement, délibérément, Calpurnia lui expliqua les choses en toute simplicité. Jean Louise écouta, et peu à peu, du fatras d'informations choquantes qu'elle avait glanées au cours de l'année émergea un motif d'une clarté cristalline ; à mesure que la voix rauque de Calpurnia chassait de son esprit toute la terreur accumulée au fil des mois, Jean Louise avait l'impression de revenir à la vie. Elle prit une grande inspiration et sentit le souffle frais de l'automne emplir sa gorge. Elle entendit les saucisses grésiller dans la cuisine, elle vit la collection de magazines sportifs de son frère sur la table du salon, elle huma le parfum doux-amer de la lotion capillaire de Calpurnia.

« Cal, dit-elle. Pourquoi est-ce que je ne savais pas déjà tout ça ? »

Calpurnia fronça les sourcils et chercha une réponse. « Disons que t'avais un peu de retard par rapport à nous autres, Miss Scout. Et que t'as encore du chemin à faire... Alors que si t'avais grandi à la ferme, t'aurais su tout ça avant même de savoir marcher, ou si y avait eu des femmes autour de toi – si ta maman était encore en vie, t'aurais su...

— Ma maman ?

— Oui. T'aurais vu des choses, par exemple ton père en train d'embrasser ta mère, et sitôt que t'aurais appris à parler, t'aurais posé des tas de questions, je suis sûre.

— Ils ont fait tout ça ? »

Calpurnia dévoila les couronnes en or de ses molaires. « Pardi, ma chérie, comment tu crois que t'es arrivée là ? Bien sûr qu'ils l'ont fait.

— Eh bien moi, je n'en suis pas si sûre.

— Ma chérie, faudra que tu grandisses encore avant de comprendre ça, mais ton papa et ta maman, ils s'aimaient très fort, et quand on aime quelqu'un comme ça, ma petite Scout, eh ben c'est ça qu'on a envie de faire. C'est ce que tout le monde a envie de faire quand on s'aime aussi fort. On a envie de se marier, on a envie de s'embrasser, de se serrer dans les bras et ainsi de suite et de faire des bébés tout le temps.

179

« — Je ne crois pas que Tatie et Oncle Jimmy en aient envie. »

Calpurnia pinça son tablier. « Miss Scout, tout le monde se marie pas pour les mêmes raisons. Miss Alexandra, je crois qu'elle s'est mariée pour tenir un foyer. » Calpurnia se gratta la tête. « Mais faut pas que tu réfléchisses trop à tout ça, c'est pas ton problème. T'occupe pas des affaires des autres tant que tu t'es pas occupée des tiennes. »

Calpurnia se leva. « Pour l'instant, tes affaires, c'est de pas écouter toutes les bêtises que te racontent ces gamins de Old Sarum – personne te demande de les contredire, ignore-les, c'est tout – et quand y a quelque chose que tu veux savoir, tu viens trouver ta bonne vieille Cal.

— Mais pourquoi tu ne m'as pas expliqué tout ça dès le début ?

— Parce que les choses ont commencé un peu tôt pour toi, et comme ça avait pas trop l'air de te plaire, on s'est dit que le reste te plairait pas trop non plus. Mr. Finch a dit que valait mieux attendre un peu, le temps que tu t'habitues à l'idée, mais on n'avait pas prévu que t'apprennes tout ça si vite et tellement de travers, Miss Scout. »

Jean Louise s'étira langoureusement et bâilla, enchantée d'être au monde. Elle commençait à avoir sommeil et n'était pas sûre de réussir à tenir debout jusqu'à l'heure du souper. « Tu as fait des petits pains chauds pour ce soir, Cal ?

— Oui m'dame. »

Elle entendit la porte d'entrée claquer et Jem débouler dans le couloir. Il se dirigeait droit vers la cuisine, où il ouvrirait le réfrigérateur et avalerait un litre de lait pour étancher sa soif après son entraînement de foot. Avant de piquer du nez, elle songea que pour la première fois de sa vie Calpurnia lui avait donné du « Oui m'dame » et du « Miss Scout », ce qu'elle ne faisait d'habitude qu'en société. Je dois vieillir, se dit-elle.

Jem la réveilla en allumant le lampadaire. Elle le vit s'avancer vers elle, le gros *M* marron saillant sur son sweatshirt blanc.

« T'es réveillée, Triplœil ?

— Épargne-moi tes sarcasmes », dit-elle. Si Henry ou Calpurnia l'avaient dénoncée, elle en mourrait, mais elle les entraînerait dans sa chute.

Elle regarda son frère. Ses cheveux étaient humides et il sentait le savon astringent des vestiaires de l'école. Autant déclencher les hostilités la première, se dit-elle.

« Toi, t'as fumé, dit-elle. Ça sent à des kilomètres.

— Pas du tout.

— De toute façon je sais même pas comment tu peux jouer en première ligne. T'es trop maigrichon. »

Jem sourit et refusa de relever le gant. Ils lui ont tout raconté, se dit-elle.

Jem tapota son *M*. « Ce bon vieux Finch-Qu'en-Rate-Jamais-Une, on m'appelle. Sept ballons réceptionnés sur dix cet après-midi », dit-il.

Il ouvrit un magazine de foot sur la table, le feuilleta, puis recommença à le feuilleter depuis le début et dit : « Scout, si jamais il t'arrive quoi que ce soit ou... enfin tu vois... quelque chose dont tu n'aurais pas envie de parler à Atticus...

— Hein ?

— Tu vois, si tu as des problèmes à l'école ou quoi que ce soit… tu me le dis. Je m'en occuperai. »

D'un bond, Jem disparut du salon, laissant Jean Louise tellement éberluée qu'elle se demanda si elle était vraiment réveillée.

12

La lumière du jour la réveilla. Elle regarda sa
montre. Cinq heures. Quelqu'un l'avait bordée pendant la nuit. Elle rejeta la couverture, posa les pieds
par terre et demeura un moment les yeux fixés sur
ses longues jambes, étonnée de les trouver âgées de
vingt-six ans. Ses mocassins étaient restés sagement
alignés à l'endroit où elle les avait enlevés douze
heures plus tôt. Une chaussette gisait à côté, et elle
découvrit sa jumelle à son pied. Elle l'ôta et se traîna
jusqu'à la coiffeuse, dans le miroir de laquelle elle
aperçut son visage.

Elle contempla son reflet d'un air accablé. Voilà
ce que Mr. Burgess appellerait « une sacrée tête de
bois », lui dit-elle. Bon sang, ça doit bien faire quinze
ans que je ne me suis pas réveillée dans un état
pareil. Aujourd'hui nous sommes lundi, je suis là
depuis samedi, il me reste onze jours de vacances
et je me réveille les nerfs en pelote. Elle se moqua
d'elle-même : eh bien, tu n'as jamais dormi aussi
longtemps – plus longtemps qu'un éléphant, et ça
ne t'a fait aucun bien.

Elle prit un paquet de cigarettes et trois allumettes,
glissa ces dernières sous l'emballage en cellophane

et s'avança sans faire de bruit dans le couloir. Elle ouvrit la porte en bois, puis la porte à moustiquaire.

N'importe quel autre jour, elle serait restée pieds nus dans l'herbe mouillée à écouter les oiseaux moqueurs chanter les matines ; elle aurait songé à la beauté insensée, austère et silencieuse, que reconduit chaque aurore à l'insu de la moitié du monde. Elle aurait marché sous les pins frangés d'or qui se dressaient à l'orient dans le ciel lumineux, et tous ses sens auraient succombé à l'extase du matin.

Le jour présent lui tendait les bras, mais elle ne lui accorda pas un regard. Il lui restait deux minutes de paix avant qu'hier ne la rattrape ; rien ne saurait gâcher le plaisir de la première cigarette au petit matin. Jean Louise prit tout son temps pour souffler les volutes de fumée dans l'air immobile.

Elle s'approcha prudemment d'hier, puis s'en détourna aussitôt. Je n'ose pas repenser à cette journée pour le moment, tant qu'elle ne s'est pas suffisamment éloignée de moi. C'est étrange, se dit-elle, ce doit être comme la douleur physique. On dit que lorsqu'elle devient insoutenable, le corps se défend contre lui-même, qu'on perd connaissance et qu'on ne sent plus rien. Le Seigneur ne vous fait jamais subir plus que vous ne pouvez supporter…

C'était un vieux dicton de Maycomb, auquel avaient souvent recours les dames fragiles lors des veillées mortuaires et qui était censé procurer un profond réconfort aux proches endeuillés. Eh bien soit, elle accepterait ce réconfort. Elle endurerait ces deux semaines avec un détachement poli, sans rien dire, sans rien demander, sans rien reprocher à personne. Elle se comporterait avec toute la dignité qu'on pouvait attendre d'elle dans ces circonstances.

Elle posa les bras sur ses genoux et la tête entre ses bras. Seigneur, j'aurais encore préféré vous surprendre tous les deux dans un bouge en compagnie de deux femmes de petite vertu… Tiens, la pelouse a besoin d'être tondue.

Jean Louise se dirigea vers le garage et ouvrit le rideau déroulant. Elle sortit la tondeuse, dévissa le bouchon du moteur et inspecta le réservoir. Elle le referma, actionna un minuscule levier, cala un pied sur la tondeuse et planta l'autre fermement dans l'herbe, puis tira un coup sec sur la corde du démarreur. Le moteur toussa deux fois, puis plus rien.

Ah, peste ! je l'ai noyé.

Elle fit rouler la tondeuse jusqu'au milieu de la pelouse ensoleillée et retourna dans le garage s'armer d'un gros sécateur. Elle alla tailler les épaisses touffes d'herbe qui obstruaient les deux embouchures du ponceau d'écoulement au début de l'allée. Elle sentit quelque chose bouger à ses pieds et emprisonna un criquet sous le dôme de sa main gauche. Elle fit glisser sa main droite par-dessous pour recueillir la bestiole dans sa paume. Le criquet se mit à s'agiter frénétiquement dans sa main et elle le reposa par terre. « Ce n'est pas une heure pour être dehors, dit-elle. Rentre chez toi retrouver ta maman. »

Un camion surgit en haut de la côte et s'arrêta devant elle. Un jeune Noir sauta du marchepied et lui tendit trois bouteilles de lait. Elle alla les déposer devant la maison, puis retourna sur ses pas et réessaya de faire démarrer la tondeuse. Cette fois elle y parvint.

Elle regarda avec satisfaction le petit carré de pelouse rase qu'elle avait laissé derrière elle. De l'herbe fraîchement tondue émanait un parfum de bord de ruisseau. Le cours de littérature anglaise aurait été très différent si Mr. Wordsworth avait possédé une tondeuse à gazon, se dit-elle.

Une silhouette envahit son champ de vision et elle leva la tête. Alexandra, debout sur le seuil de la maison, lui faisait signe de venir immédiatement. On dirait qu'elle a déjà mis son corset. Je me demande s'il lui arrive jamais de se retourner dans son sommeil, la nuit.

Si tel était le cas, rien ne le trahissait à présent dans la posture d'Alexandra qui attendait sa nièce de pied ferme : ses épais cheveux gris étaient impeccablement coiffés, comme d'habitude ; elle n'était pas maquillée et cela ne faisait aucune différence. Je me demande si elle a jamais ressenti la moindre émotion véritable. Francis l'a sans doute bousculée quand il a surgi dans sa vie, mais je me demande si elle a jamais été touchée par quoi que ce soit.

« Jean Louise ! siffla Alexandra. Tu vas réveiller tout le voisinage avec cet engin ! Tu as déjà réveillé ton père, et le pauvre n'a presque pas fermé l'œil de la nuit. Arrête ça tout de suite ! »

Jean Louise éteignit le moteur, et le silence soudain brisa la trêve qu'elle s'était promis d'observer envers eux tous.

« Et puis quelle idée de faire ça pieds nus, tu es complètement inconsciente ! Fink Sewell s'est sectionné trois orteils comme ça, et Atticus a tué un serpent d'un mètre de long dans le jardin l'automne dernier. Franchement, la manière dont tu te comportes parfois, c'est à croire que tu n'as pas les yeux en face des trous ! »

Jean Louise ne put s'empêcher de sourire. Alexandra avait l'habitude d'employer certaines expressions à tort et à travers, la plus mémorable de ces impropriétés restant sa remarque à propos de la goinfrerie dont avait fait preuve le jeune rejeton d'une famille juive de Mobile à l'occasion de son treizième anniversaire : Alexandra avait déclaré qu'Aaron Stein était le petit garçon le plus glouton qu'elle eût jamais vu – il avait dévoré quatorze épis de maïs lors de sa *Ménopause* !

« Et pourquoi tu n'as pas rentré le lait ? Il doit être caillé maintenant.

— Je ne voulais pas réveiller toute la maisonnée, Tatie.

— Oui, eh bien c'est raté, dit-elle d'un air sévère. Tu veux ton petit déjeuner ?

— Juste une tasse de café, s'il te plaît.

— Je voudrais que tu t'habilles et que tu ailles en ville pour moi ce matin. Il faudra que tu emmènes Atticus. Il n'est pas au mieux aujourd'hui. »

Elle regretta de ne pas être restée au lit jusqu'à ce qu'il ait quitté la maison, mais il l'aurait réveillée de toute façon pour qu'elle le conduise en ville.

Elle rentra et alla s'asseoir à la table de la cuisine. Elle remarqua les couverts grotesques qu'Alexandra avait placés de part et d'autre de l'assiette de son père. Atticus avait fixé une limite : il refusait qu'on l'aide à manger ; le Dr. Finch avait donc résolu le problème en enfonçant une grosse bobine en bois sur le manche d'une fourchette, d'un couteau et d'une cuillère.

« Bonjour. »

Jean Louise entendit son père entrer dans la cuisine. Elle baissa les yeux sur son assiette. « Bonjour, papa.

— Il paraît que tu as eu un petit malaise. Je suis allé te voir quand je suis rentré hier et tu dormais profondément. Ça va mieux ce matin ?

— Oui, papa.

— Ça n'a pas l'air. »

Atticus pria le Seigneur de recevoir leur gratitude pour ce repas et toute joie, leva son verre et le renversa sur la table. Le lait coula sur ses jambes.

« Je suis désolé, dit-il. J'ai parfois un peu de mal à démarrer le matin.

— Ne bouge pas, je m'en occupe. » Jean Louise bondit de sa chaise, prit deux torchons sur le bord de l'évier, les jeta sur la flaque de lait et en sortit un troisième d'un tiroir du buffet pour éponger le pantalon et la chemise de son père.

« J'ai une ardoise mirobolante chez le teinturier ces derniers temps, dit-il.

— Oui, papa. »

Alexandra servit à Atticus des œufs au bacon et du pain grillé. Il se concentra sur son petit déjeuner et Jean Louise pensa qu'elle pouvait en profiter pour l'observer en douce.

Il n'avait pas changé. Son visage était toujours le même. Je ne sais pas pourquoi je m'attendais à le voir transformé en Dorian Gray ou je ne sais qui.

Elle sursauta quand le téléphone sonna.

188

Jean Louise n'arrivait pas à se réhabituer aux coups de fil de six heures du matin, l'Heure de Mary Webster. Alexandra alla décrocher puis revint dans la cuisine.

« C'est pour toi, Atticus. C'est le shérif.

— Demande-lui ce qu'il veut, s'il te plaît, Zandra. »

Alexandra s'exécuta puis revint : « Quelqu'un lui a demandé de te joindre…

— Dis-lui d'appeler Hank, Zandra. Ce qu'il a à me dire, il peut le dire à Hank. » Il se tourna vers Jean Louise. « Je suis bien content d'avoir un partenaire en plus d'une sœur. Ce qui échappe à l'un n'échappe pas à l'autre. Je me demande ce que peut bien vouloir le shérif à une heure pareille.

— Moi aussi, dit-elle d'une voix blanche.

— Ma chérie, je crois que tu devrais aller consulter Allen aujourd'hui. Tu n'as pas l'air dans ton assiette.

— Oui, papa. »

Elle observa du coin de l'œil son père manger son petit déjeuner. Il manipulait ses encombrants couverts comme s'ils étaient d'une taille et d'une forme normales. Elle regarda son visage et le vit hérissé d'un chaume blanc. S'il portait la barbe, elle serait toute blanche, et pourtant ses cheveux grisonnent à peine et ses sourcils sont toujours noirs de jais. Ceux d'Oncle Jack sont déjà blancs et Tatie grisonne de partout. Quand je me mettrai moi aussi à vieillir, par où cela commencera-t-il ? Pourquoi est-ce que je pense à tout ça ?

Elle s'excusa, quitta la table et alla prendre son café dans le salon. Elle posa sa tasse sur la liseuse et, en allant relever les stores, aperçut la voiture de

Henry qui tournait dans l'allée. Il la trouva plantée debout à la fenêtre.

« Bonjour. Tu es pâle comme un cachet d'aspirine, dit-il.

— Merci. Atticus est dans la cuisine. »

Henry, lui aussi, était toujours le même. Après une nuit de sommeil, sa cicatrice était moins visible. « Tu es de mauvaise humeur ? dit-il. Je t'ai fait signe hier quand je t'ai aperçue au balcon mais tu ne m'as pas remarqué.

— Tu m'as vue ?

— Oui. J'espérais que tu nous aurais attendus à la sortie mais tu n'étais plus là. Tu te sens mieux aujourd'hui ?

— Oui.

— Bon, d'accord, pas la peine de prendre la mouche... »

Elle but son café, se convainquit qu'elle en voulait un autre et suivit Henry dans la cuisine. Il s'adossa contre l'évier en faisant tourner ses clés de voiture sur son doigt. Il est presque aussi grand que les placards, songea-t-elle. Je ne serai plus jamais capable de lui adresser une seule phrase sensée.

« ... fini par arriver, disait Henry. C'était inévitable, tôt ou tard.

— Il buvait ? demanda Atticus.

— Il avait bu. Passé la nuit à prendre une cuite dans ce bar où ils vont.

— Qu'est-ce qui se passe ? demanda Jean Louise.

— Le fils de Zeebo, dit Henry. Le shérif dit qu'il l'a écroué... le gamin lui a demandé d'appeler Mr. Finch pour qu'il le fasse sortir... ha.

— Pourquoi ?

— Ma chérie, le fils de Zeebo roulait à tombeau ouvert ce matin en sortant des quartiers noirs, il a renversé le vieux Mr. Healy qui traversait la rue et il l'a tué.

— Oh non…

— À qui était la voiture ? demanda Atticus.

— À Zeebo, j'imagine.

— Qu'est-ce que tu as dit au shérif ? demanda Atticus.

— De dire au fils de Zeebo que vous ne vous occuperiez pas de cette affaire de près ou de loin. »

Atticus posa ses avant-bras sur la table et se redressa.

« Tu n'aurais pas dû faire ça, Hank, dit-il avec calme. Bien sûr que nous allons nous en occuper. »

Merci mon Dieu. Jean Louise poussa un soupir discret et se frotta les yeux. Le fils de Zeebo était le petit-fils de Calpurnia. Atticus oubliait peut-être beaucoup de choses, mais eux, il ne les oublierait jamais. La journée de la veille se dissipait à toute vitesse et ne serait bientôt plus qu'un mauvais rêve. Pauvre Mr. Healy, il devait être tellement ivre qu'il ne s'est sans doute rendu compte de rien.

« Mais Mr. Finch, dit Henry. Je croyais qu'aucun… »

Atticus reposa son bras sur le dossier de la chaise. Quand il se concentrait, d'habitude, il faisait aller et venir son doigt le long de la chaîne de sa montre de gousset et fouillait d'un air absent dans sa poche de veston. Aujourd'hui, ses mains étaient immobiles.

« Hank, à mon avis, quand tous les faits auront été établis, la meilleure chose à faire pour ce garçon sera de plaider coupable. Alors ne ferions-nous pas mieux d'être à ses côtés au tribunal plutôt que de le voir tomber entre de mauvaises mains ? »

Le visage de Henry se fendit lentement d'un sourire. « Je vois ce que vous voulez dire, Mr. Finch.

— Moi pas, dit Jean Louise. Quelles mauvaises mains ? »

Atticus se tourna vers elle. « Scout, tu n'es sans doute pas au courant, mais les avocats à la solde de la NAACP rôdent comme des vautours ici, à l'affût d'occasions comme celle-ci...

— Tu veux dire des avocats noirs ? »

Atticus hocha la tête. « Oui. Il y en a trois ou quatre dans l'État. Ils sont surtout à Birmingham et dans les grandes villes, mais ils se tiennent informés de tout ce qui se passe dans les circuits judiciaires et ils attendent qu'un Noir commette un délit contre un Blanc – tu serais étonnée de voir avec quelle rapidité ils sont au courant – et alors ils débarquent et... eh bien, pour t'expliquer les choses simplement, ils exigent que des Noirs siègent dans les jurys. Ils assignent à comparaître les commissaires au jury, ils demandent au juge de se révoquer, ils utilisent tous les tours de passe-passe possibles et imaginables – et ils en ont plus d'un dans leur sac –, ils essaient d'induire le juge en erreur. Mais surtout, ils font tout pour que l'affaire soit renvoyée devant une cour fédérale, où ils savent que les cartes jouent en leur faveur. C'est déjà arrivé dans la circonscription voisine, et rien ne permet d'affirmer que ça n'arrivera pas ici. »

Atticus se tourna vers Henry. « Voilà pourquoi, à mon avis, nous devrions accepter de le représenter s'il fait appel à nous.

— Je croyais que la NAACP n'avait pas le droit d'intervenir en Alabama », dit Jean Louise.

Atticus et Henry la regardèrent et se mirent à rire.

« Ma chérie, dit Henry, tu ne sais pas ce qui s'est passé dans le comté d'Abbott la dernière fois. Au printemps, on a vraiment eu peur que la situation dégénère. Même ici, de l'autre côté du fleuve, les gens ont fait le plein de munitions… »

Jean Louise quitta la pièce.

Du salon, elle entendit la voix posée d'Atticus :

« … endiguer le flot de cette manière… bonne chose qu'il ait fait appel à l'un des avocats de Maycomb… »

Elle se jura de ne pas vomir son café. Vers qui les proches de Calpurnia se tournaient-ils en premier et depuis toujours ? Combien de divorces Atticus avait-il obtenus à Zeebo ? Cinq, au moins. Duquel de ses fils s'agissait-il ? Il était vraiment dans de beaux draps cette fois, il avait vraiment besoin d'aide – et eux, que font-ils ? Ils se réunissent dans la cuisine et ils parlent de la NAACP… Il y a encore peu, Atticus ne l'aurait fait que par bonté d'âme, il l'aurait fait pour Cal. Il faut que j'aille la voir ce matin, sans faute…

Quel mal avait donc frappé les gens qu'elle aimait ? Ne lui semblait-il choquant aujourd'hui que parce qu'elle vivait désormais loin d'ici ? Avait-il lentement macéré pendant des années jusqu'à aujourd'hui ? Était-il là depuis toujours, invisible uniquement parce qu'elle avait le regard tourné ailleurs ? Non, ce n'était pas ça. Qu'est-ce qui pouvait bien inciter des hommes ordinaires à déblatérer de telles horreurs, qu'est-ce qui poussait les siens à se raidir ainsi et à prononcer le mot « nègre » à tout bout de champ alors qu'il n'avait jamais franchi le seuil de leurs lèvres auparavant ?

« … leur apprendra à rester à leur place, j'espère, disait Alexandra qui entrait dans le salon avec Atticus et Henry.

— Aucune inquiétude à avoir, dit Henry. On s'en sortira très bien. Sept heures et demie ce soir, ma belle ?

— Oui.

— Eh bien, cache ta joie… »

Atticus laissa échapper un petit rire. « Elle est déjà lassée de toi, Hank.

— Je peux vous déposer en ville, Mr. Finch ? Il est très tôt, mais je crois que je vais profiter de la matinée pour aller là-bas régler deux-trois affaires de mon côté.

— Merci, mais Scout m'emmènera tout à l'heure. »

L'entendre prononcer son surnom d'enfance lui creva les tympans. Ne m'appelle plus jamais comme ça. L'homme qui m'appelait Scout est mort et enterré.

« J'ai une liste de commissions pour toi, Jean Louise, si tu veux bien passer au Jitney Jungle, dit Alexandra. Va donc t'habiller. Tu peux y aller tout de suite – c'est ouvert – et revenir prendre ton père. »

Jean Louise alla dans la salle de bains et fit couler de l'eau chaude dans la baignoire. Puis elle passa par sa chambre, sortit de la penderie une robe en coton et la posa sur son bras. Dans sa valise, elle trouva une paire de souliers à talon plat, des sous-vêtements, et emporta le tout dans la salle de bains.

Elle se regarda dans la glace de l'armoire à pharmacie. Quand on parle de Dorian…

Ses yeux étaient cernés d'ombres bleuâtres, ses traits creusés entre les narines et les coins de sa bouche. Ça, se dit-elle, ça ne trompe pas. Elle tira sur sa joue et vit se creuser la minuscule ride qu'acquièrent les femmes lorsqu'elles deviennent mères. Je m'en contrefiche. Le temps que je sois enfin prête à me marier, j'aurai quatre-vingt-dix ans et il sera trop tard. Qui m'enterrera ? Je suis la plus jeune, et de loin – ce serait une raison pour avoir des enfants.

Elle fit couler de l'eau froide dans son bain, et quand la température fut tolérable, elle s'immergea, se lava de manière expéditive, enleva la bonde, se sécha et s'habilla en vitesse. Elle rinça la baignoire, s'essuya les mains, étendit la serviette et sortit de la salle de bains.

« Mets-toi un peu de rouge à lèvres », lui dit sa tante en la croisant dans le couloir. Alexandra ouvrit un placard et en sortit l'aspirateur.

« Je ferai ça à mon retour, dit Jean Louise.

— Ce sera fait à ton retour. »

*

Le soleil n'avait pas encore chauffé à blanc les trottoirs de Maycomb, mais il n'allait pas tarder. Elle se gara devant l'épicerie et entra.

Mr. Fred lui serra la main, dit qu'il était heureux de la voir, sortit une cannette de Coca du distributeur, essuya les gouttes d'humidité sur son tablier et la lui offrit.

Une vie qui ne change jamais a ses bons côtés, se dit-elle. Tant qu'il serait vivant, tant qu'elle reviendrait, Mr. Fred serait là pour l'accueillir avec... ses manières toutes simples. Où avait-elle lu ça, déjà ? Alice ? Bibi Lapin ? Non, c'était Monsieur Taupe. Monsieur Taupe, de retour de quelque long périple, harassé, avait retrouvé la vie familière et ses manières toutes simples.

« Donnez-moi cette liste, je m'en occupe pendant que vous buvez votre Coca, dit Mr. Fred.

— Merci, monsieur », dit-elle. Jean Louise regarda la liste et écarquilla les yeux. « Tatie ressemble de plus en plus à Cousin Joshua. Quel besoin peut-elle bien avoir de serviettes en papier pour cocktail ? »

Mr. Fred gloussa. « J'imagine qu'elle voulait dire des serviettes en papier fantaisie. Elle n'a jamais trempé ses lèvres dans le moindre cocktail de toute sa vie, que je sache.

— Et ce n'est pas demain la veille. »

Mr. Fred alla chercher les courses de Jean Louise ; du fond du magasin, il lui demanda : « Vous êtes au courant pour Mr. Healy ?

— Ah... eh bien..., dit Jean Louise en bonne fille d'avocat.

— Il n'a rien vu venir, dit Mr. Fred. D'ailleurs il ne devait même pas savoir où il allait, le pauvre vieux. Il a ingurgité plus de tord-boyaux qu'aucun autre être humain à ma connaissance. C'est la seule chose qu'il ait jamais accomplie de sa vie.

— Il ne jouait pas du carafon ?

— Et comment, dit Mr. Fred. Vous vous rappelez l'époque où ils organisaient des concours de talent au palais de justice ? Il était toujours là, à souffler dans son carafon. Il l'apportait rempli à ras bord, buvait une rasade pour jouer une note plus bas, et encore une autre, et quand il avait descendu toute la gamme, il se lançait dans son solo. Toujours le même air, *Old Dan Tucker*, et les dames s'offusquaient mais ne pouvaient jamais rien prouver. Parce que le tord-boyaux pur, voyez, ça n'a pas beaucoup d'odeur.

— De quoi vivait-il ?

— De sa pension, je crois. Il avait fait la guerre d'Espagne – enfin une guerre, en tout cas, je ne me rappelle plus laquelle. Tenez, voilà vos courses.

— Merci, Mr. Fred, dit Jean Louise. Bon sang, j'ai oublié mon porte-monnaie. Ça vous dérange si je laisse la note sur le bureau d'Atticus ? Il doit descendre en ville tout à l'heure.

— Aucun problème, ma petite. Comment va-t-il, votre papa ?

— Plutôt patraque aujourd'hui, mais même le jour du Déluge il ira au bureau.

— Et pourquoi vous ne restez pas ici pour de bon cette fois ? »

Elle baissa la garde lorsqu'elle ne vit rien d'autre sur le visage de Mr. Fred qu'une expression bon-homme dénuée de toute curiosité déplacée : « Un jour, peut-être.

— Vous savez, j'ai fait la Première Guerre, dit Mr. Fred. Je ne suis pas allé en Europe, mais j'ai vu du pays. Ça ne me démangeait pas trop de rentrer, alors après la guerre je suis resté loin d'ici pendant dix ans, mais plus le temps passait, plus Maycomb me manquait. Jusqu'au jour où j'ai fini par me dire qu'il fallait que je rentre, que c'était une question de vie ou de mort. On a ça dans le sang.

— Mr. Fred, Maycomb est une petite ville comme une autre. Prenez n'importe quelle…

— Ce n'est pas vrai, Jean Louise. Vous le savez bien.

— Vous avez raison », acquiesça-t-elle.

Ce n'était pas parce que c'était l'endroit où votre vie avait commencé. Mais parce que c'était l'endroit où des gens étaient nés, et d'autres après eux, et d'autres encore, si bien qu'au bout du compte, un beau jour, c'est vous qui vous retrouviez là, en train de boire un Coca au Jitney Jungle.

À présent, elle avait conscience d'un fossé radical, d'une séparation, et pas seulement vis-à-vis d'Atticus et de Henry. C'était Maycomb tout entier, la ville et le comté, qui s'éloignait d'elle à mesure que les heures passaient, et son réflexe était de s'en faire à elle-même le reproche.

Elle se cogna la tête en remontant dans la voiture. Je ne m'habituerai décidément jamais à ces engins. La philosophie d'Oncle Jack a des arguments convaincants à faire valoir.

*

Alexandra prit le sac de courses sur la plage arrière. Jean Louise se pencha et ouvrit la portière pour son père ; elle tendit le bras devant lui pour la refermer.

« Tu as besoin de la voiture ce matin, Tatie ?

— Non, ma chérie. Tu vas quelque part ?

— Oui. Je ne serai pas longue. »

Elle garda les yeux fixés sur la route. Tout ira bien pourvu que je ne le regarde pas, que je ne l'écoute pas, que je ne lui parle pas.

En s'arrêtant devant le barbier, elle lui dit : « Demande à Mr. Fred combien on lui doit. J'ai oublié de sortir la facture du sac. Je lui ai dit que tu le réglerais. »

Elle lui ouvrit la portière et il descendit sur la chaussée.

« Sois prudent ! »

Atticus adressa un signe de la main au conducteur de la voiture qui passait. « Tout va bien », dit-il.

Elle fit le tour de la place puis s'engagea sur la route de Meridian et parvint à un carrefour. C'est là que ça a dû se passer, se dit-elle.

Il y avait des taches sombres sur le gravier rouge, là où l'asphalte s'arrêtait, et elle roula sur le sang de Mr. Healy. Arrivée à un croisement sur la route de terre, elle tourna à droite et s'engagea sur un sentier si étroit que la grosse voiture en occupait toute la largeur. Elle continua de rouler jusqu'à ce qu'elle ne puisse plus avancer.

La route était bloquée par une file de voitures rangées de travers, à moitié penchées dans le fossé. Elle se gara derrière la dernière et sortit. Elle poursuivit le chemin à pied, passa devant une Ford 1939, une Chevrolet au millésime incertain, une Willys et un corbillard bleu turquoise sur la portière duquel étaient inscrits en demi-cercle les mots REPOS CÉLESTE en lettres chromées. Étonnée, elle jeta un coup d'œil à l'intérieur : des fauteuils vissés au plancher étaient alignés à l'arrière, ne laissant aucune place pour un corps allongé, mort ou vivant. C'est un taxi, se dit-elle.

Elle sonna en tirant sur une cordelette fixée au portail et entra. La cour devant chez Calpurnia était entretenue avec soin : Jean Louise remarqua qu'elle avait été balayée tout récemment ; les sillons du râteau étaient encore visibles entre les empreintes de pas.

Elle leva les yeux et aperçut, sur la véranda de la petite maison, un groupe de Noirs diversement apprêtés : deux femmes avaient revêtu leurs plus beaux habits, une autre portait un tablier en calicot, une autre encore sa tenue des champs. Jean Louise reconnut le professeur Chester Sumpter, le directeur du Mount Sinai Trade Institute, la plus grande école noire du comté de Maycomb. Le professeur Sumpter était habillé, comme à son habitude, tout en noir. L'autre homme en costume noir lui était inconnu, mais elle comprit que c'était un pasteur. Zeebo portait ses vêtements de travail.

Quand ils la virent, ils se redressèrent et reculèrent d'un pas, en bloc. Les hommes ôtèrent leurs chapeaux et casquettes, la femme qui portait un tablier croisa les mains dessous.

« Bonjour, Zeebo », dit Jean Louise.

Zeebo se désolidarisa du petit groupe compact en s'avançant vers elle. « 'jour, Miss Jean Louise. On savait pas que vous étiez rentrée. »

Jean Louise sentit peser sur elle le regard des Noirs. Ils se tenaient devant elle dans un silence respectueux et la regardaient fixement. « Est-ce que Calpurnia est là ? demanda-t-elle.

— Oui, Miss Jean Louise, Mamma est à l'intérieur. Vous voulez que j'aille la chercher ?

— Est-ce que je peux entrer, Zeebo ?

— Oui. »

Ils s'écartèrent pour la laisser passer. Zeebo, ne sachant trop ce qu'exigeait le protocole, ouvrit la porte et s'effaça. « Montrez-moi le chemin, Zeebo », dit-elle.

Elle pénétra à sa suite dans un petit salon plongé dans la pénombre où flottait une odeur suave et musquée de peau noire soignée, de tabac à priser et de laque pour cheveux Hearts of Love. Plusieurs silhouettes indistinctes se levèrent quand elle entra.

« Par ici, Miss Jean Louise. »

Ils prirent un minuscule couloir, et Zeebo frappa à une porte en pin brut. « Mamma, dit-il. Miss Jean Louise est là. »

La porte s'ouvrit doucement, et la tête de la femme de Zeebo apparut dans l'embrasure. Elle sortit dans le couloir, qui était à peine assez grand pour eux trois.

« Bonjour, Helen, dit Jean Louise. Comment va Calpurnia ?

— Le coup est très dur pour elle, Miss Jean Louise. Frank, il a jamais eu d'ennuis avant... »

C'était donc Frank. De tous ses innombrables descendants, celui dont Calpurnia était le plus fière. Il était sur la liste d'attente du Tuskegee Institute. C'était un génie de la plomberie ; il pouvait réparer n'importe quel tuyau.

Helen, alourdie par le ventre flasque que lui avaient laissé ses nombreuses grossesses, s'adossa au mur. Elle était pieds nus.

« Zeebo, dit Jean Louise, vous vivez de nouveau ensemble, Helen et vous ?

— Oui, dit Helen d'une voix placide. Il a pris un peu de plomb dans la tête. »

Jean Louise sourit à Zeebo, qui avait l'air tout penaud. Même avec la meilleure volonté du monde, Jean Louise était incapable de démêler l'imbroglio familial de Zeebo. Elle pensait que Helen devait être la mère de Frank, mais elle n'en était pas sûre. Elle était certaine que Helen était la première femme de Zeebo, et tout aussi certaine qu'elle était son épouse actuelle, mais combien d'autres en avait-il eu entre-temps ?

Elle se rappelait avoir entendu Atticus évoquer le couple dans son cabinet, quelques années plus tôt, à l'époque où ils étaient venus le voir pour divorcer. Atticus, qui voulait les réconcilier, avait demandé à Helen si elle accepterait de reprendre son mari. « Non m'sieur, Mr. Finch, avait-elle lentement répondu. Zeebo, y fait rien que d'aller voir ailleurs, fréquenter d'autres femmes. Moi y me fréquente pas du tout, y m'aime pas, et moi je veux pas d'un homme qu'aime pas sa femme. »

« Pourrais-je voir Calpurnia, Helen ?

— Oui, entrez. »

Calpurnia était assise dans un fauteuil à bascule en bois dans un coin de la pièce, près de la cheminée. La chambre était meublée d'un cadre de lit recouvert d'un édredon aux couleurs fanées dont les surpiqûres dessinaient un motif d'alliances entrecroisées. Trois immenses photos de Noirs dans des cadres dorés et un calendrier Coca-Cola étaient accrochés au mur. Un manteau de cheminée rustique était encombré de petits bibelots en plâtre, en porcelaine, en terre cuite et en verre dépoli. Une ampoule nue pendait au bout d'un fil électrique au plafond, projetant des ombres tranchées sur le mur derrière la cheminée et dans le coin où Calpurnia était assise.

Comme elle a l'air petite, se dit Jean Louise. Elle qui était si grande.

Calpurnia était vieille et décharnée. Sa vue faiblissait, et elle portait des lunettes à monture noire qui contrastaient de manière saisissante avec le brun foncé de sa peau. Ses grandes mains étaient posées sur ses jambes, et elle les leva en écartant les doigts quand Jean Louise entra dans la pièce.

La gorge de Jean Louise se serra lorsqu'elle vit les doigts osseux de Calpurnia, ces doigts autrefois si doux quand Jean Louise était malade et si durs quand elle n'était pas sage, ces doigts qui jadis avaient accompli tant de tâches requérant la plus tendre dextérité. Jean Louise les porta à ses lèvres.

« Cal, dit-elle.

— Assieds-toi, ma chérie, dit Calpurnia. Il y a une chaise ?

— Oui, Cal. » Jean Louise tira une chaise et s'assit en face de sa vieille amie.

« Cal, je suis venue te dire... Je suis venue te dire que si je peux faire quoi que ce soit pour toi, il ne faut pas hésiter à me le demander.

— Merci, m'dame, dit Calpurnia. Mais y a rien que j'ai besoin.

— Je voulais te dire aussi que Mr. Finch a été averti à la première heure ce matin. Frank a demandé au shérif de l'appeler et Mr. Finch va... l'aider. »

Les mots s'évanouissaient sur ses lèvres. Avant-hier elle aurait dit « Mr. Finch va l'aider » en toute confiance, certaine qu'Atticus ferait jaillir la lumière des ténèbres.

Calpurnia acquiesça. Elle gardait la tête haute et regardait droit devant elle. Elle ne me voit pas bien, se dit Jean Louise. Je me demande quel âge elle a. Je ne l'ai jamais su au juste, et je ne crois pas qu'elle-même l'ait jamais su non plus.

« Ne t'inquiète pas, Cal, dit Jean Louise. Atticus fera tout ce qu'il peut.

— Je sais bien, ça, Miss Scout, dit Calpurnia. Il fait toujours tout ce qu'il peut. Il fait toujours rien que ce qu'il faut. »

Jean Louise regardait la vieille dame, bouche bée. Calpurnia se tenait assise avec la dignité empreinte de morgue qu'elle réservait aux occasions formelles et qui faisait resurgir sa syntaxe écorchée. La terre aurait pu s'arrêter de tourner, les arbres auraient pu se pétrifier, la mer aurait pu rejeter tous ses noyés sur la grève, Jean Louise n'aurait rien remarqué.

« Calpurnia ! »

Elle entendait à peine ce que disait Calpurnia : « Frank, lui fait quelque chose très mal... lui payer pour ça... mon petit-fils. Je l'aime... mais pour lui c'est prison, Mr. Finch ou pas...

— *Calpurnia, arrête !* »

Jean Louise s'était dressée. Elle sentit les larmes lui monter aux yeux et se dirigea d'un pas hébété vers la fenêtre.

La vieille femme n'avait pas bougé. Jean Louise se retourna et la vit dans son fauteuil, immobile, respirant avec calme.

Calpurnia s'était retranchée derrière les manières qu'elle affectait en société.

Jean Louise se rassit en face d'elle. « Cal, cria-t-elle, Cal, Cal, Cal, qu'est-ce que tu me fais ? Qu'est-ce qui se passe ? Je suis ta petite chérie, tu m'as oubliée ? Pourquoi tu m'ignores ? Qu'est-ce que tu me fais ? »

Calpurnia leva les mains et les posa délicatement sur les accoudoirs du fauteuil à bascule. Son visage était tissé de millions de rides minuscules et ses yeux assombris par le verre épais de ses lunettes.

« Et vous, qu'est-ce que vous faites à nous ? dit-elle.

— À nous ?

— Oui. À nous. »

Jean Louise répondit lentement, s'adressant plus à elle-même qu'à Calpurnia : « De toute ma vie, même en rêve, jamais je n'aurais pu imaginer qu'une chose pareille puisse se produire. Et pourtant. Je ne peux pas parler à celle qui m'a élevée depuis mes deux ans… C'est en train de se passer, là, sous mes yeux, et je n'arrive pas à le croire. Parle-moi, Cal. Pour l'amour de Dieu, parle-moi normalement. Ne reste pas là comme ça ! »

Elle scruta le visage de la vieille dame et comprit que c'était sans espoir. Calpurnia la regardait, et dans le regard de Calpurnia ne brillait pas la moindre étincelle de compassion.

Jean Louise se leva, s'apprêtant à partir. « Dis-moi une chose, Cal, dit-elle, une seule chose avant que je m'en aille... je t'en prie, il faut que je sache. Est-ce que tu nous haïssais ? »

La vieille femme demeura immobile et silencieuse, accablée par le fardeau des années. Jean Louise attendit.

Enfin, Calpurnia secoua la tête.

*

« Zeebo, dit Jean Louise. Si je peux faire quoi que ce soit, pour l'amour de Dieu, promettez-moi que vous m'appellerez.

— Oui, d'accord, dit le gaillard. Mais je crois qu'y a rien à faire. Frank, il l'a tué, pour sûr, et y a rien que personne peut faire à ça. Mr. Finch, y peut rien faire à une chose comme ça. Est-ce que moi je peux faire que'qu' chose pour vous tant que vous êtes là, m'dame ? »

Ils étaient sur la véranda, au milieu du petit corridor que les autres leur avaient ménagé. Jean Louise soupira. « Oui, Zeebo, maintenant. Vous pouvez m'aider à faire demi-tour en voiture. Sinon je vais me retrouver dans le champ de maïs en un rien de temps.

— Oui, Miss Jean Louise. »

Elle regarda Zeebo manœuvrer sur la route étroite. J'espère que je vais arriver à rentrer, se dit-elle. « Merci, Zeebo, dit-elle d'un ton las. Et n'oubliez pas, surtout. » Le Noir toucha le bord de son chapeau et disparut dans la maison de sa mère.

Jean Louise resta assise un moment dans la voiture, les yeux fixés sur le volant. Comment est-il possible que tout ce que j'ai jamais aimé sur cette terre me soit arraché en l'espace de deux jours ? Jem m'aurait-il trahie, lui aussi ? Elle nous aimait, je suis certaine qu'elle nous aimait. Elle était là, en face de moi, et elle ne me voyait pas, elle ne voyait qu'une Blanche. Elle m'a élevée, et ça ne compte plus pour elle.

Ça n'a pas toujours été ainsi, je suis bien certaine que ça n'a pas toujours été ainsi. Les gens se faisaient confiance autrefois, pour une raison ou une autre, j'ai oublié pourquoi. Ils ne se regardaient pas en chiens de faïence à l'époque. Jamais je n'aurais eu droit à des regards pareils sur ce perron, il y a dix ans. Elle ne se comportait jamais de la sorte avec nous... Quand Jem est mort, son cher petit Jem, ça a bien failli la tuer...

Jean Louise se souvint d'être allée voir Calpurnia chez elle, une fin d'après-midi, deux ans auparavant. Elle était assise dans sa chambre, comme aujourd'hui, ses lunettes posées sur le bout du nez. Elle avait pleuré. « Toujours si facile à vivre, avait dit Calpurnia. Jamais fait la moindre bêtise, mon petit garçon. Il m'a rapporté un cadeau quand il est rentré de la guerre, il m'a rapporté un manteau électrique. » Quand Calpurnia souriait, son visage se constellait d'une myriade de rides. Elle avait sorti une grande boîte de sous son lit. Elle l'avait ouverte et avait déplié une immense pièce de cuir noir. C'était un manteau d'officier de l'aviation allemande. « Tu vois ? avait-elle dit. Il y a un interrupteur, là. » Jean Louise avait examiné le manteau et remarqué tout un entrelacs de fils électriques. Dans une poche se trouvaient des batteries. « Mr. Jem disait que ça me réchaufferait les os en hiver. Il disait que je ne devais pas avoir peur mais qu'il fallait que je fasse attention quand il était allumé. » Calpurnia avait rendu jaloux tous ses amis et voisins avec son manteau électrique. « Cal, avait dit Jean Louise. Reviens à la maison, s'il te plaît. Je ne peux pas rentrer à New York l'esprit tranquille si tu n'es pas là. » Cet argument semblait l'avoir convaincue : Calpurnia s'était redressée en hochant la tête. « Oui, ma petite, avait-elle dit. Je vais revenir. Ne t'inquiète pas. »

Jean Louise appuya sur le démarreur et la voiture s'ébranla lentement. *Prom'nons-nous dans les bois, pendant qu'les Nègres y sont pas...* Oh, Seigneur, aidez-moi.

CINQUIÈME PARTIE

13

Alexandra, penchée au-dessus de la table de la cuisine, était absorbée par quelque rite culinaire. Jean Louise essaya de passer devant elle sans se faire remarquer, en vain.

« Viens voir. »

Alexandra recula d'un pas, dévoilant sur la table plusieurs assiettes en verre taillé sur lesquelles étaient empilés des petits sandwichs confectionnés avec soin.

« C'est pour Atticus ?

— Non, il va essayer de déjeuner en ville aujourd'hui. Tu sais bien qu'il déteste débarquer au beau milieu d'une assemblée de femmes. »

Jésus Marie Joseph. Le Café.

« Ma chérie, va donc préparer le salon. Elles seront là d'ici une heure.

— Qui as-tu invité ? »

Alexandra égrena une liste d'invitées si absurde que Jean Louise poussa un grand soupir. La moitié de ces femmes étaient plus jeunes qu'elle, l'autre moitié plus vieilles ; elle ne se souvenait pas d'avoir partagé la moindre expérience avec aucune d'entre elles, sauf une avec qui elle s'était régulièrement crêpé le chignon pendant toute l'école primaire. « Où sont passées les filles de ma classe ? demanda-t-elle.

— Ici ou là, j'imagine. »

Ah, oui, bien sûr. Ici ou là, à Old Sarum ou plus loin encore dans les bois. Elle se demanda ce qu'elles étaient devenues.

« Tu as fait des visites ce matin ? demanda Alexandra.

— Je suis allée voir Cal. »

Le couteau d'Alexandra tomba avec fracas sur la table. « Jean Louise !

— *Quoi* encore, bon sang ? » C'est le dernier round que je dispute contre elle, je le jure devant Dieu. De toute façon, je n'ai jamais rien fait comme il faut à ses yeux.

« Du calme, ma petite demoiselle, dit Alexandra d'un ton glacial. Jean Louise, plus personne à Maycomb ne va voir les Noirs, pas après ce qu'ils nous ont fait. En plus d'être paresseux, ils se permettent à présent de nous lancer parfois des regards ouvertement insolents, et pour ce qui est de leur faire confiance, eh bien il ne faut plus y compter.

« Cette NAACP est venue jusqu'ici leur farcir la tête avec son poison jusqu'à ce que ça leur ressorte par les oreilles. C'est uniquement parce que nous avons un shérif fort qu'il n'est rien arrivé de trop grave dans ce comté jusqu'à maintenant. Tu ne *comprends* pas ce qui se passe. Nous avons été généreux à leur égard, nous payons leurs cautions et leurs dettes depuis la nuit des temps, nous leur avons trouvé du travail quand il n'y avait pas de travail, nous les avons encouragés à s'améliorer, nous les avons

212

civilisés, mais ce vernis de civilisation est si fragile qu'une poignée de Noirs yankees arrogants peuvent démolir un siècle de progrès en cinq ans à peine…

« Ah ! ça, vu la façon dont ils nous ont remerciés d'avoir pris soin d'eux, plus personne à Maycomb n'a envie de les aider quand ils ont des problèmes. Ils mordent la main qui les nourrit, c'est tout ce qu'ils savent faire. Alors non merci, terminé – qu'ils se débrouillent tout seuls maintenant. »

Jean Louise avait dormi douze heures et se sentait exténuée au point d'en avoir mal jusque dans les épaules.

« La Sarah de Mary Webster est encartée depuis des années – comme toutes les cuisinières de la ville. Alors quand Calpurnia est partie, je me suis dit que ça ne valait pas la peine d'en prendre une autre, rien que pour Atticus et moi. Les nègres de nos jours sont plus difficiles à satisfaire qu'un roi… »

Voici que Ma Très Sainte Tante parle comme Mr. Grady O'Hanlon, qui a quitté son emploi pour se consacrer corps et âme à la défense de la ségrégation.

« … il faut leur apporter ceci et leur accorder cela, c'est à se demander qui est au service de l'autre à la fin ! Non, ça n'en vaut plus la peine aujourd'hui… Où vas-tu ?

— Préparer le salon. »

Elle se laissa tomber dans un fauteuil profond, sidérée par l'accumulation de déconvenues que chaque nouvelle occasion lui faisait subir. Ma tante est une inconnue hostile, ma Calpurnia ne veut plus rien avoir à faire avec moi, Hank est fou, et Atticus… C'est moi, il doit y avoir quelque chose qui cloche

chez moi. Sans doute parce que je ne peux pas concevoir que ces gens aient changé.

Comment est-il possible qu'ils ne soient pas
écœurés ? Comment peuvent-ils accorder foi et
dévotion à ce qu'on leur dit à l'église et prononcer
ensuite les mots qu'ils prononcent et entendre ce
qu'ils entendent sans avoir la nausée ? Je croyais que
j'étais chrétienne, mais je ne le suis pas. Je suis autre
chose et je ne sais pas quoi. Toutes les valeurs en
lesquelles j'ai jamais cru, le bien, le mal, ce sont ces
gens qui me les ont enseignées – ces mêmes gens.
Alors ça doit être moi, pas eux. Il a dû m'arriver
quelque chose.

Ils essaient tous de me convaincre, se faisant étrangement écho les uns aux autres, que tout ça est à
cause des Noirs... mais si c'est à cause des Noirs,
alors dans ce cas moi je sais voler – et Dieu sait
qu'à présent je pourrais, oui, voler en éclats à tout
moment.

« Le salon n'est pas prêt ? » Alexandra se tenait
debout devant elle.

Jean Louise se leva et alla préparer le salon.

*

Les jacasses arrivèrent à dix heures trente, ponc-
tuelles. Jean Louise les accueillit l'une après l'autre
sur le perron. Ce fut un défilé de gants et de chapeaux, un tourbillon capiteux d'essences, de parfums,
d'eaux de toilette et de sels de bain. Leur maquillage
eût réduit à l'humiliation les dessinateurs de l'Égypte
ancienne, et leurs vêtements – leurs chaussures en

particulier – venaient sans le moindre doute possible de Montgomery ou de Mobile : Jean Louise vit le salon soudain envahi de tous côtés par des mannequins de chez A. Nachman, Gayfer's, Levy's et Hammel's.

De quoi parle-t-on ces temps-ci ? Jean Louise n'avait plus l'oreille maycombienne, mais elle ne tarda pas à la retrouver. Les Jeunes Mariées papotaient fièrement de leurs Bob et de leurs Michael, racontant qu'elles avaient épousé Bob et Michael quatre mois auparavant et que Bob et Michael avaient chacun pris dix kilos. Jean Louise se fit violence pour ne pas céder à la tentation d'exposer à ses jeunes invitées les raisons cliniques susceptibles d'expliquer le fulgurant empâtement de leurs chers et tendres et se tourna vers le Groupe des Biberonneuses, dont la conversation la plongea dans la plus indicible consternation :

Jerry avait à peine deux mois quand un beau jour il a levé les yeux vers moi et il m'a dit... l'apprentissage de la propreté ne devrait commencer qu'à partir du moment où... pendant son baptême il a attrapé Mr. Stone par les cheveux et Mr. Stone... fait pipi au lit maintenant. Je l'ai sevrée de ça en même temps que je lui apprenais à ne plus sucer son pouce, avec... le pull le plus aaaadorable, mais aaaadorable qu'on ait jamais vu : il y a un petit éléphant rouge dessus et il y a marqué « Crimson Tide » sur le devant... et ça nous a coûté cinq dollars pour le faire arracher.

La Brigade Légère était assise à sa gauche : la trentaine débutante ou bien entamée, elles consacraient l'essentiel de leur temps libre à animer le Club des

Sténographes, à jouer au bridge et à rivaliser d'audace au chapitre électroménager :

John dit que... Calvin dit que c'est les... reins, mais Allen m'interdit tout ce qui est friture... quand cette fermeture Éclair s'est coincée, je vous jure que jamais je... me demande bien comment elle peut s'imaginer qu'elle va s'en tirer comme ça... la pauvre, si j'étais elle je prendrais... des électrochocs, voilà, c'est ça qu'elle a eu. Ils disent qu'elle... danse comme une folle tous les samedis soir devant l'émission de Lawrence Welk... et ri, mais ri, j'ai bien cru que j'allais en mourir ! Il était là, dans... ma robe de mariée, et vous savez quoi, elle me va encore.

Jean Louise jeta ensuite un coup d'œil du côté des Trois Éternelles Aspirantes assises à sa droite. Il s'agissait de pimpantes et recommandables jeunes femmes de Maycomb qui n'avaient jamais accédé à l'échelon supérieur. Elles subissaient la condescendance de leurs congénères mariées, elles inspiraient un vague sentiment de pitié, et on les sortait à l'occasion pour les mettre au bras de tel ou tel improbable célibataire de passage en visite chez des amis. Jean Louise observa l'une d'entre elles avec un amusement grinçant : à dix ans, Jean Louise avait tenté, pour la première et dernière fois de sa vie, de se mêler à un groupe, et elle avait demandé un jour à Sarah Finley : « Je peux venir jouer avec toi cet après-midi ? » « Non, avait répondu Sarah, maman dit que t'es trop brutale. »

Et nous voici à présent toutes les deux seules, pour des raisons entièrement différentes, mais l'impression est la même, n'est-ce pas ?

Les Éternelles Aspirantes parlaient sagement entre elles :

… journée la plus longue de toute ma vie… derrière le bâtiment de la banque… une nouvelle maison sur la route près de… l'École baptiste, si bien qu'au bout du compte on passe quatre heures à l'église chaque dimanche… fois j'ai dit à Mr. Fred que je voulais mes tomates… ébouillantées. Je leur ai dit que s'ils n'installaient pas l'air conditionné dans ce bureau, je finirais par… jeter l'éponge. Non mais franchement, comment peut-on avoir l'idée de jouer des tours pareils ?

Jean Louise s'engouffra dans la brèche : « Toujours à la banque, Sarah ?

— Mon Dieu, oui. Jusqu'à mon dernier souffle. »

Ah. « Et, euh… tu as des nouvelles de Jane… ah, comment s'appelait-elle, déjà ? Tu sais, ta copine du lycée ? » Sarah et Jane Comment-s'appelait-elle-déjà avaient été inséparables autrefois.

« Oh, elle. Elle a épousé un garçon très spécial pendant la guerre et maintenant elle roule ses "r", on ne la reconnaît plus.

— Ah oui ? Et où vit-elle ?

— À Mobile. Elle était à Washington pendant la guerre, c'est là qu'elle a attrapé cet horrible accent. Tout le monde pensait qu'elle faisait ça pour se donner un genre, mais comme personne n'a jamais eu le courage de le lui dire, eh bien elle continue. Tu te souviens comment elle marchait, la tête bien haute, comme ça ? Ça aussi, elle continue.

— Vraiment ?

— Hu-hum. »

Tatie est tout de même bien utile parfois, maudite soit-elle, songea Jean Louise en voyant Alexandra lui adresser un signal. Elle alla dans la cuisine et rapporta des serviettes en papier fantaisie posées sur un petit plateau. En les distribuant aux invitées, Jean Louise eut l'impression de pincer l'une après l'autre les cordes d'une harpe géante :

Jamais de toute ma vie je n'ai... vu cette image merveilleuse... avec le vieux Mr. Healy... posé sur le manteau de cheminée depuis le début, là, sous mes yeux... est-il ? Pas loin de onze heures, je crois... elle finira par obtenir le divorce. Après tout, vu la façon dont il... me massait le dos en permanence pendant les neuf mois... à mourir. Si vous l'aviez vu... faire pipi toutes les cinq minutes pendant la nuit. J'ai mis un terme... à toutes les filles de notre classe sauf cette horrible chipie de Old Sarum. Elle ne verra pas la différence... entre les lignes, mais on comprend *très* bien ce qu'il veut dire.

Puis elle remonta la gamme avec les sandwichs :

Mr. Talbert m'a regardée et il m'a dit... qu'il n'apprendrait jamais à se servir du pot... de haricots tous les jeudis soir. C'est la seule habitude yankee qu'il ait gardée de... la Guerre des *Roses* ? Non, ma chérie, je disais que Warren *propose*... ses services aux éboueurs. Je n'ai rien pu faire d'autre après qu'elle est sortie... du bois. Je ne pouvais pas m'en empêcher, j'avais l'impression d'être une énorme... Aaamen ! Je serai tellement contente le jour où tout ça sera terminé... la manière dont il l'a traitée... dans les couches et les langes du matin au soir, et il veut savoir pourquoi je suis si fatiguée ? Après tout, il était… dans le dossier depuis le début, voilà où je l'avais mis.

Alexandra la suivit de près pour servir le café, lequel fit office de sourdine, étouffant la cacophonie qui se résorba peu à peu en un léger bourdonnement. Jean Louise décida que c'était aux côtés de la Brigade Légère qu'elle serait sans doute encore le mieux ; elle attrapa un coussin et s'introduisit dans la volière, prenant Hester Sinclair à part : « Comment va Bill ?

— Bien. De plus en plus difficile à vivre à chaque jour qui passe. N'est-ce pas horrible, ce qui est arrivé au vieux Mr. Healy ce matin ?

— Horrible, oui.

— Mais au fait, dit Hester, il n'avait pas quelque chose à voir avec vous, ce garçon ?

— Si. C'est le petit-fils de notre Calpurnia.

— Mon Dieu, tous ces jeunes, de nos jours, je ne sais jamais qui est qui. J'imagine qu'ils vont l'inculper de meurtre ?

— Homicide, je pense.

— Oh. » Hester était déçue. « Oui, sans doute. Il n'a pas fait exprès.

— Non, il n'a pas fait exprès. »

Hester éclata de rire. « Et moi qui croyais qu'on allait enfin s'amuser un peu ! »

Jean Louise sentit ses cheveux se dresser sur sa tête. Je dois être en train de perdre mon sens de l'humour, oui, ça doit être ça. Je deviens comme Cousin Edgar.

Hester continuait de parler : « … pas eu un bon procès par ici depuis dix ans. Un bon procès de nègre, je veux dire. Rien que des petits délits et des histoires de beuverie.

— Tu aimes aller au palais de justice ?

— Bien sûr. Au printemps dernier, par exemple, le divorce le plus incroyable qu'on ait jamais vu. Des péquenots de Old Sarum. Encore heureux que le juge Taylor soit mort – tu te rappelles, il détestait ce genre d'histoires, il demandait toujours aux dames de quitter la salle d'audience. Le nouveau, lui, il s'en fiche. Et donc…

— Excuse-moi, Hester. Tu reprendras bien un peu de café. »

Alexandra arrivait avec sa grosse carafe en argent. Jean Louise la regarda servir. Elle n'en verse pas une goutte à côté. Si Hank et moi… Hank.

Elle parcourut du regard le long salon au plafond bas, observant la double rangée des invitées, ces femmes qu'elle connaissait depuis toujours, rien que ça, et avec qui elle ne pouvait pas discuter cinq minutes sans se transformer en statue de sel. Je n'ai rien à leur dire. Elles parlent sans cesse des choses qu'elles font, et moi je ne sais pas faire les choses qu'elles font. Si nous nous mariions – si je me mariais avec n'importe quel habitant de cette ville –, ces femmes seraient mes amies, et je n'aurais absolument rien à leur dire. Je serais Jean Louise la Muette. Je serais incapable d'organiser par moi-même une petite réunion comme celle-ci, alors que Tatie, elle, est aux anges. On me traînerait à l'église et aux parties de bridge jusqu'à ce que mort s'ensuive, je devrais donner mon avis au cercle des lectrices du Club des Sténographes, je devrais faire partie de la communauté. Il me faudrait beaucoup de qualités que je ne possède pas pour être cette épouse-là.

« ... vraiment très triste, disait Alexandra, mais ils sont comme ça et ils n'y peuvent rien. Calpurnia était la meilleure d'entre eux. Ce garnement de Zeebo, son fils, il n'est jamais descendu de son arbre, mais vous savez, Calpurnia l'a forcé à épouser chacune de ses femmes. Cinq, je crois, mais Calpurnia l'a forcé à les épouser toutes, sans exception. Voilà l'idée qu'ils se font du christianisme...

— On ne sait jamais ce qu'ils ont dans le crâne, renchérit Hester. Tenez, ma Sophie par exemple, un jour, je lui demande : "Sophie, Noël tombe quel jour, cette année ?" Et là, elle se gratte la pelote de laine qu'elle a sur la tête et elle me répond : "Miss Hester, je crois que ce sera le 25." J'ai ri, mais j'ai ri ! Je voulais savoir quel jour de la semaine, pas quel jour de l'année ! Bêtes, mais bêtes ! »

Humour, humour, humour, j'ai perdu mon sens de l'humour. Je deviens comme le *New York Post*.

« ... mais vous savez, ils continuent. Les arrêter n'a servi à rien, ils se sont simplement faits plus discrets. Bill dit qu'il ne serait pas surpris de voir éclater une nouvelle insurrection à la Nat Turner, que nous sommes assis sur un baril de poudre et que nous aurions tout intérêt à nous tenir prêts, dit Hester.

— Hum, euh... Hester, je n'y connais pas grand-chose, bien sûr, mais je croyais que ces gens de Montgomery ne se réunissaient la plupart du temps que pour prier ensemble à l'église, dit Jean Louise.

— Oh, ma chère enfant, tu ne sais donc pas qu'ils font ça uniquement pour s'attirer la sympathie de

221

la côte Est ? C'est une combine vieille comme le monde. Tu sais, le Kaiser Guillaume lui aussi priait tous les soirs… »

Un poème absurde résonna soudain dans la mémoire de Jean Louise. Où l'avait-elle lu ?

Par la grâce divine, ma chère Augusta,
Nous avons de nouveau fait de sacrés dégâts ;
Dix mille Français ont été anéantis.
Loué soit le Seigneur qui chaque jour nous bénit.

Elle se demanda d'où Hester tenait ses informations. Elle ne pouvait pas concevoir que Hester Sinclair ait jamais lu autre chose que *Le Magazine de la parfaite ménagère*, sinon sous la contrainte. Quelqu'un lui avait raconté tout cela. Qui ?

« Tu t'intéresses à l'histoire maintenant, Hester ?

— Comment ? Oh, je répétais simplement ce que dit mon Bill. Un grand lecteur, Bill. Il dit que les nègres qui mettent tout ce bazar au Nord essaient de faire ça à la manière de Gandhi, et vous savez bien ce que ça veut dire…

— Je crains que non. Qu'est-ce que ça veut dire ?

— Le communisme.

— Ah… Mais je croyais que les communistes étaient pour la révolution violente et ce genre de choses… »

Hester secoua la tête. « Il faut sortir, ma petite Jean Louise… Ils utilisent tous les moyens possibles pour parvenir à leurs fins. Exactement comme les catholiques. Vous savez que les catholiques vont dans ces pays, là-bas, et n'hésitent pas à devenir eux-mêmes

222

des sauvages pour convertir les gens. Sans rire, ils iraient jusqu'à prétendre que saint Paul lui-même était un nègre comme eux si ça pouvait les aider à convertir un seul Noir. Bill dit – il a fait la guerre là-bas, vous savez – Bill dit qu'il était incapable de faire la différence entre le vaudou et le catholicisme dans certaines de ces îles, et qu'il n'aurait pas été surpris de voir un prêtre vaudou en soutane. C'est la même chose avec les communistes. Ils sont prêts à tout, sans distinction, pour faire main basse sur ce pays. Ils sont partout, on ne peut même pas savoir qui en est et qui n'en est pas. Je vous assure, ici même, dans le comté de Maycomb… »

Jean Louise se mit à rire. « Oh, Hester, qu'est-ce que les communistes pourraient bien vouloir fiche dans le comté de Maycomb ?

— Je ne sais pas. Mais je sais une chose, c'est qu'ils ont une cellule là-bas, sur la route de Tuscaloosa, et si ces garçons n'étaient pas là, on verrait des nègres aller à l'école avec tous les autres.

— Je ne te suis pas très bien, Hester.

— Tu n'as donc pas entendu parler de ces professeurs prétentieux qui ont posé toutes ces questions lors de cette… cette Convocation ? Non mais tu sais qu'ils l'auraient admise sans ciller ! Si ces jeunes gens des associations étudiantes n'avaient pas été là…

— Mon Dieu, Hester, je n'ai pas dû lire les bons journaux. Dans l'un d'eux, j'ai appris que la mafia venait de cette usine de pneus…

— Qu'est-ce que tu lis, *Le Travailleur* ? »

Tu es fascinée par toi-même. Tu dis tout ce qui te passe par la tête, mais ce que je n'arrive pas à comprendre, c'est précisément cela : ce qui te passe par la tête. J'aimerais la fendre en deux, cette tête, tiens, y glisser deux ou trois informations et les regarder se faufiler dans les méandres de ta cervelle jusqu'à ce qu'elles te ressortent par la bouche. Nous sommes toutes les deux nées ici, nous sommes allées dans la même école, nous avons appris les mêmes choses. Je me demande bien ce que tu as vu et entendu.

« ... tout le monde sait bien que le but de la NAACP est de détruire le Sud... »

Conçu dans la méfiance et consacré dans l'idée que tous les hommes naissent mauvais.

« ... ils ne se cachent pas de vouloir se débarrasser de la notion de race nègre, et ils y parviendront en l'espace de quatre générations, selon Bill, s'ils commencent par celle-ci... »

J'espère que le monde n'entendra pas ni ne retiendra longtemps tes paroles.

« ... et ceux qui sont d'un avis différent sont des communistes, ou tout comme. Résistance passive, mon œil... »

Dans l'histoire de l'humanité, chaque fois que des gens ont éprouvé le besoin de dissoudre les liens politiques qui les rattachaient à d'autres, ils ont traité ces derniers de communistes.

« ... ils veulent toujours épouser plus clair de peau qu'eux-mêmes, ils veulent abâtardir la race... »

Jean Louise l'interrompit. « Hester, je peux te poser une question ? Je suis arrivée samedi, et depuis samedi j'ai beaucoup entendu parler de cette histoire de race abâtardie, et je finis par me demander si cette

224

expression n'est pas malheureuse et s'il ne vaudrait pas mieux l'expurger du jargon sudiste aujourd'hui. Il faut deux races pour en abâtardir une – si tant est que ce terme soit approprié – et quand nous autres, les Blancs, poussons des hauts cris à ce propos, n'est-ce pas contre nous-mêmes, en tant que race, que nous nous emportons ? Le message que j'entends là-dedans, moi, c'est que si c'était légal, tout le monde se précipiterait pour épouser des Noirs. Si j'étais savante, ce que je ne suis pas, je dirais que ce genre de discours est assez révélateur, d'un point de vue psychologique, et ne flatte pas particulièrement ceux qui le défendent. Au mieux, il trahit la méfiance suspecte que ces gens nourrissent à l'égard de leur propre race. »

Hester regarda Jean Louise. « Je ne suis pas certaine d'avoir bien compris, dit-elle.

— Moi non plus, dit Jean Louise, mais je sais une chose, c'est que chaque fois que j'entends tenir des propos pareils, j'ai les cheveux qui se dressent sur la tête. C'est sans doute que je n'ai pas été élevée comme ça, j'imagine. »

Hester se raidit. « Est-ce que tu insinues…

— Excuse-moi, dit Jean Louise. Ce n'est pas ce que je voulais dire. Je te demande pardon.

— Jean Louise, quand je disais ça, je ne parlais pas de *nous*.

— Et de qui, alors ?

— Eh bien je parlais des… enfin tu sais bien, les péquenots. Les hommes qui fréquentent des femmes noires, ce genre-là… »

Jean Louise sourit. « C'est bizarre. Il y a un siècle, c'étaient les gentilshommes qui avaient des femmes de couleur ; aujourd'hui ce sont les péquenots…

— Mais ça c'était à l'époque où ils en étaient propriétaires, qu'elle est bête ! Non, les péquenots, ce sont eux qui sont visés par la NAACP. C'est cette catégorie qu'ils veulent voir les nègres épouser jusqu'à ce qu'il ne reste plus rien du tissu de notre société. »

Tissu de notre société. Motifs d'Alliances Entrecroisées. Elle ne pouvait pas nous haïr, et Atticus ne peut pas croire à ce genre de discours. Je suis désolée mais c'est impossible. Depuis hier, j'ai l'impression qu'on essaie de me noyer tout au fond d'un —

« ET AU FAIT, COMMENT VA NEW YORK ? »

New York. New York ? Je vais vous dire comment va New York. New York a toutes les réponses. Les gens vont au Centre communautaire juif, à l'Union anglophone, au Carnegie Hall, à la Nouvelle École des sciences sociales, et y trouvent les réponses. La ville vit au rythme des slogans, des -ismes et des certitudes immédiates. New York me dit en ce moment même : Jean Louise, tu ne réagis pas de manière conforme à nos doctrines eu égard aux gens de ton espèce, donc tu n'existes pas. Les esprits les plus brillants de la nation nous ont dit qui tu es. Tu ne peux y échapper, et nous ne t'en faisons pas le reproche, mais nous te sommons de te conduire selon les préceptes que ceux qui savent ont édictés pour toi, et de ne pas essayer de te comporter autrement.

Elle répondit : croyez-moi, je vous en conjure, ce qui s'est passé dans ma famille n'est pas ce que vous pensez. Je n'ai qu'une chose à dire : tout ce que je sais de l'honneur des hommes, c'est ici que je l'ai appris. De vous, je n'ai rien appris, sinon à être méfiante. Je ne savais pas ce qu'était la haine jusqu'au jour où je suis venue vivre parmi vous et que j'ai vu la haine à l'œuvre chez vous jour après jour. On a même dû voter des lois pour vous empêcher de haïr. Je méprise vos réponses toutes faites, vos slogans dans le métro, et surtout je méprise votre absence de bonnes manières : vous n'en aurez jamais, tant que vous existerez.

L'homme qui était incapable de manquer de courtoisie, fût-ce à un écureuil des bois, avait pris place dans la salle d'audience du tribunal aux côtés d'individus mesquins et à l'esprit répugnant, soutenant leur cause. Combien de fois l'avait-elle vu à l'épicerie attendre son tour à la caisse derrière des Noirs et Dieu sait qui d'autre ? Elle avait vu Mr. Fred lui faire signe d'un haussement de sourcils, et son père lui répondre en secouant la tête. Il était le genre d'homme pour qui attendre son tour était naturel ; il avait des manières.

Écoute, ma petite, nous connaissons les faits : tu as passé les vingt et une premières années de ta vie au pays des lynchages, dans un comté dont la population est composée pour deux tiers de fermiers noirs. Alors bas les masques.

Vous ne me croirez pas, mais je vous l'assure : jamais de toute mon existence, jusqu'à aujourd'hui, je n'ai entendu le mot « nègre » prononcé par un membre de ma famille. Jamais je n'ai appris à penser « les Nègres ». J'ai grandi entourée de Noirs, mais c'étaient Calpurnia, Zeebo l'éboueur, Tom le jardinier, et tous les autres. Il y avait des centaines de Noirs autour de moi, c'étaient eux qui travaillaient dans les champs, qui ramassaient le coton, qui réparaient les routes, qui sciaient le bois avec lequel nous construisions nos maisons. Ils étaient pauvres, ils étaient sales et ils avaient des maladies, certains étaient fainéants, indolents, mais jamais, pas une seule fois, on ne m'a donné à croire que je devais les mépriser, les craindre, leur manquer de respect, ou que je pouvais me permettre en toute impunité de les maltraiter. Ils ne sont jamais, en tant que groupe, entrés dans mon univers, pas plus que je ne suis entrée dans le leur : quand j'allais à la chasse, jamais je ne m'aventurais sur les terres des Noirs, non pas parce que c'étaient leurs terres, mais parce que je n'étais pas censée m'aventurer sur les terres de qui que ce soit. On m'a appris à ne jamais exploiter les gens moins fortunés que moi, qu'ils soient moins fortunés en termes d'intelligence, de richesse ou de statut social ; et cela s'appliquait à tout le monde, pas seulement aux Noirs. On m'a fait comprendre que tout manquement à cette règle était méprisable. Voilà comment j'ai été élevée, par une femme noire et un homme blanc.

Tu as dû faire cette expérience. Quand un homme dit « Voici la vérité », et qu'on le croit, et qu'on découvre par la suite que ce qu'il dit n'est pas la vérité, alors on est déçu et on veille à ne plus jamais se laisser tromper.

Mais un homme qui n'a jamais vécu que pour la vérité – et en la vie duquel vous avez toujours cru –, ce n'est pas une simple déception, le jour où il vous trompe ; c'est un abandon. Je crois que c'est pour cela que j'ai l'impression de devenir folle...

« New York ? New York sera toujours là. » Jean Louise se tourna vers son inquisitrice, une jeune femme qui avait un petit chapeau, un petit visage et des petites dents pointues. C'était Claudine McDowell.

« Fletcher et moi y sommes allés au printemps dernier et nous avons essayé par tous les moyens de te joindre. »

Tu m'en diras tant. « Et ça vous a plu ? Non, ne dis rien, je sais : vous avez passé un séjour merveilleux mais vous ne pourriez jamais imaginer vivre là-bas. »

Claudine dévoila ses dents de rongeur. « Exactement ! Comment as-tu deviné ?

— Je lis dans les pensées. Vous avez fait le tour de la ville ?

— Oh, Seigneur, ça oui ! Nous sommes allés au Latin Quarter, au Copacabana, et nous sommes allés voir *Le Jeu du Pyjama*. C'était le premier spectacle de ce genre auquel nous assistions de notre vie et je peux te dire que nous avons été bien déçus. Ils sont tous comme ça ?

— La plupart. Et vous êtes montés au sommet du tu-sais-quoi ?

— Non, mais on a visité Radio City. C'est fou, on pourrait presque habiter dans cet endroit. On a vu un spectacle au Radio City Music Hall et, Jean Louise, il y avait un cheval sur scène ! »

Jean Louise dit que cela ne la surprenait pas.

« Fletcher et moi étions drôlement contents de rentrer à la maison. Je ne comprends pas comment tu peux vivre dans cette ville. Fletcher a dépensé plus d'argent en deux semaines là-bas que nous n'en dépensons en six mois ici. Comme dit Fletcher, pourquoi aller s'installer dans un endroit pareil alors qu'ici on peut avoir une maison et un jardin pour beaucoup moins cher ? »

Je vais te dire pourquoi. À New York, on n'appartient qu'à soi-même. On peut tendre les bras et étreindre tout Manhattan dans la joie de la solitude, ou tout aussi bien aller au diable si l'on préfère.

« Eh bien, dit Jean Louise, il faut beaucoup de temps pour s'y habituer. Moi, j'ai détesté cette ville pendant deux ans. Elle m'intimidait, jusqu'au jour où quelqu'un m'a bousculée dans le bus, un matin, et que je l'ai bousculé à mon tour. À cet instant, j'ai compris que j'en faisais désormais partie.

— Ah ! ça, pour bousculer, on peut dire qu'ils savent faire. Ils n'ont pas de manières, là-bas.

— Si, ils ont des manières, Claudine. Pas les mêmes que nous, c'est tout. Celui qui m'a bousculée dans le bus s'attendait à ce que je le bouscule. C'était ce que j'étais censée faire ; ce n'est qu'un jeu. On rencontre les gens les plus formidables à New York. »

Claudine pinça la bouche. « Oui, eh bien je n'aimerais pas me retrouver mêlée à tous ces Italiens et ces Portoricains. Dans un restaurant, un jour, j'ai tourné la tête et j'ai vu une femme noire qui déjeunait à côté de moi, *juste à côté* de moi. Je savais qu'elle en avait le droit, bien sûr, mais ça m'a quand même fait un de ces chocs !

— Elle t'a agressée d'une manière ou d'une autre ?

— Je pense bien que non ! Je me suis tout de suite levée et je suis partie.

— Tu sais, dit Jean Louise d'une voix douce, il y a de tout, dans cette ville, tout ce qu'il faut pour faire un monde. »

Claudine haussa les épaules. « Je ne comprends pas comment tu peux vivre là-bas avec eux.

— Mais on n'a pas conscience de leur présence. On travaille avec eux, on mange avec eux et grâce à eux, on prend le bus avec eux, et on ne les remarque pas, à moins de le vouloir. Je ne me rends jamais compte qu'un gros type noir est assis à côté de moi dans le bus jusqu'au moment où je me lève pour descendre. On ne les remarque pas, tout simplement.

— Oui, eh bien moi, je t'assure que je les ai remarqués. Tu dois être aveugle ou je ne sais quoi. »

Aveugle, oui, c'est exactement ce que je suis. Je n'ai jamais ouvert les yeux. Je n'ai jamais pensé à regarder les gens au fond de l'âme, je n'ai jamais regardé que leur visage. Aveugle comme les pierres... Mr. Stone. Mr. Stone a posté une sentinelle hier, à l'église. Il aurait dû en demander une pour moi. J'ai besoin d'une sentinelle à mes côtés, qui me montre le chemin et m'annonce ce qu'elle voit à chaque heure du jour. J'ai besoin d'une sentinelle à mes côtés qui me montre la différence entre ce que les hommes disent et ce qu'ils veulent dire, qui trace une ligne de partage et me montre qu'ici a cours telle justice et là telle autre et me fasse comprendre la nuance. J'ai besoin d'une sentinelle qui s'avance en mon nom et déclare à la face du monde qu'une plaisanterie qui dure depuis vingt-six ans, si drôle soit-elle, est une plaisanterie qui dure depuis trop longtemps.

14

« Tatie, dit Jean Louise après qu'elles eurent fini de déblayer les débris du cataclysme de la matinée, si tu n'as pas besoin de la voiture, je la prends pour aller voir Oncle Jack.

— La seule chose dont j'aie besoin, c'est d'une bonne sieste. Tu veux déjeuner ?

— Non merci. Oncle Jack me donnera un sandwich ou quelque chose.

— N'y compte pas trop. Il mange de moins en moins ces derniers temps. »

Elle se gara dans l'allée du Dr. Finch, grimpa les hautes marches du perron, frappa à la porte et entra en chantonnant d'une voix canaille :

*« Le Vieil Oncle Jack avec sa canne et sa béquille
Du temps de sa jeunesse a trop dansé le quadrille ;
Ajoutez-y la taxe sur les ventes... »*

La maison du Dr. Finch était petite, mais le hall d'entrée immense. Il avait servi autrefois de défouloir pour les chiens, mais le Dr. Finch l'avait fait cloisonner et avait dressé des rayonnages de livres du sol au plafond.

Il la héla du fond de la maison : « Je t'ai entendue, jeune malapprise. Je suis dans la cuisine. »

Elle traversa le corridor, franchit une porte et se retrouva dans ce qui avait été jadis une véranda à ciel ouvert. C'était aujourd'hui une espèce de bureau, comme presque toutes les pièces de la maison. Elle n'avait jamais connu de demeure reflétant de manière aussi saisissante la personnalité de son propriétaire. Un étrange parfum de négligence flottait au milieu de l'ordre : le Dr. Finch veillait à ce que sa maison soit d'une propreté quasi militaire, mais les livres avaient tendance à s'empiler partout où il s'asseyait, et comme il avait l'habitude de s'asseoir n'importe où pourvu qu'il y ait de quoi s'asseoir, les livres s'amoncelaient par petits tas dans les endroits les plus improbables de la maison, au grand dam de sa femme de ménage. Il lui interdisait formellement d'y toucher, tout en insistant pour qu'on ne voie pas flotter la moindre particule de poussière, si bien que la pauvre femme était obligée de passer l'aspirateur, le plumeau et la brosse à reluire partout autour des livres. L'une de ses bonnes en avait perdu la tête en même temps que la page à laquelle il s'était arrêté dans l'ouvrage de Tuckwell sur *Oxford avant le tractarianisme*, et le Dr. Finch avait failli la rouer de coups de balai.

La mode va et vient, songea Jean Louise quand son oncle entra dans la pièce, mais Atticus et lui porteront leur gilet jusqu'à la fin des temps. Le Dr. Finch n'avait pas mis de veste et tenait dans ses bras Rose Aylmer, sa vieille chatte.

« Où étais-tu fourrée hier, encore à la rivière ? »
Il la scruta d'un regard perçant. « Tire la langue. »

Jean Louise tira la langue, et le Dr. Finch fit basculer Rose Aylmer dans le creux de son bras droit, plongea la main dans sa poche de gilet, en sortit une paire de demi-lunes, ouvrit les branches d'un coup de poignet et les colla sur son nez.

« Eh bien, ne la laisse pas pendue comme ça. Rentre-moi ça, dit-il. Tu as une mine affreuse. Viens donc dans la cuisine.

— Je ne savais pas que tu avais des demi-lunes, Oncle Jack, dit Jean Louise.

— Ha ! C'est que j'ai découvert que je jetais mon argent par les fenêtres.

— Comment ça ?

— Avec mes anciennes lunettes. Celles-ci coûtent moitié moins cher. »

Au milieu de la cuisine du Dr. Finch trônait une table, et sur cette table était posée une soucoupe contenant un biscuit sec surmonté d'une sardine solitaire.

Jean Louise en resta bouche bée. « C'est ton déjeuner ? Franchement, Oncle Jack, a-t-on jamais vu plus excentrique ? »

Le Dr. Finch tira un haut tabouret jusqu'au bord de la table, y déposa Rose Aylmer et répondit : « Non. Si. »

Jean Louise et son oncle s'assirent. Le Dr. Finch prit le biscuit et la sardine et les présenta à Rose Aylmer. Elle en attrapa une petite bouchée, baissa la tête et se mit à mâcher.

« Elle mange comme un être humain, dit Jean Louise.

— Je me suis efforcé de lui apprendre les bonnes manières, dit le Dr. Finch. Elle est si vieille maintenant que je suis obligé de la nourrir par petits bouts.

— Pourquoi tu ne la fais pas piquer ? »

Le Dr. Finch se tourna vers sa nièce d'un air indigné. « Et pourquoi ferais-je une chose pareille ? Où est le problème ? Elle a encore dix belles années devant elle. »

Jean Louise acquiesça et pria en silence pour avoir l'air, toutes choses égales par ailleurs, aussi fringante que Rose Aylmer au même âge. Le pelage ocre de la vieille chatte était impeccablement lustré ; elle était toujours gracieuse ; son regard toujours vif. Elle passait désormais l'essentiel de son existence à dormir, et une fois par jour, le Dr. Finch lui mettait une laisse autour du cou pour l'emmener en promenade dans le jardin.

Le Dr. Finch persuada Rose Aylmer, à force de patience, de terminer son déjeuner, puis il alla ouvrir un placard au-dessus de l'évier et en sortit un flacon. Le bouchon faisait office de compte-gouttes. Il tira une pleine pipette de liquide, reposa le flacon, attrapa la chatte par la nuque et lui ordonna d'ouvrir grand la bouche. Rose Aylmer obéit. Elle avala la potion et secoua la tête. Le Dr. Finch tira une nouvelle dose et dit « Ouvre la bouche » à Jean Louise.

Jean Louise déglutit et manqua s'étrangler. « Seigneur, qu'est-ce que c'est que ce truc ?

— De la vitamine C. Je veux que tu ailles te faire examiner chez Allen. »

Jean Louise promit d'aller le voir et demanda à son oncle à quoi son esprit était occupé ces derniers temps.

Le Dr. Finch, se baissant devant le four, répondit : « Sibthorp.

— Pardon ? »

Le Dr. Finch sortit du four un saladier en bois rempli – au grand étonnement de Jean Louise – de légumes. J'espère qu'il n'était pas allumé.

« Sibthorp, ma fille, dit-il. Sibthorp. Richard Waldo Sibthorp. Prêtre catholique romain. Enterré avec tous les fastes de l'Église anglicane. Pas deux dans son genre. De la plus haute importance. »

Jean Louise était habituée au style sténographique de son oncle : il avait coutume d'énumérer deux ou trois faits isolés, suivis d'une conclusion qui n'avait a priori rien à voir. Lentement mais sûrement, pourvu qu'on lui pose les bonnes questions, le Dr. Finch déroulait alors la bobine de son étrange érudition, révélant les rouages d'un raisonnement qui brillait d'une lumière toute singulière.

Mais elle n'était pas venue pour le plaisir d'entendre parler des hésitations confessionnelles d'un obscur esthète victorien. Elle regarda son oncle manipuler la salade, l'huile d'olive, le vinaigre, et d'autres ingrédients inconnus d'elle, avec le même degré de précision et de dextérité qu'il aurait employé pour pratiquer la plus délicate des ostéotomies. Il répartit la salade dans deux assiettes et dit : « Mange, mon enfant. »

Le Dr. Finch dévora son déjeuner avec un appétit féroce tout en regardant du coin de l'œil sa nièce, qui avait soigneusement aligné dans son assiette la laitue, les morceaux d'avocat, de poivron vert et d'oignon. « Bon, alors, qu'est-ce qui ne va pas ? Tu es enceinte ?

— Dieu du ciel, non, Oncle Jack !

— Il me semble que c'est à peu près la seule chose qui tracasse les jeunes femmes, de nos jours. Tu veux me raconter ? » Sa voix s'adoucit. « Allez, ma vieille Scout. »

Les yeux de Jean Louise s'embuèrent de larmes. « Qu'est-ce qui se passe, Oncle Jack ? Qu'est-il arrivé à Atticus ? J'ai l'impression que Hank et Tatie ont perdu la raison, et je suis à peu près sûre d'être en train de perdre la mienne.

— Je n'ai rien remarqué de particulier. Aurais-je dû ?

— Tu aurais dû les voir à cette réunion, hier… »

Jean Louise leva les yeux vers son oncle, qui se balançait dangereusement en arrière sur les pieds de sa chaise. Il posa les mains sur la table pour rétablir son équilibre, son expression incisive se dissipa, ses sourcils se dressèrent, et il éclata de rire. Les pieds avant de sa chaise heurtèrent bruyamment le sol, et son rire s'éteignit peu à peu en une série de petits ricanements.

Jean Louise enrageait. Elle se leva de table, repoussa sa chaise, l'empêcha de justesse de tomber à la renverse, et fit mine de quitter la pièce. « Je ne suis pas venue ici pour que tu te moques de moi, Oncle Jack, dit-elle.

— Oh, assieds-toi et tais-toi donc », dit son oncle. Il la regarda avec une franche curiosité, comme un drôle de spécimen sous un microscope, un prodige médical qui se serait matérialisé par le plus grand des hasards dans sa cuisine.

« Le bon Dieu m'est témoin que jamais je n'aurais imaginé vivre assez longtemps pour voir quelqu'un débarquer au beau milieu d'une révolution et demander d'un air dépité : "Mais qu'est-ce qui se passe ?" » Il se remit à rire en secouant la tête.

« Ce qui se passe, ma chère enfant ? Je vais t'expliquer ce qui se passe, si tu veux bien te calmer et arrêter de monter sur tes grands chevaux comme… Ha !… Je me demande si tes yeux et tes oreilles communiquent jamais autrement que de manière spasmodique avec ton cerveau. » Son visage se durcit. « Ce que je vais te raconter ne te plaira sans doute guère, dit-il.

— Je m'en fiche pas mal, Oncle Jack, du moment que tu m'expliques par quel mystère mon père est devenu négrophobe.

— Surveille ton langage. » La voix du Dr. Finch était sévère. « Ne traite jamais ton père de ce nom-là. Je déteste ce mot autant que ce qu'il désigne.

— Et de quoi devrais-je le traiter, alors ? »

Son oncle poussa un long soupir. Il alla allumer le brûleur de la gazinière sur lequel était posée la cafetière. « Envisageons le problème calmement », dit-il. Lorsqu'il se retourna vers elle, Jean Louise vit l'indignation céder la place à l'amusement dans son regard, puis à une expression qu'elle ne sut pas déchiffrer. Elle l'entendit murmurer : « Oh mon Dieu, mais où avais-je la tête, oui, bien sûr… La première qualité d'un roman est de raconter une histoire…

— Qu'est-ce que tu veux dire ? » demanda-t-elle. Elle savait que c'était une citation, mais elle ne savait pas de qui, elle ne voyait pas le rapport, et elle s'en fichait. Son oncle pouvait l'agacer au plus haut point quand il voulait ; telle était son intention aujourd'hui apparemment, et elle en était contrariée.

« Rien. » Il se rassit, ôta ses lunettes et les rangea dans sa poche de gilet. Puis il reprit la parole d'une voix posée. « Ma chérie, dit-il, partout dans le Sud, ton père et d'autres comme lui se sont lancés dans un combat contre une sorte d'arrière-garde, s'efforçant de freiner les choses afin de préserver certaine philosophie qui a presque complètement disparu…

— S'il s'agit de ce que j'ai entendu hier, eh bien en ce qui me concerne, bon débarras ! »

Le Dr. Finch la toisa. « Tu commets une grave erreur si tu penses que ton père a pour projet de remettre les Noirs à leur place. »

Jean Louise leva les mains et la voix : « Bon sang mais qu'est-ce que je suis censée penser ? J'en étais malade, Oncle Jack. Littéralement malade… »

Son oncle se gratta l'oreille. « Je suis sûr que tu as dû entendre parler, ici ou là au cours de ton existence, de certains faits historiques et de certaines nuances…

— Oncle Jack, épargne-moi ce genre de discours – la guerre n'a rien à voir dans tout ça.

— Au contraire, ça a tout à voir, si tu veux vraiment bien saisir le fond de l'affaire. La première chose que tu dois comprendre est quelque chose – Dieu nous aide, *c'était* quelque chose – que les trois quarts de cette nation n'ont toujours pas compris à ce jour. Quelle sorte de gens étions-nous, Jean Louise ? Quelle sorte de gens sommes-nous ? Qui sont les êtres dont nous sommes, aujourd'hui encore, le plus proches en ce monde ?

— Je croyais que nous étions simplement des gens. Je n'en ai aucune idée. »

Son oncle sourit, et une lueur profane apparut dans ses yeux. Il est sur le point de dévisser, se dit-elle. Et je n'arriverai jamais à le rattraper.

« Prends le comté de Maycomb, dit le Dr. Finch. Typique du Sud. N'as-tu jamais été frappée de constater que presque tous les habitants de ce comté sont apparentés, ou presque apparentés, les uns aux autres ?

— Oncle Jack, comment quelqu'un peut-il être *presque* apparenté à quelqu'un d'autre ?

— C'est très simple. Tu te souviens de Frank Buckland, j'imagine ? »

Malgré elle, Jean Louise sentait qu'elle se laissait prendre au piège, lentement et sournoisement, dans la toile du Dr. Finch. Cet homme est une merveilleuse vieille araignée – mais une araignée néanmoins. Elle se rapprocha très prudemment de lui : « Frank Buckland ?

— Le naturaliste. Toujours à trimbaler des poissons morts dans sa valise, et il avait un chacal chez lui.

— Et ?

— Et tu te souviens de Matthew Arnold, n'est-ce pas ? »

Elle répondit qu'elle s'en souvenait.

« Eh bien Frank Buckland était le fils du frère du mari de la sœur du père de Matthew Arnold, et donc, ils étaient presque apparentés. Tu vois ?

— Oui, mais... »

Le Dr. Finch leva les yeux au plafond. « Mon neveu Jem, poursuivit-il lentement, n'était-il pas fiancé à la cousine au deuxième degré de la femme du fils de son grand-oncle ? »

Elle enfouit son visage entre ses mains et réfléchit intensément. « C'est vrai, dit-elle enfin. Oncle Jack, je crois que tu viens de faire un beau coq-à-l'âne, mais je n'en suis pas tout à fait sûre.

— Tout ça, c'est la même histoire, en réalité.

— Mais je ne vois pas le rapport. »

Le Dr. Finch posa les mains sur la table. « Parce que tu ne regardes pas, dit-il. Tu n'as jamais ouvert les yeux. »

Jean Louise bondit.

Son oncle continua : « Jean Louise, aujourd'hui même se trouvent dans le comté de Maycomb des descendants bien vivants de tous les fichus Celtes, Anglos et Saxons qui ont jamais vu la lumière du jour. Tu te souviens du doyen Stanley, n'est-ce pas ? »

Elles lui revenaient en mémoire, toutes ces journées interminables. Elle était dans cette maison, devant un bon feu, l'écoutant lui lire de vieux ouvrages poussiéreux. La voix de son oncle était un grommellement sourd, comme d'habitude, ou fusait dans les aigus quand il était pris d'un irrésistible élan d'hilarité. Le petit pasteur étourdi aux cheveux en bataille et sa loyale épouse remontèrent à la surface de sa mémoire.

« Est-ce qu'il ne te rappelle pas Fink Sewell ?

— Non, dit-elle.

— Réfléchis, ma petite. Réfléchis. Puisque tu ne réfléchis pas, je te donne un indice. À l'époque où

242

Stanley était doyen de Westminster, il a déterré pratiquement tous les morts de l'abbaye à la recherche du roi Jacques Ier.

— Oh mon Dieu », dit-elle.

Pendant la Grande Dépression, Mr. Finckney Sewell, résident de Maycomb connu de longue date pour son indépendance d'esprit, avait exhumé son propre grand-père et lui avait arraché toutes ses dents en or afin de rembourser un prêt. Quand le shérif l'avait arrêté pour violation de sépulture et recel de métaux précieux, Mr. Fink s'était crânement défendu, arguant que si son propre grand-père ne lui appartenait pas, à qui donc appartenait-il ? Le shérif avait répondu que le vieux Mr. M. F. Sewell appartenait au domaine public, mais Mr. Fink n'avait pas voulu en démordre : c'était sa parcelle du cimetière, son grand-père, ses dents, et il avait catégoriquement refusé d'être appréhendé. L'opinion publique de Maycomb était de son côté : Mr. Fink était un homme d'honneur, il faisait ce qu'il pouvait pour payer ses dettes, et la justice avait cessé de l'importuner.

« Stanley pouvait se prévaloir de motifs éminemment historiques pour justifier ses exhumations, songea à voix haute le Dr. Finch, mais c'est surtout l'esprit de ces deux hommes qui fonctionnait exactement de la même manière. Il faut bien reconnaître qu'il aura invité tous les hérétiques sur lesquels il a pu mettre la main à venir prêcher à l'abbaye. Je crois qu'il est allé jusqu'à donner la communion à Mrs. Annie Besant. Tu te souviens qu'il soutenait Mgr. Colenso. »

Elle s'en souvenait. Mgr. Colenso, dont toutes les opinions passaient pour démentes à l'époque et sont archaïques aujourd'hui, était la créature favorite du petit pasteur. Colenso déclenchait des querelles acerbes partout où le clergé tenait assemblée, et Stanley prit un jour sa défense dans un discours retentissant lors de la Convocation annuelle, demandant à l'auguste corps constitué s'il était au courant que Colenso était le seul évêque des colonies à s'être donné la peine de traduire la Bible en zoulou, et qu'il avait à ce titre contribué bien plus qu'aucun autre d'entre eux.

« Fink était exactement comme lui, dit le Dr. Finch. Il s'était abonné au *Wall Street Journal* au plus profond de la Dépression et avait mis quiconque au défi d'oser la moindre remarque à ce sujet. » Le Dr. Finch pouffa de rire. « Jake Jeddo, du bureau de poste, frisait la crise d'apoplexie chaque fois qu'il triait le courrier. »

Jean Louise observait son oncle. Elle était là, assise dans sa cuisine, à l'Ère de l'Atome, et dans le secret des profondeurs de sa conscience, elle savait que les comparaisons du Dr. Finch étaient terriblement justes.

« ... exactement comme lui, disait le Dr. Finch, ou tiens, Harriet Martineau, par exemple... »

Jean Louise avait l'impression de patauger dans le Lake District. Elle se débattait pour garder la tête hors de l'eau.

« Tu te souviens de Mrs. E. C. B. Franklin ? »

Oui. Elle avait du mal à situer Miss Martineau dans l'écheveau des années, mais Mrs. E. C. B., c'était facile : elle se souvenait d'un béret au crochet, d'une robe au crochet dont les mailles laissaient entrevoir des dessous au crochet, et des bas au crochet. Tous les samedis, Mrs. E. C. B. parcourait à pied les cinq kilomètres qui séparaient la ville de sa ferme, qu'elle avait baptisée le Bosquet du Cap aux Jasmins. Mrs. E. C. B. écrivait de la poésie.

« Tu te souviens des Petites Poétesses ? demanda le Dr. Finch.

— Oui, dit-elle.

— Eh bien ? »

Durant son enfance, elle avait joué à l'apprentie pendant quelque temps au *Maycomb Tribune*, et elle avait assisté à plusieurs altercations, y compris la toute dernière, entre Mrs. E. C. B. et Mr. Underwood dans les locaux du journal. Mr. Underwood était un imprimeur de la vieille école, foncièrement allergique à toute fantaisie. Il travaillait toute la journée devant une énorme Linotype noire, s'interrompant de temps à autre pour se désaltérer au goulot d'une grosse bouteille remplie d'un inoffensif vin de cerise. Un samedi, Mrs. E. C. B. entra en fanfare dans les bureaux, brandissant une œuvre de sa plume dont Mr. Underwood déclara se refuser à déshonorer les colonnes du *Tribune* : il s'agissait de la nécrologie d'une vache, écrite en vers, qui commençait ainsi :

Ô bovine amie loin de moi partie
Avec tes grands yeux bruns infinis...

et qui par certains aspects portait gravement atteinte à l'esprit du christianisme. « Les vaches ne vont pas au paradis », dit Mr. Underwood, à quoi Mrs. E. C. B. répliqua : « Celle-là, si », avant de lui expliquer en quoi consistait la licence poétique. Il n'en restait pas moins, répéta Mr. Underwood, qui avait lui-même en son temps publié quelques vers élégiaques d'incertaine facture, qu'il ne pourrait pas imprimer ceux-ci, parce qu'ils étaient blasphématoires et que leur scansion était fautive. Furieuse, Mrs. E. C. B. décrocha un cadre du mur et envoya valser à travers la pièce l'affiche publicitaire des magasins Biggs. Mr. Underwood souffla comme une baleine, but une énorme rasade de vin de cerise sous le nez de Mrs. E. C. B., déglutit, puis sortit en trombe et marcha jusqu'à la place du palais de justice en la maudissant. Suite à cet épisode, Mrs. E. C. B. ne composa plus jamais de vers que pour sa propre édification, sans chercher à les rendre publics. Ce fut une grande perte pour le comté.

« Bon, alors es-tu disposée à me concéder qu'il existe un lien, si ténu soit-il, pas nécessairement entre ces deux excentriques, mais avec un... hum... une tournure d'esprit prévalant de manière générale dans certaines parties de la région ? »

Jean Louise jeta l'éponge.

Le Dr. Finch continua, s'adressant plus à lui-même qu'à sa nièce : « Dans les années 1770, d'où venaient les discours incendiaires ?

— De Virginie, répondit Jean Louise avec assurance.

— Et dans les années 1940, avant que nous ne nous y mettions à notre tour, pour quelle raison tous les citoyens du Sud ne pouvaient-ils ouvrir leur journal ou écouter les actualités sans éprouver un sentiment d'horreur très particulier ? L'instinct tribal, ma chérie, voilà à quoi tout ça se résume. C'étaient peut-être des fils de pute, les Britanniques, mais c'étaient *nos* fils de pute… »

Le Dr. Finch se reprit. « Remonte, à présent, poursuivit-il d'un ton animé. Remonte au début des années 1880, en Angleterre, avant que je ne sais quel pervers n'ait inventé les machines. À quoi ressemblait la vie là-bas à cette époque ? »

Jean Louise répondit de manière automatique : « À une société de ducs et de mendiants…

— Ha ! Tu n'es pas aussi corrompue que je le croyais, si tu te souviens encore de Caroline Lamb, pauvre femme… Tu y es presque, mais pas tout à fait : c'était surtout une société agricole, avec une poignée de propriétaires terriens et une foule de métayers. Bon, et maintenant, qu'en était-il du Sud avant la guerre ?

— Une société agricole avec une poignée de grands propriétaires, une foule de petits fermiers, et des esclaves.

— Exact. Laissons les esclaves de côté pour le moment, et qu'est-ce que ça donne ? Des Wade Hampton par dizaines, et des petits propriétaires et métayers par milliers. Le Sud était une Angleterre en miniature, par son héritage et sa structure sociale. Bon, et maintenant, quel est *le* sentiment qui bat dans le cœur de tous les Anglo-Saxons – ne fais pas la grimace, je sais, c'est un gros mot aujourd'hui –, quels que soient leur condition ou leur statut dans la vie, quelles que soient les barrières de leur ignorance, depuis qu'ils ont cessé de se peindre en bleu ?

— L'orgueil. Ils sont orgueilleux, et têtus.

— Je ne te le fais pas dire. Quoi d'autre ?

— Je… je ne sais pas.

— Qu'est-ce qui fait que la petite armée hétéroclite des États confédérés a été la dernière de son espèce ? Qu'est-ce qui la rendait si faible, et pourtant si puissante qu'elle a accompli des miracles ?

— Euh… Robert E. Lee ?

— Bon sang de bois, ma fille ! s'écria son oncle. C'était une armée d'individus ! Ils ont quitté à pied leurs fermes pour aller faire la guerre ! »

Comme pour observer quelque rare spécimen, le Dr. Finch ressortit ses lunettes, les mit sur son nez, tendit le cou en arrière et la scruta. « Aucune machine, dit-il, une fois réduite en poussière, ne peut se réassembler toute seule et fonctionner de nouveau, mais ces vieux os-là se levèrent, et se mirent en marche, et quelle marche ce fut ! Pourquoi ?

— J'imagine que c'était à cause des esclaves, des droits de douane et de toutes ces histoires. Je n'y ai jamais vraiment réfléchi. »

Le Dr. Finch dit à mi-voix : « Seigneur Jéhovah. »

Prenant manifestement sur lui pour ne pas céder à l'énervement, il alla réduire au silence la cafetière qui sifflait sur la gazinière. Il servit deux tasses de café noir brûlant et les apporta sur la table.

« Jean Louise, dit-il d'un ton sec, ils ne sont guère plus de cinq pour cent dans toute la population du Sud à avoir jamais vu le moindre esclave, et moins encore à en avoir possédé. Alors ? Il faut bien que les quatre-vingt-quinze pour cent restants aient été mis en rogne par quelque chose. »

Jean Louise regarda son oncle d'un air confondu.

« Ne t'es-tu jamais dit – n'as-tu jamais, à un moment ou un autre de ta vie, été titillée par le sentiment étrange – que ce territoire était une nation à part ? Une nation, quelles que soient ses attaches politiques, constituée de son propre peuple, existant au sein d'une autre nation ? Une société hautement paradoxale, terriblement inégalitaire mais secrètement honorée par la présence de milliers de citoyens clignant des yeux comme des lucioles dans la nuit ? Jamais guerre ne fut livrée pour autant de raisons si diverses, réunies en une seule raison limpide comme de l'eau de roche. Ces gens se sont battus pour préserver leur identité. Leur identité politique, leur identité personnelle. »

La voix du Dr. Finch se radoucit. « Il nous semble absurde aujourd'hui, à l'époque des avions à réaction et des overdoses de barbituriques, qu'un homme puisse vouloir partir en guerre pour quelque chose d'aussi insignifiant que son État. »

Il cligna des yeux. « Non, Scout, ces gens pouilleux et ignorants se sont battus presque jusqu'à l'extermination afin de sauvegarder quelque chose qui, de nos jours, semble être devenu le privilège unique des artistes et des musiciens. »

Jean Louise essaya désespérément de se raccrocher au wagon dans lequel son oncle caracolait : « Mais tout ça est fini depuis… presque cent ans, mon oncle. »

Le Dr. Finch esquissa un sourire. « Vraiment ? Ça dépend de quel point de vue tu te places. Si tu étais assise sur un trottoir à Paris, oui, sans aucun doute. Mais regarde bien. Les survivants de cette petite armée ont eu des enfants – et Dieu sait comme ils se sont multipliés ! –, et durant la Reconstruction, le Sud n'aura connu qu'un seul changement politique irréversible : l'esclavage n'existait plus. Les gens n'étaient pas différents de ce qu'ils étaient avant – parfois même ils étaient, plus que jamais, horriblement fidèles à ce qu'ils avaient été. Ils n'ont jamais été détruits. Ils se sont fait broyer et ils ont rejailli de leurs cendres. La Route du Tabac a rejailli, comme ont rejailli les aspects les plus détestables, les plus honteux de cet univers – l'engeance de l'homme blanc qui vivait ouvertement en compétition économique avec les Noirs affranchis.

« Pendant des années et des années, tout ce qui poussait cet homme à se croire supérieur à ses frères noirs était la couleur de sa peau. Il était tout aussi sale, tout aussi puant, tout aussi pauvre qu'eux. Aujourd'hui, cet homme possède plus qu'il n'a jamais possédé de toute sa vie, il a tout, sauf de l'éducation, il s'est libéré de tous ses stigmates, mais il continue de nourrir les relents de sa haine… »

Le Dr. Finch se leva et alla leur resservir du café. Jean Louise le regarda. Mon Dieu, songea-t-elle, mon propre grand-père a fait cette guerre. Le père d'Oncle Jack et d'Atticus. Ce n'était qu'un enfant. Il a vu les cadavres amoncelés et les ruisseaux de sang qui coulèrent sur les flancs de la colline de Shiloh…

« Et maintenant, Scout, poursuivit son oncle, maintenant, aujourd'hui même, le Sud se voit imposer une philosophie politique à laquelle il est totalement étranger, et pour laquelle il n'est pas prêt – nous nous trouvons dans les mêmes eaux troubles que jadis. Aussi sûrement que le temps, l'histoire se répète, et aussi sûrement que l'homme est homme, l'histoire est la dernière source à laquelle il va puiser ses enseignements. Je prie le Seigneur pour que la Reconstruction, cette fois, soit moins sanglante.

— Je ne comprends pas.

— Regarde le reste du pays. Il a dépassé le Sud depuis longtemps, en termes de mentalités. Le vieux concept éprouvé de la propriété, hérité du droit commun – l'intérêt qu'un homme porte à cette propriété et les devoirs qui lui incombent à son égard –, a pratiquement disparu. La perception qu'ont les gens des devoirs d'un gouvernement a changé. Les pauvres se sont soulevés, ils ont exigé et obtenu leur dû – parfois plus que leur dû. Les nantis, de leur côté, n'ont plus le droit d'avoir davantage. Vous êtes à l'abri des vents d'hiver du grand âge, non pas grâce à votre volonté propre, mais grâce au gouvernement qui déclare : nous ne vous croyons pas capables de vous débrouiller par vos propres moyens, donc nous allons vous forcer à épargner. Plein de petites choses étranges de cet acabit sont devenues partie intégrante du mode de gouvernement de ce pays. L'Amérique est une glorieuse nation atomique, et le Sud entame tout juste sa Révolution industrielle. As-tu regardé autour de toi, ces sept ou huit dernières années,

251

et constaté l'apparition d'une nouvelle classe sociale dans la région ?

— Une nouvelle classe ?

— Bonté divine, mon enfant ! Où sont les métayers ? Dans les usines. Où sont les saisonniers ? Idem. As-tu jamais remarqué qui sont les gens qui vivent dans ces petites maisons blanches à l'autre bout de la ville ? La nouvelle classe de Maycomb. Ceux-là mêmes avec qui tu es allée à l'école, et qui ont passé leur enfance dans des petites fermes. Ta propre génération. »

Le Dr. Finch se pinça le nez. « Ces gens sont la prunelle des yeux du gouvernement fédéral. Il leur prête de l'argent pour qu'ils construisent leurs maisons, il finance leurs études pour les remercier d'avoir servi dans ses armées, il assure leurs vieux jours et les soutient pendant plusieurs semaines si jamais ils perdent leur emploi...

— Oncle Jack, tu es un vieil homme cynique.

— Cynique ? Pas le moins du monde. Je suis un vieil homme en pleine santé doté d'une méfiance instinctive à l'égard du paternalisme et de l'interventionnisme fédéral à haute dose. Ton père est de la même...

— Si tu me dis que le pouvoir tend à corrompre et que le pouvoir absolu tend à corrompre absolument, je te balance cette tasse de café à la figure.

— La seule chose que je redoute à propos de ce pays, c'est qu'un jour son gouvernement prenne des proportions si monstrueuses que le plus petit de ses habitants se fera piétiner, et qu'alors il ne vaille plus la peine qu'on y vive. La seule chose en Amérique qui demeure unique dans ce monde à bout de souffle, c'est qu'un homme est libre d'aller aussi loin que sa cervelle peut l'emmener, ou tout aussi bien d'aller au diable si ça lui chante, mais ça ne durera pas. »

Le Dr. Finch afficha un petit sourire chafouin. « Les deux seuls devoirs du gouvernement, disait Melbourne, sont de prévenir le crime et de protéger les contrats, à quoi j'en ajouterai un troisième, moi qui me trouve à mon corps défendant vivre au vingtième siècle : et d'assurer la défense commune.

— Plutôt vague, comme déclaration.

— Tout à fait. Ce qui nous laisse une immense liberté. »

Jean Louise posa les coudes sur la table et se passa la main dans les cheveux. Quelque chose clochait. Il était en train de lui adresser, de manière délibérée quoique détournée, une supplique, il se tenait sciemment à l'écart de la vraie question. Il simplifiait ici, esquivait là, il déviait, il feintait. Elle se demandait pourquoi. C'était si facile de l'écouter, de se laisser bercer par la douce pluie de ses mots, qu'elle ne remarquait même pas l'absence des gestes grandiloquents, des « hum » et des « ha » dont l'averse rythmait d'habitude sa conversation. Elle ne se rendait pas compte qu'il était profondément inquiet.

« Oncle Jack, dit-elle. Qu'est-ce que tout cela a à voir avec le prix des œufs en Chine ? – et tu sais exactement ce que je veux dire.

— Oh, dit-il, ses joues rosissant soudain. On fait sa petite maligne ?

— En tout cas je suis assez maligne pour voir que les relations entre les Noirs et les Blancs sont pires

253

que ce que j'ai jamais connu de toute ma vie – soit dit en passant, tu n'as pas parlé d'eux une seule fois –, assez pour avoir envie de savoir quelle mouche a piqué ta très sainte sœur, assez pour avoir envie de savoir, au nom du ciel, ce qui est arrivé à mon père. »

Le Dr. Finch joignit ses deux mains et les cala sous son menton. « La naissance, chez les humains, est un événement fort déplaisant. Chaotique, extrêmement douloureux, parfois risqué. Toujours sanglant. Il en va de même pour les civilisations. Le Sud est en train d'éprouver l'extrême souffrance des ultimes contractions de sa venue au monde. Quelque chose de nouveau s'apprête à en jaillir, et je ne suis pas sûr que cela me plaise, mais je ne serai plus là pour le voir. Toi, oui. Les hommes comme moi et mon frère sont obsolètes, et il faut que nous laissions la place, mais il est regrettable qu'en partant nous devions emporter avec nous les choses importantes de cette société – il y avait du bon là-dedans.

— Arrête de tourner autour du pot et réponds-moi ! »

Le Dr. Finch se leva, se pencha au-dessus de la table et la regarda droit dans les yeux. Les rides qui partaient de son nez et descendaient en ligne droite jusqu'au coin de ses lèvres formaient un trapézoïde sévère. Ses yeux fulminaient, mais sa voix restait calme :

« Jean Louise, quand un homme se retrouve nez à nez avec un fusil à canon double, il saisit la première arme qui lui tombe sous la main pour se défendre, que ce soit une pierre, un bâton de bois ou un conseil des citoyens.

— Ce n'est pas une réponse ! »

Le Dr. Finch ferma les yeux, puis les rouvrit, fixant la table.

« Tu te mets en quatre pour m'embrouiller les idées, Oncle Jack, et jamais je ne t'avais vu faire une chose pareille. Tu m'as toujours répondu sans détour, quoi que je te demande. Pourquoi ne me réponds-tu pas aujourd'hui ?

— Parce que je ne peux pas. Ce n'est ni en mon pouvoir, ni de mon ressort.

— Je ne t'ai jamais entendu parler ainsi. »

Le Dr. Finch ouvrit la bouche, puis la referma. Il la prit par le bras, l'emmena dans la pièce d'à côté, et se planta avec elle devant le miroir encadré de dorures.

« Regarde-toi », dit-il.

Elle regarda.

« Qu'est-ce que tu vois ?

— Moi, et toi. » Elle se tourna vers le reflet de son oncle. « Tu sais, Oncle Jack, tu es bel homme, à ta drôle d'horrible façon. »

Elle vit les cent dernières années fondre soudain sur son oncle pendant une fraction de seconde. Il hocha la tête, moitié révérence et moitié acquiescement, dit : « Trop aimable à vous, mademoiselle », puis se glissa derrière elle et lui agrippa les épaules. « Regarde-toi, répéta-t-il. C'est tout ce que je peux te dire. Regarde tes yeux. Regarde ton nez. Regarde ton menton. Qu'est-ce que tu vois ?

— Je me vois moi.

— Et moi je vois deux personnes.

— Le garçon manqué et la femme, tu veux dire ? »

Elle vit le reflet du Dr. Finch secouer la tête. « Non, mon enfant. Ça aussi, c'est là, mais ce n'est pas ce que je voulais dire.

— Oncle Jack, je ne comprends pas pourquoi tu as décidé de te dissimuler derrière un écran de fumée… »

Le Dr. Finch se gratta la tête et une mèche de cheveux gris resta en l'air. « Je suis désolé, dit-il. Vas-y. Va, fais ce que tu t'apprêtes à faire. Je ne peux pas t'en empêcher, et je ne dois pas t'en empêcher, Jeune Chevalier Roland. Mais c'est une entreprise si douloureuse, si risquée. Si sanglante…

— Oncle Jack, mon cher oncle, tu n'es plus avec nous… »

Le Dr. Finch fit volte-face et la saisit à bout de bras. « Jean Louise, je veux que tu m'écoutes attentivement. Ce dont nous avons parlé aujourd'hui… Je voudrais te dire quelque chose, et voir si tu arrives à comprendre en quoi c'est lié à toute cette histoire. Écoute bien : ce qui était sans incidence sur le cœur du problème au cours de notre guerre entre États est sans incidence dans la guerre où nous nous trouvons aujourd'hui, et sans incidence dans la petite guerre privée que tu mènes. Maintenant, réfléchis bien et dis-moi ce que tu en penses. »

Le Dr. Finch attendit.

« On croirait entendre l'un des Petits Prophètes, dit-elle.

— C'est bien ce que je pensais. Bon, alors écoute bien à nouveau ce que je vais te dire : quand tu n'en pourras plus, quand ton cœur sera fendu en deux et que ce sera devenu insupportable, viens me trouver. Tu comprends ? Il faut que tu viennes me voir à ce moment-là. Promets-le-moi. » Il lui secoua les épaules. « Promets-le-moi.

— Oui, mon oncle, je te le promets, mais…

— Et maintenant, du balai ! dit son oncle. Fiche-moi le camp et va jouer au facteur avec Hank. J'ai mieux à faire…

— Que quoi ?

— Mêle-toi de ce qui te regarde. Ouste. »

Comme elle descendait les marches du perron, Jean Louise ne vit pas le Dr. Finch se mordre les lèvres, rentrer dans la cuisine et caresser la fourrure de Rose Aylmer, pas plus qu'elle ne le vit retourner dans son bureau les mains dans les poches et arpenter lentement la pièce avant de se décider, enfin, à décrocher le téléphone.

SIXIÈME PARTIE

15

Fou, fou, fou à lier. Enfin, comme tous les Finch après tout. La seule différence entre Oncle Jack et les autres, c'est que lui sait qu'il est fou.

Elle était assise à une table à l'arrière de l'échoppe de Mr. Cunningham, en train de manger une glace dans un pot en papier cartonné. Mr. Cunningham, homme d'une inflexible droiture, la lui avait offerte gratis pour avoir deviné son nom hier ; c'était l'une des petites choses qu'elle adorait à Maycomb : les gens ici se souvenaient de leurs promesses.

Qu'avait-il voulu dire ? *Promets-moi... sans incidence sur le cœur du problème... Anglo-Saxons... gros mot... Jeune Chevalier Roland.* J'espère qu'il n'a pas perdu le sens des convenances, ou bien ils finiront par l'enfermer. Il est si étranger à ce siècle qu'il ne peut pas aller aux toilettes – il utilise les commodités. Mais fou ou pas, c'est le seul d'entre eux qui n'ait pas fait ou dit quelque chose qui...

Pourquoi suis-je revenue ici ? Juste pour remuer le couteau dans la plaie, j'imagine. Juste pour voir le gravier dans le jardin où se trouvaient les arbres, où se trouvait le garage, et me demander si je n'avais pas rêvé. Jem garait son véhicule de pêche là-bas, nous dénichions des vers de terre près de la clôture, j'ai planté un bambou un jour et on s'est querellés à ce sujet pendant vingt ans. Mr. Cunningham a dû saler le sol à l'endroit où il avait poussé, je ne le vois plus.

Assise au soleil d'une heure de l'après-midi, elle rebâtit sa maison et repeupla le jardin, y installant son père, son frère et Calpurnia, relogeant Henry de l'autre côté de la rue et Miss Rachel dans la maison voisine.

Il restait deux semaines avant la fin de l'année scolaire et bientôt elle irait à son premier bal. La tradition voulait que les élèves de terminale invitent leurs petits frères et sœurs au bal de fin d'année, organisé la veille du banquet des juniors et seniors, lequel avait toujours lieu le dernier vendredi du mois de mai.

Le sweat-shirt de Jem aux armoiries de l'équipe de football était plus magnifique que jamais – il était devenu capitaine de son équipe, l'année où Maycomb avait battu Abbottsville pour la première fois en treize saisons. Henry était président de la Société des Joutes oratoires lycéennes, seule activité extrascolaire à laquelle il avait du temps à consacrer, tandis que Jean Louise, avec ses quatorze printemps et ses joues de bébé, était immergée dans la poésie victorienne et les romans policiers.

C'était l'époque où il était à la mode d'aller flirter de l'autre côté de la rivière, et Jem était tombé si éperdument amoureux d'une jeune fille du comté d'Abbott qu'il songeait sérieusement à faire sa dernière année de lycée à Abbottsville ; il en fut découragé par Atticus, qui mit son veto et consola Jem en lui avançant les fonds lui permettant d'acheter un coupé Ford Model-A. Jem avait repeint sa voiture d'un noir éclatant, en avait ajouté une couche supplémentaire sur les jantes, veillait à ce que son carrosse soit en permanence briqué à la perfection et se rendait à Abbottsville tous les vendredis soir, nimbé d'une dignité tranquille, insensible au bruit de percolateur géant du moteur et aux meutes de chiens errants qui se pressaient dans son sillage partout où il allait.

Jean Louise était persuadée que Jem s'était entendu avec Henry pour que ce dernier l'invite au bal, mais cela ne la dérangeait pas. Au début elle ne voulait pas y aller, mais Atticus lui avait fait remarquer que ça aurait l'air étrange si Jem était le seul élève dont la sœur ne fût pas présente ; il lui avait dit de bien s'amuser et lui avait donné la permission d'aller chez Ginsberg's choisir la robe qu'elle voulait.

Elle en avait trouvé une merveilleuse. Blanche, les manches bouffantes, et un jupon qui s'envolait quand elle tournoyait sur elle-même. Il y avait un seul problème : elle ressemblait à une quille de bowling dans cette robe.

Elle alla voir Calpurnia, qui lui dit que personne ne pouvait rien à sa silhouette, qu'elle était faite ainsi, c'est-à-dire plus ou moins comme étaient faites toutes les filles de quatorze ans.

« Mais j'ai l'air tellement bizarre, dit-elle en tirant sur son col.

— Tu es comme ça tout le temps, dit Calpurnia. Je veux dire que tu es tout le temps la même, quelle que soit la robe que tu portes. Celle-là est pas différente d'une autre. »

Jean Louise passa trois jours à se ronger les sangs. L'après-midi du grand jour, elle retourna chez Ginsberg's, choisit une paire de coussinets pour rembourrer son corsage, rentra à la maison et les essaya.

« Et maintenant, Cal ? dit-elle.

— Sûr que la silhouette, c'est parfait, dit Calpurnia, mais tu crois pas que t'aurais dû y aller une taille après l'autre ?

— Comment ça ?

— T'aurais dû commencer à les porter avant, marmonna Calpurnia, le temps de t'y habituer… C'est trop tard maintenant.

— Oh, Cal, ne dis pas de bêtises.

— Bon, allez, donne-moi ça, je vais les coudre dans ta robe. »

Au moment où Jean Louise lui tendait les coussinets, une pensée soudaine la foudroya sur place. « Oh mon Dieu, murmura-t-elle.

— Quoi, qu'est-ce qu'y a encore ? dit Calpurnia. Ça fait une fichue semaine que tu te prépares. Qu'est-ce que t'as oublié cette fois ?

— Cal, je crois que je ne sais pas danser. »

Calpurnia mit les mains sur ses hanches. « C'est bien le moment d'y penser, tiens, dit-elle en jetant un coup d'œil à l'horloge de la cuisine. Quatre heures moins le quart. »

Jean Louise courut décrocher le téléphone. « Six-cinq, s'il vous plaît », dit-elle, et dès qu'elle entendit la voix de son père à l'autre bout de la ligne, elle éclata en sanglots.

264

« Calme-toi et va voir Jack, dit-il. Il était plutôt bon, dans sa jeunesse.

— Oui, je l'imagine bien danser le menuet à merveille », dit-elle, mais elle appela néanmoins son oncle, qui répondit avec enthousiasme.

Le Dr. Finch entraîna sa nièce au son du tourne-disques de Jem : « Facile comme tout... comme les échecs... suffit de te concentrer... non, non, non, rentre les fesses... tu n'es pas dans une mêlée... déteste les danses de salon... impression d'être au travail... n'essaie pas de mener... s'il te marche sur les pieds, c'est ta faute, à toi de les bouger... ne baisse pas les yeux... pas comme ça, pas comme ça, pas comme ça... là, voilà... élémentaire, alors oublie les fioritures. »

Au bout d'une heure d'intense concentration, Jean Louise maîtrisait les rudiments du box step. Elle s'appliquait à compter les temps dans sa tête et regardait avec admiration son oncle, capable de parler et de danser en même temps.

« Détends-toi et tu t'en sortiras très bien », dit-il.

Calpurnia récompensa le Dr. Finch de ses efforts en lui proposant une tasse de café et une invitation à rester dîner, qu'il accepta l'une et l'autre. Il passa une heure seul dans le salon en attendant le retour d'Atticus et de Jem ; sa nièce s'enferma dans la salle de bains, où elle fit sa toilette et continua à danser. Elle en ressortit radieuse, dîna en peignoir, puis disparut dans sa chambre sans avoir un seul instant remarqué les regards amusés de sa famille.

Elle était en train de s'habiller quand elle entendit les pas de Henry sur le perron ; elle craignit qu'il ne soit venu la chercher trop tôt, mais il alla jusqu'au bout du couloir frapper à la chambre de Jem. Elle se badigeonna les lèvres de Tangee Orange, se donna un coup de peigne et aplatit son épi avec le gel Vitalis de Jem. Son père et le Dr. Finch se levèrent quand elle entra dans le salon.

« Tu es belle comme une gravure de mode », dit Atticus. Il l'embrassa sur le front.

« Attention, dit-elle. Tu vas défaire ma coiffure.

— Un dernier petit tour de piste pour t'entraîner ? » proposa le Dr. Finch.

Henry les découvrit en train de danser quand il les rejoignit dans le salon. Il cligna des yeux en apercevant les nouveaux atours de Jean Louise, et tapota sur l'épaule du Dr. Finch. « Vous permettez, monsieur ?

« Tu es bien jolie, Scout, dit Henry. J'ai quelque chose pour toi.

— Tu n'es pas mal non plus, Hank », dit Jean Louise. Henry avait sorti son pantalon bleu du dimanche en toile de serge, repassé à la perfection, les plis tracés au cordeau ; sa veste brun clair sentait le produit nettoyant ; Jean Louise reconnut la cravate bleu ciel de Jem.

« Tu danses bien, dit Henry, et Jean Louise s'emmêla aussitôt les pieds.

— Ne baisse pas les yeux, Scout ! éructa le Dr. Finch. Je te l'ai dit, c'est comme marcher avec une tasse de café dans les mains. Si tu la regardes, tu es sûre de tout renverser. »

Atticus ouvrit le clapet de sa montre. « Il faut que Jem y aille s'il veut prendre Irene à temps. Sa guimbarde ne dépasse pas le trente à l'heure. »

Lorsque Jem fit son apparition, son père le renvoya changer de cravate. Lorsqu'il revint dans le salon, Atticus lui donna les clés de la voiture familiale, un peu d'argent, et des conseils de prudence sur la route.

« Dites, fit Jem après avoir dûment admiré Jean Louise, vous pourriez prendre la Ford, tous les deux, comme ça vous ne seriez pas obligés de faire le détour par Abbottsville avec moi. »

Le Dr. Finch fouillait de manière fébrile dans les poches de son manteau. « Peu m'importe la façon dont vous y allez, du moment que vous y allez, dit-il. Fichez-moi le camp ! Vous me rendez nerveux à rester plantés là, habillés sur votre trente-et-un. Jean Louise commence à transpirer. Entrez, Cal. »

Calpurnia était demeurée en retrait dans le couloir, d'où elle observait la scène en marmottant d'un air réjoui. Elle ajusta la cravate de Henry, ôta quelques peluches invisibles sur le manteau de Jem, et demanda à Jean Louise de bien vouloir la rejoindre dans la cuisine.

« Je crois que je devrais quand même les coudre », dit-elle d'un air hésitant.

Henry lui cria de se dépêcher ou le Dr. Finch allait nous faire un arrêt cardiaque.

« Ça va aller, Cal. »

De retour au salon, Jean Louise trouva son oncle en proie à un tourbillon d'impatience qu'il avait du mal à maîtriser, tandis que son père, à l'inverse, avait l'air parfaitement décontracté, les mains dans les poches. « Vous feriez mieux d'y aller, dit Atticus. Alexandra va arriver d'une minute à l'autre – et vous finirez par vous mettre en retard. »

Ils descendaient les marches du perron quand Henry se figea soudain. « J'allais oublier ! » s'écriat-il, puis il tourna les talons et fonça dans la chambre de Jem. Il revint avec une boîte, qu'il tendit à Jean Louise en s'inclinant jusqu'au sol : « Pour vous, Miss Finch », dit-il. À l'intérieur de la boîte se trouvaient deux camélias roses.

« Haaank ! dit Jean Louise. Mais tu les as achetés !

— Je les ai fait livrer directement de Mobile, dit Henry. Ils sont arrivés par le bus de six heures.

— Où est-ce que je vais les mettre ?

— Par tous les saints du ciel, mais là où se trouve leur place ! explosa le Dr. Finch. Viens par ici ! »

Il attrapa les camélias des mains de Jean Louise et les épingla à son épaule, jetant au passage un regard sévère à sa fausse poitrine. « Et maintenant, auriezvous l'amabilité de bien vouloir quitter ces lieux ?

— J'ai oublié mon sac à main. »

Le Dr. Finch sortit son mouchoir et s'essuya rapidement la bouche. « Henry, dit-il, va donc faire démarrer cette abomination. Je te rejoins avec elle. »

Elle embrassa son père et il dit : « Je te souhaite de passer la plus belle soirée de ta vie. »

Le gymnase de la Maycomb County High School avait été soigneusement décoré de ballons et de serpentins en papier crépon blancs et rouges. Une longue table avait été dressée tout au fond de la salle ; gobelets, assiettes de sandwichs et serviettes en papier cernaient deux grands bols à punch remplis d'une mixture mauve. Le parquet du gymnase était ciré de frais et les paniers de basket repliés vers le plafond. Des plantes vertes festonnaient l'avant-scène, au centre de laquelle, sans raison particulière, s'érigeaient quatre grandes lettres en carton rouge, les initiales du lycée : *MCHS*.

« C'est beau, non ? dit Jean Louise.

— Magnifique, dit Henry. On a l'impression que c'est plus grand quand il n'y a pas de match, tu ne trouves pas ? »

Ils se joignirent à un groupe de frères et sœurs, plus vieux ou plus jeunes qu'eux, qui s'étaient rassemblés devant les bols à punch. Jean Louise fit manifestement sensation. Des filles qu'elle voyait tous les jours lui demandèrent où elle avait trouvé sa robe, comme si elles n'étaient pas toutes allées au même endroit : « Chez Ginsberg's. C'est Calpurnia qui m'a fait les retouches », dit-elle. Certains des plus jeunes garçons avec qui elle entretenait des relations meurtrières il y a encore peu vinrent timidement engager la conversation.

Quand Henry lui tendit une coupe de punch, elle murmura : « Si tu veux aller rejoindre les terminales, ça ne me pose aucun problème, tu sais. »

Henry lui sourit. « Tu es ma cavalière, Scout.

— Je sais, mais je ne veux pas que tu te sentes obligé… »

Henry éclata de rire. « Je ne me sens obligé de rien du tout. C'est avec toi que je voulais venir. Allez, viens danser.

— D'accord, mais vas-y doucement. »

Il l'entraîna au centre de la piste. Les haut-parleurs diffusaient un morceau lent, et en comptant les pas sans relâche dans sa tête, Jean Louise réussit à tenir jusqu'à la fin de la chanson en ne faisant qu'une seule erreur.

Au fil de la soirée, elle se rendit compte qu'elle avait un joli succès. Plusieurs garçons étaient venus lui demander de lui accorder une danse, et chaque fois qu'elle commençait à se sentir coincée, Henry n'était jamais loin.

Elle eut la sagesse d'éviter tous les jitterbugs et les chansons aux résonances sud-américaines, et Henry lui dit que le jour où elle apprendrait à parler et à danser en même temps, elle ferait des ravages. Elle aurait voulu que cette soirée ne finisse jamais.

Quand Jem et Irene firent leur entrée, tout le gymnase retint son souffle. Jem avait été élu Plus Beau Garçon de sa classe, et ce titre n'était pas immérité : il avait les grands yeux bruns de biche de sa mère, les sourcils prononcés des Finch et les traits du visage harmonieux. Irene, quant à elle, était la sophistication incarnée. Elle portait une robe en taffetas verte étincelante et des talons hauts, et quand elle dansait, une dizaine de bracelets entremêlés cliquetaient à son poignet. Elle avait les yeux vert clair et les cheveux noirs de jais, un sourire vif, et c'était le genre de fille dont Jem s'amourachait avec une régularité monotone.

Jem dansa avec sa sœur comme l'exigeait la tradition, lui dit qu'elle se débrouillait pas mal mais qu'elle avait le nez qui brillait, à quoi elle répliqua qu'il avait du rouge à lèvres sur la bouche. La chanson terminée, Jem la laissa au bras de Henry. « Je n'arrive pas à croire qu'en juin prochain tu seras à l'armée, dit-elle. Ça te donne l'air si vieux. »

Henry ouvrit la bouche pour répondre, puis, affichant tout à coup un air ébahi, il l'attira contre lui et l'enlaça fermement.

« Qu'est-ce qui se passe, Hank ?

— Tu ne trouves pas qu'il fait chaud ici ? Allons dehors. »

Jean Louise essaya de se dégager, mais il ne relâcha pas son étreinte, il l'emmena valser jusqu'à la porte du gymnase et ils sortirent sous le ciel nocturne.

« Qu'est-ce qui t'arrive, Hank ? Est-ce que j'ai dit quelque chose… ? »

Il la prit par la main et ils firent le tour du bâtiment jusqu'à l'entrée principale du lycée.

« Euh…, fit Henry en lui tenant les deux mains. Ma chérie, dit-il. Regarde ta robe.

— Il fait nuit noire. Je n'y vois rien.

— Alors sens. »

Elle porta la main à son corsage et poussa un hoquet de surprise. Son coussinet droit se trouvait au milieu de sa poitrine et l'autre était presque allé se nicher sous son aisselle gauche. Elle les remit précipitamment en place et fondit en larmes.

Elle s'assit sur les marches de l'entrée du lycée ; Henry s'assit à côté d'elle et passa un bras autour de ses épaules. Quand elle eut fini de pleurer, elle dit : « Quand est-ce que tu as remarqué ?

— À l'instant, je te le jure.

— Tu crois que tout le monde se moque de moi depuis longtemps ? »

Henry secoua la tête. « Je pense que personne n'a rien vu, Scout. Regarde, Jem a dansé avec toi juste avant moi, et s'il avait remarqué, il te l'aurait sûrement dit.

— Jem ne pense qu'à Irene. Même si un cyclone lui fonçait dessus, il ne le verrait pas. » Elle pleurait à nouveau, doucement. « Je ne pourrai plus jamais retourner là-bas devant tout le monde. »

Henry lui serra l'épaule. « Scout, je te jure qu'ils ont glissé au moment où on dansait ensemble. Sois logique – si les gens avaient remarqué, ils te l'auraient dit, tu le sais bien.

— Non, justement. Ils se seraient moqués de moi en murmurant sous cape. Je sais bien comment ils fonctionnent.

— Pas les terminales, dit Henry d'un ton rassurant. Tu as dansé avec toute l'équipe de foot depuis que Jem est arrivé. »

C'était vrai. Tous les joueurs de l'équipe, un par un, étaient venus lui demander de leur faire l'honneur : c'était le moyen qu'avait trouvé Jem de s'assurer, en toute discrétion, qu'elle passe une bonne soirée.

« Et puis tu sais quoi, continua Henry, ces trucs-là ne me plaisent pas beaucoup. Tu n'as pas l'air toi-même avec.

— J'ai l'air bizarre, tu veux dire ? demanda-t-elle, piquée au vif. De toute façon j'ai l'air bizarre, avec ou sans, alors…

— Non, je voulais simplement dire que tu n'étais plus Jean Louise. » Il ajouta : « Tu n'as pas du tout l'air bizarre, moi je te trouve très bien.

— C'est gentil à toi, Hank, mais tu dis ça pour me faire plaisir. Je suis grosse de partout et puis… »

Henry s'esclaffa. « Quel âge as-tu ? Pas encore quinze ans. Tu n'as même pas fini de grandir. Dis, tu te souviens de Gladys Grierson ? Tu te souviens comment on l'appelait : "Joyeux Pétard" ?

— Haaank !

— Eh bien regarde ce qu'elle est devenue. »

Gladys Grierson, l'un des plus ravissants fleurons de la promotion de terminale, avait jadis souffert au centuple du défaut dont se plaignait Jean Louise. « Une vraie sylphide aujourd'hui, pas vrai ? »

Henry déclara d'un ton d'autorité : « Écoute, Scout, ces trucs-là vont te gêner pendant toute la soirée. Tu ferais mieux de les enlever.

— Non. Rentrons.

— Hors de question. On va retourner là-bas et s'amuser.

— Non !

— Bon sang, Scout, j'ai dit qu'on retournait là-bas, alors enlève-les !

— Ramène-moi à la maison, Henry. »

D'un geste brusque et indifférent, Henry plongea les doigts dans son décolleté, en extirpa les coupables appendices et les balança aussi loin que possible dans la nuit.

« Bon, et maintenant, on peut y aller ? »

Personne ne parut remarquer le moindre changement dans son apparence, ce qui prouvait, dit Henry, qu'elle était plus vaniteuse qu'un paon, à croire que tout le monde la regardait tout le temps.

Il y avait cours le lendemain, aussi le bal se termina-t-il à onze heures sonnantes. La Ford de Henry tourna avec souplesse dans l'allée de la résidence Finch et s'arrêta sous les lilas de Perse. Il escorta Jean Louise jusqu'au seuil, et avant de lui ouvrir la porte, il l'enlaça avec douceur et l'embrassa. Elle sentit le feu lui monter aux joues.

« Encore un pour me porter chance », dit-il.

Il l'embrassa de nouveau, referma la porte derrière elle, et elle l'entendit siffloter en traversant la rue d'un pas allègre pour rentrer chez lui.

Affamée, elle franchit le couloir sur la pointe des pieds et alla dans la cuisine. En passant devant la chambre de son père, elle vit un liseré de lumière sous la porte. Elle frappa et entra. Atticus était couché, un livre à la main.

« Tu t'es bien amusée ?

— C'était mer-vei-lleux, dit-elle. Atticus ?

— Hum ?

— Est-ce que tu penses que Hank est trop vieux pour moi ?

— Quoi ?

— Non, rien. Bonne nuit. »

*

Pendant l'appel au début des cours, le lendemain, ruminant son béguin pour Henry, elle ne prêta attention à ce qui se passait autour d'elle que lorsque son professeur principal annonça qu'un rassemblement spécial de toutes les classes du collège et du lycée aurait lieu lors de la première pause de la matinée.

Elle se rendit à l'auditorium sans penser à rien d'autre qu'à la perspective de revoir Henry, et sans grande curiosité pour ce que La Touffe avait à leur dire. Sans doute encore une histoire de collecte de fonds pour les bons d'épargne de guerre.

Le directeur du lycée du comté de Maycomb était un certain Mr. Charles Tuffett, qui, pour contrebalancer le ridicule de son patronyme, arborait en général une expression sévère évoquant vaguement le profil de l'Indien représenté sur les pièces de cinq *cents*. La personnalité de Mr. Tuffett était moins impressionnante : c'était un homme aigri, un professeur d'éducation civique frustré qui n'avait aucune sympathie pour la jeunesse. Il était originaire des collines du Mississippi, ce qui représentait un handicap pour lui à Maycomb : les durs à cuire des collines ne comprennent rien aux doux rêveurs des plaines côtières, et Mr. Tuffett ne faisait pas exception. À peine débarqué à Maycomb, il avait fait clairement comprendre aux parents d'élèves qu'il tenait leurs rejetons pour les enfants les plus mal élevés qu'il eût jamais vus, que les métiers de l'agriculture étaient la seule vocation à laquelle ils pouvaient prétendre, que le football et le basket-ball étaient une perte de temps, et qu'il s'enorgueillissait de ne pas s'intéresser le moins du monde aux clubs et autres activités extrascolaires, car l'école, comme la vie, était une affaire sérieuse.

L'ensemble de ses élèves, du plus jeune au plus âgé, lui avaient rendu la pareille : ils le toléraient, mais l'ignoraient la plupart du temps.

Jean Louise prit place, avec le reste de sa classe, au milieu de l'auditorium. Les terminales étaient dans le fond, de l'autre côté de la travée centrale, de sorte qu'il lui suffisait de tourner la tête pour apercevoir

Henry. Jem, assis à côté de lui, était mutique, l'air nauséeux et les yeux à moitié fermés, comme toujours le matin. Lorsque Mr. Tuffett vint leur lire ses annonces, Jean Louise le remercia en son for intérieur d'avoir interrompu les cours de la matinée, car cela signifiait qu'ils n'auraient pas maths. Elle se retourna quand Mr. Tuffett passa aux choses sérieuses :

Il avait connu des élèves de toutes sortes au fil des années, dit-il, il en avait même vu certains venir à l'école avec des armes à feu, mais jamais de toute sa carrière il n'avait été témoin d'un acte de dépravation comme celui qui l'avait accueilli ce matin alors qu'il remontait l'allée principale.

Jean Louise échangea des regards avec ses voisins. « Qu'est-ce qui lui prend ? » murmura-t-elle. « Aucune idée », répondit sa voisine de gauche.

Prenaient-ils la mesure de l'énormité de cet outrage ? Pour leur gouverne, la nation était en guerre, et au moment même où nos garçons – nos frères et nos fils – se battaient et mouraient pour nous, quelqu'un les avait salis par un geste de la pire obscénité, un geste dont le coupable était au-delà du méprisable.

Jean Louise regarda autour d'elle un océan de visages perplexes ; lors de telles assemblées publiques, elle n'avait en général aucun mal à repérer les coupables, mais ce matin, elle ne voyait de toute part qu'une stupéfaction muette.

Du reste, ajouta Mr. Tuffett avant qu'ils ne rompent les rangs, il savait qui était le responsable, et si celui-ci désirait s'attirer sa clémence, il était prié

276

de se présenter à son bureau à quatorze heures au plus tard, muni de ses aveux par écrit.

L'assemblée, réprimant un grognement collectif de dégoût en entendant Mr. Tuffett s'abaisser à recourir à l'une des plus vieilles combines jamais répertoriées dans le métier de directeur d'école, se leva et le suivit jusque devant le bâtiment principal.

« Il adore les aveux par écrit, glissa Jean Louise à ses camarades. Il doit trouver que ça fait légal.

— Oui, c'est vrai, il ne croit rien tant qu'il ne l'a pas sous les yeux noir sur blanc, dit l'une d'entre elles.

— Et du moment que c'est écrit noir sur blanc, il y croit dur comme fer, renchérit une autre.

— À votre avis, c'est quelqu'un qui a dessiné des croix gammées dans l'allée ? hasarda une troisième.

— Déjà fait », dit Jean Louise.

Ils tournèrent au coin du bâtiment et s'immobilisèrent. Il n'y avait rien de particulier à première vue ; les pavés étaient propres, les portes bien en place dans leurs gonds, les parterres de fleurs n'avaient pas été saccagés.

Mr. Tuffett attendit que tous les élèves soient de nouveau rassemblés autour de lui, puis tendit le doigt dans un geste théâtral. « Regardez, dit-il. Regardez bien, tout le monde ! »

Mr. Tuffett était un patriote. Il organisait toutes les collectes de fonds, prononçait des discours lénifiants et ridicules sur l'Effort de Guerre lors des assemblées, le projet qu'il avait lancé et dont il était le plus fier était un prodigieux panneau qu'il avait fait ériger dans la cour du lycée sur lequel s'égrenaient les noms des anciens élèves du MCHS partis servir leur pays. Les lycéens voyaient d'un œil moins amène le panneau de Mr. Tuffett : il leur avait demandé de contribuer à cette opération à hauteur de vingt-cinq *cents* par tête, puis s'en était attribué tout le mérite.

Suivant la direction qu'indiquait le doigt de Mr. Tuffett, les yeux de Jean Louise se posèrent sur le panneau. Elle lut : AU SERVICE DE LEUR PAY. La dernière lettre était camouflée par ses coussinets de rembourrage, qui flottaient doucement dans la brise matinale.

« Je vous prie de croire, dit Mr. Tuffett, que ces aveux signés ont intérêt à se trouver sur mon bureau avant deux heures cet après-midi. J'étais présent hier soir, dit-il en appuyant chacun de ses mots. Et maintenant, que chacun rejoigne sa classe. »

Voilà qui était intéressant. Il passait son temps à fureter chaque fois qu'il y avait une fête, à essayer de surprendre les couples en train de se bécoter. Il collait son nez aux vitres des voitures garées et fouillait dans les buissons. Peut-être les avait-il vus. Pourquoi avait-il fallu que Hank les jette ?

« Il bluffe, dit Jem pendant la récréation. Ou pas. »

Ils étaient dans le réfectoire. Jean Louise s'efforçait de ne rien laisser paraître de ses émotions. L'école tout entière était sur le point d'exploser, en proie à un mélange d'hilarité, d'horreur et de curiosité.

« Pour la dernière fois, tous les deux, laissez-moi lui parler, dit-elle.

— Ne fais pas ta bécasse, Jean Louise. Tu as bien vu dans quel état le met cette histoire. Et puis après tout, c'est ma faute, dit Henry.

« — Peut-être, mais ils étaient à moi, bon sang !

— Je comprends ce que Hank veut dire, Scout, intervint Jem. Il ne peut pas te laisser faire ça.

— Je ne vois vraiment pas pourquoi.

— Je te le répète pour la énième fois, je ne peux pas, c'est tout. Tu ne comprends pas ?

— Non.

— Jean Louise, tu étais ma cavalière hier soir...

— Je ne comprendrai décidément jamais rien aux hommes, dit-elle, soudain plus du tout amoureuse de Henry. Tu n'as pas à me protéger, Hank. Je ne suis pas ta cavalière ce matin. Tu sais bien que tu ne peux pas aller te dénoncer.

— Ça c'est sûr, Hank, dit Jem. Ton diplôme te passerait sous le nez. »

Décrocher son diplôme avait plus de signification pour Henry que pour la plupart de ses amis. Certains d'entre eux pouvaient se permettre de se faire expulser ; un claquement de doigts et ils trouveraient une place dans n'importe quel pensionnat privé.

« Tu l'as touché là où ça fait mal, tu sais, dit Jem. Et ça lui ressemblerait bien de t'expulser deux semaines avant la fin de l'année.

— Alors laisse-moi faire, dit Jean Louise. Rien ne me ferait plus plaisir que de me faire renvoyer. » Elle ne mentait pas. Aller en cours l'ennuyait à un point insoutenable.

« Ce n'est pas la question, Scout. Tu ne peux pas faire ça, un point c'est tout. Je pourrais expliquer... non, je ne pourrais pas non plus, dit Henry qui commençait à prendre la mesure des conséquences de son impétuosité. Je ne pourrais rien expliquer.

— Bon, d'accord, dit Jem. La situation est la suivante. Hank, je crois qu'il bluffe, mais il y a de fortes chances pour que ça ne soit pas le cas. Tout le monde sait qu'il rôde partout. Il a pu vous entendre, vous étiez pratiquement sous les fenêtres de son bureau…

— Mais il faisait noir dans son bureau, dit Jean Louise.

— … il adore rester assis dans le noir. Si c'est Scout qui avoue, elle passera un sale quart d'heure, mais si c'est toi, c'est l'expulsion à coup sûr, et il faut que tu l'aies, ce diplôme, mon vieux.

— Jem, dit Jean Louise. C'est bien gentil de philosopher, mais on n'est pas plus avancés…

— Telles que je vois les choses, Hank, continua Jem en ignorant tranquillement sa sœur, t'es foutu si tu le fais et t'es foutu si tu le fais pas.

— Je…

— Oh, ferme-la, Scout ! dit Henry d'un ton acerbe. Tu ne comprends pas que je ne pourrai plus jamais me regarder en face si je te laisse faire ça ?

— Mes aïeux, quel héroïsme ! »

Henry se redressa tout à coup. « Attendez voir ! s'écria-t-il. Jem, passe-moi les clés de la voiture et couvre-moi en salle d'étude. Je serai de retour pour le cours d'éco.

— Tu vas te faire repérer par La Touffe, Hank.

— Non. Je pousserai la voiture jusqu'à la route. Et de toute façon il sera en salle d'étude. »

Il n'était pas difficile de s'absenter de la salle d'étude quand c'était Mr. Tuffett qui était de garde.

Il ne s'intéressait guère à ses élèves, et ne connaissait le nom que des plus frondeurs d'entre eux. À la bibliothèque, chacun avait sa place attitrée, mais si quelqu'un exprimait clairement son désir de sécher, les rangs se resserraient ; l'élève assis en bout de rangée déplaçait la chaise du déserteur dans le couloir, à l'extérieur de la salle, puis la remettait à sa place à la fin de l'heure.

Jean Louise ne prêta aucune attention à ce que raconta son professeur de lettres, et cinquante minutes d'angoisse plus tard, elle se rendait à son cours d'éducation civique quand Henry surgit en travers de son chemin.

« Bon, écoute-moi bien, dit-il d'une voix tendue. Fais exactement ce que je te dis : tu vas tout avouer. Écris... » Il lui tendit un crayon et elle ouvrit son carnet.

« Écris : "Cher Mr. Tuffett. Je crois que ce sont les miens." Et tu signes, nom et prénom. Et recopie-le à l'encre, ça sera plus crédible. Bon, et juste avant midi, tu y vas et tu lui donnes. Compris ? »

Elle hocha la tête. « Juste avant midi. »

Quand elle arriva devant la salle du cours d'éducation civique, elle comprit que le pot aux roses avait été découvert. Les élèves, rassemblés par petites grappes dans le couloir, murmuraient et riaient entre eux. Elle encaissa les sourires et les clins d'œil complices avec dignité – elle en était même presque soulagée. Ce sont les adultes qui croient toujours le pire, se dit-elle, certaine que ses congénères, pour leur part, croyaient ce que Jem et Hank leur avaient dévoilé, ni plus, ni moins. Mais pourquoi avoir tout révélé ? On se moquerait d'eux jusqu'à la fin des temps ; eux s'en fichaient, puisqu'ils étaient sur le point de quitter le lycée, mais elle était condamnée à passer encore trois années entre ces murs. Non, La Touffe l'expulserait et Atticus l'enverrait quelque part. Atticus serait fou de rage quand La Touffe lui rapporterait la sordide affaire. Oh et puis tant pis après tout, du moment que Hank s'en tirait sain et sauf. Jem et lui s'étaient montrés d'une galanterie épatante, mais en fin de compte c'était elle qui avait raison depuis le début. C'était la seule solution.

Elle écrivit sa confession au stylo plume, et quand il fut presque midi, elle sentit son moral flancher. En temps normal, rien ne la mettait autant en joie que de se trouver confrontée à La Touffe, qui était si bête qu'on pouvait lui raconter à peu près tout et n'importe quoi du moment qu'on veillait à conserver tout du long une attitude solennelle et contrite, mais aujourd'hui elle n'avait aucune envie de se prêter à ce genre de petit jeu dialectique. Elle était nerveuse et s'en voulait de l'être.

Elle se rendit d'un pas flageolant à son bureau. Il avait parlé d'obscénité et de dépravation devant les élèves ; que dirait-il à la ville ? Maycomb était avide de rumeurs, toutes sortes d'histoires parviendraient aux oreilles d'Atticus…

Mr. Tuffett était assis à son bureau, les yeux baissés sur ses dossiers ; il avait l'air agacé. « Qu'est-ce que c'est ? demanda-t-il sans lever la tête.

— Je voulais vous remettre ceci, monsieur », dit-elle en reculant instinctivement d'un pas.

Mr. Tuffett prit le bout de papier, le froissa sans l'avoir lu et le jeta dans la corbeille.

Jean Louise eut la sensation d'être terrassée par une plume.

« Euh, Mr. Tuffett, dit-elle. Je suis venue tout avouer, comme vous l'avez demandé. Je… Je les ai trouvés chez Ginsberg's, ajouta-t-elle sans raison. Je n'avais pas l'intention de… »

Mr. Tuffett leva les yeux, le visage cramoisi de colère. « Ne venez pas me raconter quelles étaient ou n'étaient pas vos intentions ! Jamais de toute ma vie je n'ai connu… »

Ça y est, elle allait y passer.

Mais en l'écoutant, elle avait l'impression que Mr. Tuffett s'adressait moins à elle-même qu'au corps étudiant de manière générale, que ses remarques faisaient simplement écho aux sentiments qu'il avait déjà exprimés ce matin. Il était en train de conclure sa diatribe par un petit exposé sur les comportements délétères engendrés par le comté de Maycomb lorsqu'elle l'interrompit :

« Mr. Tuffett, je tiens à dire que je suis la seule coupable, les autres n'y sont pour rien – vous ne devez pas nous punir tous. »

Mr. Tuffett s'agrippa des deux mains au bord de son bureau et siffla en serrant les dents : « Cette remarque impudente vous vaudra une heure de retenue après les cours, ma jeune demoiselle ! »

Elle prit une profonde inspiration. « Mr. Tuffett, dit-elle, je crois qu'il y a un malentendu. Je ne vois vraiment pas…

— Ah non, vous ne voyez pas ? Eh bien je vais vous montrer ! »

Mr. Tuffett attrapa une épaisse liasse de feuilles de carnet volantes et les lui brandit sous le nez.

« Vous, mademoiselle, n'êtes jamais que la cent cinquième ! »

Jean Louise examina le tas de feuillets. Ils étaient tous identiques. Sur chacun était écrit : « Cher Mr. Tuffett. Je crois que ce sont les miens », et ils portaient la signature de toutes les élèves de l'école, de la sixième à la terminale.

Elle demeura un moment interdite ; puis, ne trouvant rien à dire à Mr. Tuffett qui pût éclairer sa lanterne, elle sortit de son bureau à pas feutrés.

« On l'a eu », dit Jem sur le chemin du retour. Jean Louise était assise entre son frère et Henry, qui avaient écouté sans ciller le récit de son entrevue avec Mr. Tuffett et des réactions de ce dernier.

« Hank, tu es un génie absolu, dit-elle. Mais comment t'est venue cette idée ? »

Henry tira une longue bouffée de sa cigarette puis la jeta d'une chiquenaude par la vitre. « J'ai demandé conseil à mon avocat », annonça-t-il pompeusement.

Jean Louise plaqua les deux mains sur sa bouche.

« Eh bien oui, c'était tout naturel, expliqua Henry. Tu sais bien qu'il s'occupe de mes affaires depuis l'époque où j'étais haut comme trois pommes, alors je suis allé le voir en ville pour lui exposer le problème et lui demander conseil, tout bonnement.

— C'est Atticus qui t'a soufflé cette idée ? demanda Jean Louise, éberluée.

— Non, il ne me l'a pas soufflée. L'idée vient de moi. Il a réfléchi pendant un moment, il a dit qu'il fallait bien peser tous les tenants et les aboutissants de l'affaire ou je ne sais plus trop quoi, que j'étais dans une position intéressante mais périlleuse. Et puis il a fait pivoter son fauteuil, il s'est tourné vers la fenêtre et il a dit qu'il s'efforçait toujours de se mettre à la place de ses clients... » Henry s'interrompit.

« Continue !

— Eh bien il a dit que, vu l'extrême délicatesse du problème, et dans la mesure où il n'y avait aucune preuve d'intention criminelle, l'idée de jeter un peu de poudre aux yeux du jury – quoi qu'il ait voulu dire par là – n'était pas pour lui déplaire, et puis... oh et puis je ne sais plus.

— Oh Hank, mais si, voyons, tu sais !

— Eh bien il a dit, je ne sais plus trop, que la force du nombre était le plus sûr refuge, et que s'il était à ma place, il ne se risquerait pas à friser le parjure mais que, pour autant qu'il sache, tous les faux seins se ressemblaient, et que c'était à peu près tout ce qu'il pouvait faire pour moi. Et il a dit qu'il m'enverrait ses honoraires à la fin du mois. J'avais à peine quitté son bureau que tout à coup j'ai eu cette idée !

— Hank..., dit Jean Louise. Est-ce qu'il a parlé de ce qu'il comptait me dire ?

— À toi ? » Henry se tourna vers elle. « Il ne te dira pas un mot. Il ne peut pas. Tu ne savais pas que tout ce qu'un client raconte à son avocat est strictement confidentiel ? »

Crrrnch. Elle aplatit son pot en carton sur la table, pulvérisant leurs visages à tous dans son esprit. Le soleil brillait au rendez-vous des deux heures de l'après-midi, comme il avait brillé hier et comme il brillerait demain.

L'enfer, c'est être éternellement isolé. Qu'avait-elle donc fait pour mériter de passer le restant de ses jours à se languir des siens tels qu'ils étaient avant, à revisiter en secret le temps jadis et ne jamais pouvoir s'aventurer dans le présent ? Je suis leur chair et leur sang, j'ai creusé cette terre, ma maison est ici. Mais non, je ne suis pas leur sang, et la terre se moque bien de savoir qui la creuse ; je suis une étrangère perdue dans une soirée où elle ne connaît personne.

16

« Hank, où est Atticus ? »

Henry, assis à son bureau, leva la tête. « Bonjour, ma chérie. Il est allé à la poste. C'est l'heure de ma pause café. Tu te joins à moi ? »

La même impulsion qui l'avait conduite à quitter l'échoppe de Mr. Cunningham pour venir au cabinet la poussa à accompagner Henry : elle voulait les observer en douce, encore et encore, afin de s'assurer qu'ils n'avaient pas subi, en plus de tout le reste, quelque inquiétante métamorphose physique, mais elle n'avait aucune envie de leur parler, de les toucher, de peur de déclencher chez eux un nouvel accès de démence en sa présence.

Tandis qu'ils cheminaient côte à côte jusqu'au drugstore, elle se demanda si Maycomb leur prévoyait un mariage d'automne ou d'hiver. Faut-il que je sois étrange, songea-t-elle. Je suis incapable de me glisser dans le lit d'un homme si je ne suis pas d'accord d'une manière ou d'une autre avec lui. À cet instant, je ne suis même pas capable de lui adresser la parole. Incapable de parler à mon plus vieil ami.

Ils s'assirent face à face dans un box, et Jean Louise baissa les yeux sur le distributeur de serviettes en papier, le sucrier, la salière et le poivrier.

« Tu es bien silencieuse, dit Henry. Comment s'est passé ton Café ?

— Atroce.

— Hester était là ?

— Oui. Elle doit avoir à peu près le même âge que toi et Jem, non ?

— Oui, même promo. Bill m'a raconté ce matin qu'elle avait revêtu ses plus belles peintures de guerre pour l'occasion.

— Hank, Bill Sinclair doit être un mari sinistre.

— Pourquoi ça ?

— Toutes ces absurdités dont il a bourré le crâne de Hester...

— Quelles absurdités ?

— Oh, les catholiques et les communistes et Dieu sait quoi encore. J'ai eu l'impression que tout ça s'était emmêlé dans son esprit. »

Henry s'esclaffa et dit : « Ma chérie, pour elle, le soleil se lève et se couche avec Bill. Tout ce qu'il dit est parole d'Évangile. Elle aime son homme.

— Ah, c'est donc ça, aimer son homme ?

— En grande partie, oui.

— C'est-à-dire perdre sa propre identité, non ? dit Jean Louise.

— En un sens, oui, dit Henry.

— Dans ce cas, je ne sais pas si je me marierai un jour. Je n'ai jamais rencontré un homme qui...

— Tu vas te marier avec moi, tu te rappelles ?

288

— Hank, autant te le dire maintenant, une bonne fois pour toutes : je ne t'épouserai pas. Point final et n'en parlons plus. »

Elle n'avait pas eu l'intention de le lui dire mais elle n'avait pas pu s'en empêcher.

« J'ai déjà entendu ça.

— Oui, eh bien ce que je te dis maintenant, c'est que si jamais tu as envie de te marier – était-ce bien elle qui parlait ainsi ? –, tu ferais bien de commencer à chercher quelqu'un d'autre. Je n'ai jamais été amoureuse de toi, même si tu sais bien que je t'ai toujours aimé. Je croyais que t'aimer serait suffisant pour que je t'épouse, mais…

— Mais quoi ?

— Même de cette façon-là, je ne t'aime plus comme avant. Je sais que je te fais du mal, mais c'est comme ça. » Oui, c'était bien elle qui tenait ces propos, avec son aplomb habituel, elle qui était en train de lui briser le cœur. Mais il avait brisé le sien.

Le visage de Henry pâlit, puis s'empourpra, et sa cicatrice sembla soudain doubler de volume. « Jean Louise, tu ne parles pas sérieusement, ce n'est pas possible.

— Je suis on ne peut plus sérieuse. »

Ça fait mal, n'est-ce pas ? Et comment ! Voilà, toi aussi tu sais ce que ça fait, maintenant.

Henry se pencha au-dessus de la table et lui prit la main. Elle la retira. « Ne me touche pas, dit-elle.

— Ma chérie, que se passe-t-il ? »

Ce qui se passe ? Je vais te dire ce qui se passe. Et ça ne va pas te plaire.

« D'accord, Hank. Voilà : j'ai assisté à cette réunion hier. Je vous ai vus, Atticus et toi, trônant en majesté à cette table à côté de ce… de cette ordure, cet homme ignoble, et j'en étais malade, tu peux me croire. L'homme que je m'apprêtais à épouser, et mon propre père, rien que ça, ça m'a fait vomir et je n'en suis pas encore remise ! Au nom du ciel mais comment est-ce possible ? Comment est-ce possible ?

— Il y a beaucoup de choses que nous sommes obligés de faire et que nous n'avons pas envie de faire, Jean Louise. »

Elle explosa. « Qu'est-ce que c'est que cette réponse ? Je croyais qu'Oncle Jack avait fini par perdre complètement les pédales, mais je n'en suis plus si sûre à présent !

— Ma belle », dit Henry. Il déplaça le sucrier au centre de la table puis le remit à sa place. « Regarde les choses sous un autre angle. Le conseil des citoyens de Maycomb n'est rien d'autre que… rien qu'une manière de protester contre la Cour Suprême, c'est une sorte d'avertissement lancé aux Noirs, pour les empêcher d'aller trop vite, c'est une…

— … une tribune offerte à tous les salauds qui attendent la première occasion de crier au nègre ! Comment peux-tu participer à une chose pareille, comment peux-tu ? »

Henry fit glisser le sucrier vers elle puis le ramena vers lui. Elle le lui prit des mains et le reposa violemment sur le coin de la table.

« Jean Louise, je te l'ai dit, il y a beaucoup de choses…

290

— … que nous sommes obligés de faire…

— … tu veux bien me laisser finir ?… et que nous n'avons pas envie de faire. Non, s'il te plaît, laisse-moi parler. J'essaie de trouver le moyen de te faire comprendre ce que je veux dire… Tu connais le Klan… ?

— Oui, je connais le Klan.

— Écoute-moi deux secondes, s'il te plaît. Avant, le Klan était une organisation respectable, comme les francs-maçons. Presque tous les notables de la ville en étaient membres, à l'époque où Mr. Finch était jeune. Tu savais que Mr. Finch en était membre ?

— Je ne serais pas surprise d'apprendre que Mr. Finch a été membre de n'importe quelle organisation. Ça paraît logique à présent…

— Jean Louise, tais-toi ! Mr. Finch n'a pas plus de sympathie pour le Klan que n'importe qui d'autre, et c'était déjà le cas à l'époque. Tu sais pourquoi il avait rejoint leurs rangs ? Pour découvrir qui étaient les hommes qui se cachaient derrière ces masques. Qui parmi les habitants de la ville, quelle sorte de gens. Il est allé à une réunion, et ça lui a suffi. Le Grand Sorcier n'était nul autre que le pasteur de l'Église méthodiste…

— Le genre de compagnie qu'affectionne Atticus.

— Ferme-la, Jean Louise. J'essaie de te faire comprendre son raisonnement : à l'époque, le Klan était un mouvement politique, c'est tout, ils ne brûlaient pas les croix ni rien de ce genre, mais ton père voyait et voit toujours d'un très mauvais œil les gens qui dissimulent leur visage. Il fallait qu'il sache à qui il serait confronté si jamais un jour… il fallait qu'il sache qui ils étaient…

— Mon père bien-aimé fait donc partie de l'Empire invisible.

— Jean Louise, c'était il y a quarante ans…

— Il doit sans doute avoir le titre de Grand Dragon aujourd'hui.

— J'essaie simplement de te faire comprendre les motivations d'un homme, au-delà de ses actes, dit Henry avec calme. Un homme peut te sembler engagé dans quelque chose de détestable à première vue, mais ne t'avise jamais de le juger avant de connaître ses motivations. Un homme peut trépigner de rage en secret mais être conscient qu'il vaut mieux répondre par la méthode douce plutôt que de laisser éclater sa colère au grand jour. Un homme peut condamner ses ennemis, mais il est plus sage de chercher à les connaître. Je te l'ai dit, parfois nous sommes obligés de… »

Jean Louise l'interrompit : « Tu es en train de me dire qu'il faut suivre la foule en attendant le moment où… ?

— Écoute, ma chérie, la reprit Henry. As-tu jamais remarqué que les hommes, surtout les hommes, doivent se soumettre à certaines exigences de la communauté au sein de laquelle ils vivent afin d'être en mesure, tout simplement, de la servir ?

« Chez moi c'est ici, ma belle. Je ne pourrais pas trouver de meilleur endroit où vivre que le comté de Maycomb. Je me suis bâti une bonne réputation ici, depuis que je suis tout gamin. Maycomb me connaît, et je connais Maycomb. Maycomb me fait confiance, et je fais confiance à Maycomb. C'est cette ville qui fait mon pain et mon beurre, et Maycomb m'a offert une belle vie.

« Mais Maycomb demande certaines choses en retour : de mener une vie raisonnablement saine, de faire partie du Kiwanis Club, d'aller à l'église le dimanche, de se conformer à ses usages... »

Henry s'empara de la salière et fit glisser son pouce d'un air pensif le long de ses facettes rainurées. « Dis-toi bien quelque chose, ma chérie, continua-t-il. J'ai dû trimer comme un damné pour avoir ce que j'ai aujourd'hui. J'ai travaillé dans ce magasin, de l'autre côté de la place – et j'étais tellement fatigué la plupart du temps que j'avais le plus grand mal à suivre les cours à l'école. L'été, je travaillais chez moi, dans la boutique de ma mère, et le reste du temps je retapais la maison. Jean Louise, depuis tout petit j'ai dû batailler pour obtenir tout ce qui vous paraissait acquis d'avance, à Jem et toi. Des choses que je n'ai jamais eues et que je n'aurai jamais. Je ne peux compter que sur mes propres ressources...

— C'est le cas pour chacun d'entre nous, Hank.

— Non, ce n'est pas vrai. Pas ici.

— Comment ça ?

— Je dis simplement qu'il y a certaines choses que tu peux faire et moi non, c'est tout.

— Et pourquoi serais-je si privilégiée ?

— Tu es une Finch.

— D'accord, je suis une Finch. Et alors ?

— Alors tu peux te promener en ville en salopette, pieds nus et la chemise débraillée si ça te chante.

293

Maycomb dira : "C'est son côté Finch, elle est Comme Ça et voilà tout." Maycomb sourira et continuera de vaquer à ses occupations ; cette bonne vieille Scout Finch, on ne la changera jamais… Maycomb est tout disposé à croire que tu es allée nager toute nue dans la rivière, et même enchanté à cette idée. "Incorrigible… Toujours la même, cette bonne vieille Jean Louise… Vous vous rappelez la fois où… ?" »

Il reposa la salière. « Mais si jamais Henry Clinton s'écarte des convenances ne serait-ce que d'un pouce, alors là, Maycomb ne dira pas : "C'est son côté Clinton", mais : "C'est son côté péquenot."

— Hank. C'est faux et tu le sais très bien. C'est injuste et c'est mesquin, mais surtout, surtout, ce n'est tout simplement pas vrai !

— Mais si, Jean Louise, c'est vrai, dit Henry d'une voix douce. Ça ne t'a sans doute jamais effleuré l'esprit…

— Hank, tu dois souffrir d'une espèce de complexe.

— Je ne souffre de rien du tout. Je connais Maycomb, c'est tout. Ça ne me blesse en aucune façon, mais Dieu m'est témoin, j'en suis parfaitement conscient. Maycomb me dit qu'il y a certaines choses que je ne peux pas faire et certaines choses que je dois faire si je…

— Si tu quoi ?

— Eh bien, ma chérie, j'aimerais vraiment vivre ici, et j'apprécie les mêmes choses que tous les autres hommes. Je veux conserver le respect de cette ville, je veux la servir, je veux me faire un nom en tant qu'avocat, je veux gagner de l'argent, je veux me marier et fonder une famille…

— Dans cet ordre, je suppose ! »

Jean Louise se leva et sortit en trombe du drugstore. Henry lui emboîta le pas. Sur le seuil, il se retourna et dit qu'il reviendrait payer l'addition dans une seconde.

« Jean Louise, attends ! »

Elle attendit.

« Quoi ?

— Ma chérie, j'essaie simplement de te faire comprendre…

— Ça va, j'ai compris ! dit-elle. J'ai compris que tu étais un petit homme qui a peur ; un petit homme qui a peur de ne pas faire ce qu'Atticus lui dit de faire, qui a peur de ne pas savoir tenir debout tout seul sur ses deux jambes, qui a peur de perdre sa place au milieu de tous ces hommes au sang rouge… »

Elle se remit en marche. Il lui sembla qu'elle se dirigeait vers la voiture. Il lui sembla qu'elle l'avait garée devant le cabinet.

« Jean Louise, tu veux bien attendre deux minutes ?

— D'accord, j'attends.

— Tu te souviens que je t'ai dit qu'il y avait des choses qui t'ont toujours paru aller de soi…

— Oh ! ça oui, j'ai cru que beaucoup de choses allaient de soi. Tout ce que j'aimais chez toi, précisément. Je t'admirais, et Dieu sait à quel point, parce que tu t'es démené comme un beau diable pour obtenir tout ce que tu as, pour devenir ce que tu es devenu. Je pensais qu'une telle attitude n'allait pas sans certaines qualités, mais manifestement je me trompais. Je pensais que tu avais du courage, je pensais… »

Elle continuait de marcher, sans se rendre compte que Maycomb la regardait, que Henry la suivait, pathétique, presque comique.

« Jean Louise, tu veux bien m'écouter, s'il te plaît ?

— Bon sang mais quoi à la fin ?

— Je voudrais juste te demander une chose, une seule chose – qu'est-ce que tu veux que je fasse, hein ? Dis-le-moi, qu'est-ce que tu attends de moi ?

— Ce que j'attends de toi ? Que toi et ta dignité en toc vous alliez vous faire voir ailleurs qu'au conseil des citoyens ! Je me fiche bien qu'Atticus soit assis en face de toi, que le roi d'Angleterre trône à ta droite et le Seigneur Jéhovah à ta gauche – j'attends de toi que tu sois un homme, c'est tout ! »

Elle prit une grande inspiration. « Je… tu pars faire une foutue guerre, il y a de quoi avoir peur, d'accord, mais tu en reviens, sain et sauf. Et quand tu reviens, c'est pour passer le restant de tes jours à continuer d'avoir peur ? Peur de Maycomb ! Maycomb, Alabama ! Ah, c'est vraiment la meilleure… »

Ils étaient arrivés devant la porte du cabinet.

Henry l'attrapa par les épaules. « Jean Louise, tu veux bien t'arrêter deux secondes ? S'il te plaît ? Écoute-moi. Je sais que je ne suis pas grand-chose, mais réfléchis une minute. Réfléchis, je t'en prie. C'est ma vie, cette ville, tu ne comprends pas ça ? Bon Dieu, je fais peut-être partie des péquenots du comté de Maycomb, mais je fais partie du comté de Maycomb. Je suis un lâche, un tout petit homme, je ne vaux pas tripette, mais c'est ici que je suis *chez moi*. Qu'est-ce que tu veux que je fasse, que j'aille clamer sur tous les toits que je suis Henry Clinton et que je suis venu vous dire que vous êtes tous des salauds ? Je dois vivre ici, Jean Louise. Tu ne vois donc pas ?

— Tout ce que je vois, c'est que tu es un bel hypocrite.

— J'essaie de te faire comprendre, ma chérie, que toi tu peux te permettre certains luxes et moi non. Tu peux crier au scandale, pas moi. Comment veux-tu que je sois utile à cette ville si toute la ville est contre moi ? Si je me mettais à… Bon, écoute, tu reconnais que j'ai une certaine éducation et une certaine utilité à Maycomb, tu me reconnais ça, non ? Un ouvrier d'usine ne pourrait pas faire mon travail. Alors quoi, tu veux que je jette tout ça par-dessus bord, que je redescende tout en bas de l'échelle du comté et que j'aille vendre de la farine à l'épicerie alors que je pourrais mettre les quelques talents d'avocat que je possède au service de la ville ? Qu'est-ce qui vaut plus le coup, hein ?

— Henry, comment peux-tu te regarder en face ?

— Ce n'est pas si difficile. Parfois je suis obligé de voter contre mes convictions, c'est tout.

— Hank, toi et moi nous sommes à des années-lumière. Je ne sais pas grand-chose mais je sais une chose. Je sais que je ne peux pas vivre avec toi. Je ne peux pas vivre avec un hypocrite. »

Une voix dans son dos, nette, suave, l'interpella : « Je ne vois pas pourquoi. Les hypocrites ont tout autant le droit de vivre en ce monde que n'importe qui d'autre. »

Elle se retourna et se retrouva nez à nez avec son père. Son chapeau était relevé sur sa tête ; il haussait les sourcils ; il lui souriait.

17

« Hank, dit Atticus, va donc faire un tour sur la place et regarder les roses. Estelle t'en offrira peut-être une, si tu lui demandes gentiment. Il semblerait que je sois le seul pour l'instant à le lui avoir demandé comme il faut aujourd'hui. »

Atticus posa la main sur le revers de sa veste, à laquelle était épinglé un bouton de rose rouge éclatant. Jean Louise se tourna vers la place et vit Estelle, dont la silhouette noire se découpait dans la lumière de l'après-midi, en train de tailler consciencieusement les buissons.

Henry tendit la main à Jean Louise, puis la laissa retomber le long de son corps, et partit sans un mot. Elle le regarda traverser la rue.

« Tu savais déjà tout cela sur lui ?

— Bien sûr. »

Atticus l'avait traité comme son propre fils, lui avait prodigué l'amour qui aurait dû revenir à Jem – elle s'avisa soudain qu'ils se trouvaient à l'endroit exact où Jem était mort. Atticus la vit frissonner.

« Tu y penses encore, n'est-ce pas ? dit-il.

— Oui.

— Il serait temps que tu t'en remettes, tu ne crois pas ? Enterre tes morts, Jean Louise.

— Je ne veux pas parler de ça. Je veux aller ailleurs.

— Allons au cabinet, dans ce cas. »

Le bureau de son père avait toujours été un refuge pour elle. C'était un endroit agréable. Un endroit où les problèmes, à défaut de disparaître, semblaient plus tolérables. Elle se demanda si ces notes juridiques, ces dossiers et ces fournitures professionnelles étaient les mêmes qu'à l'époque où elle déboulait, hors d'haleine et affamée, pour quémander une pièce à son père afin d'aller s'acheter une glace. Elle le revoyait pivoter dans son fauteuil et étirer ses jambes. Il plongeait la main dans la poche de son pantalon, en ressortait une poignée de petite monnaie et sélectionnait avec le plus grand soin une pièce de cinq *cents*. Sa porte n'était jamais fermée pour ses enfants.

Il s'assit lentement et se tourna vers elle. Elle vit un rictus de douleur lui crisper le visage puis disparaître aussitôt.

« Tu savais, pour Hank ?

— Oui.

— Je ne comprends pas les hommes.

— Eh bien… il y a des hommes qui volent l'argent des courses de leur femme et qui ne songeraient pas un seul instant à voler l'épicier. Les hommes ont tendance à compartimenter leur honnêteté, Jean Louise. Ils peuvent être d'une honnêteté scrupuleuse dans certains domaines et se fourvoyer dans d'autres. Ne sois pas trop dure avec Hank, il apprend encore. Jack me dit que tu es contrariée.

— Jack t'a raconté…

— Il m'a appelé tout à l'heure pour me dire – entre autres choses – que tu n'étais pas encore sur le sentier de la guerre mais pas loin. Et si j'en crois ce que j'ai entendu, les hostilités ont déjà commencé. »

Ainsi, Jack lui avait tout raconté. Elle était habituée désormais à voir les membres de sa famille la trahir, l'un après l'autre. Oncle Jack était la goutte d'eau – qu'ils aillent tous au diable. Très bien, elle lui dirait tout. Elle parlerait, et ensuite elle s'en irait. Elle n'essaierait pas de discuter avec lui ; c'était inutile. Il la battait toujours à ce jeu-là : elle n'avait jamais eu le dessus sur lui et n'avait aucune envie de tenter sa chance maintenant.

« Oui, père, je suis contrariée. Ce conseil des citoyens auquel tu participes. Je trouve ça monstrueux et je te le dis comme je le pense. »

Son père se renfonça dans son fauteuil. « Jean Louise, dit-il, tu devrais lire autre chose que les journaux new-yorkais. Tu ne vois sans doute que des attentats et toutes sortes de menaces terrifiantes autour de toi. Le conseil de Maycomb n'a rien de comparable à ceux du nord de l'Alabama ou du Tennessee. Notre conseil est composé et dirigé uniquement par des citoyens de la ville. J'imagine que tu as vu presque tous les hommes du comté hier, et que tu les connaissais presque tous.

— Oui, père. Tous, de ce serpent de Willoughby jusqu'au dernier.

— Chacun de ceux qui étaient présents avait probablement ses propres raisons d'être là », dit son père.

Jamais guerre ne fut livrée pour autant de raisons si diverses. Qui lui avait dit ça ? « Oui, mais ils étaient tous là dans un seul et unique but.

— Je peux te donner les deux raisons pour lesquelles, moi, j'y étais. Le gouvernement fédéral et la NAACP. Jean Louise, quelle a été ta première réaction quand tu as appris la décision de la Cour Suprême ? »

Cette question ne présentait aucun danger. Elle lui répondrait.

« J'étais furieuse », dit-elle.

Et c'était vrai. Elle savait que cela devait arriver, elle savait comment les choses allaient tourner, elle avait cru s'y être préparée, mais quand elle avait acheté le journal au coin de la rue et qu'elle l'avait lu, elle était entrée dans le premier bar pour boire un bourbon cul sec.

« Pourquoi ?

— Eh bien parce que ça recommençait, père, une fois de plus ils nous disaient ce que nous devions faire… »

Son père afficha un mince sourire. « Tu as réagi de manière viscérale, dit-il. Et quand tu as commencé à réfléchir, qu'as-tu pensé ?

— Pas grand-chose, mais j'ai eu peur. J'ai eu le sentiment qu'ils prenaient les choses à l'envers – qu'ils mettaient la charrue avant les bœufs.

— Comment ça ? »

Il la testait. Fort bien. Ils étaient en terrain sûr. « Eh bien, en voulant respecter un amendement, j'ai eu l'impression qu'ils en trahissaient un autre. Le

Dixième[1]. Ce n'est qu'un tout petit amendement, une seule phrase, mais celui qui, je ne saurais pas expliquer pourquoi, semblait le plus important de tous.

— Tu t'es fait toutes ces réflexions par toi-même ?

— Oui, père, bien sûr. Atticus, je ne sais pas grand-chose sur la Constitution…

— Tes connaissances constitutionnelles me paraissent assez solides pour le moment. Continue. »

Continuer ? Mais comment ? En lui disant qu'elle n'arrivait plus à le regarder dans les yeux ? Il voulait savoir ce qu'elle pensait de la Constitution ? Soit, il saurait. « Eh bien, tout semble indiquer que pour satisfaire aux besoins, bien réels, d'une fraction de la population, la Cour a mis en branle quelque chose de terrible qui pourrait… qui pourrait affecter la grande majorité des gens. Leur faire du tort, je veux dire. Atticus, je n'y connais rien à tout ça – entre nous et les projets du premier petit malin venu, il n'y a que la Constitution pour s'interposer, et voilà que la Cour annule purement et simplement tout un amendement, en tout cas c'est l'impression que j'ai eue. Nous avons un système fondé sur la séparation des pouvoirs et tout ça, mais au fond nous n'avons aucun moyen de peser sur les décisions de la Cour, et qui reste-t-il alors pour dompter la bête ? Oh, mon Dieu, on dirait que je sors tout droit de l'Actors Studio.

1. Amendement limitant les pouvoirs du gouvernement fédéral : « Les pouvoirs qui ne sont pas délégués aux États-Unis par la Constitution, ni refusés par elle aux États, sont réservés aux États ou au peuple. »

— Quoi ?

— Non, rien. Je… j'essaie simplement de dire qu'en voulant bien agir, nous avons ouvert la porte à quelque chose qui pourrait se révéler vraiment dangereux pour notre système. »

Elle se passa une main dans les cheveux. Elle regarda la rangée de livres aux reliures brun et noir, tous ces rapports judiciaires, alignés face à elle. Elle regarda une photo des Neuf Vieux Sages accrochée au mur à sa gauche. Est-ce que Roberts est mort ? se demanda-t-elle. Elle ne se rappelait plus.

Son père reprit d'une voix patiente : « Tu disais… ?

— Oui. Je disais que je… je ne connais pas grand-chose au gouvernement, à l'économie et tout ça, et je n'ai pas envie d'en savoir plus, mais je sais que le gouvernement fédéral, pour moi, pour n'importe quel petit citoyen, c'est surtout des couloirs sinistres et beaucoup de temps à attendre. Plus on possède, plus on doit attendre et plus on se fatigue. Ces vieux grincheux sur la photo, là, ils le savaient bien – mais aujourd'hui, au lieu de s'en remettre au Congrès et aux États comme nous devrions le faire, à force de vouloir agir comme il faut, nous leur avons juste facilité la tâche pour qu'ils bâtissent encore plus de couloirs et nous fassent encore plus attendre… »

Son père se redressa et partit d'un grand rire.

« Je t'avais prévenu que je n'y connaissais rien.

— Ma chérie, à t'écouter défendre le droit à l'autonomie des États, à côté de toi je suis Roosevelt !

— L'autonomie des États ?

— À présent que mon oreille s'est mise au diapason du raisonnement féminin, dit Atticus, je crois pouvoir conclure que nous pensons au fond très exactement la même chose. »

Elle avait failli décider d'effacer de sa mémoire tout ce qu'elle avait vu et entendu, de rentrer en vitesse à New York et de ne plus garder de lui qu'un souvenir. Un souvenir d'eux trois, Atticus, Jem et elle, à l'époque où les choses n'étaient pas compliquées et où les gens ne mentaient pas. Mais elle ne pouvait pas tolérer qu'il aggrave le délit. Elle ne pouvait pas le laisser y ajouter l'hypocrisie :

« Atticus, si tu crois vraiment tout cela, alors pourquoi ne fais-tu pas ce qu'il faut ? En toute honnêteté, l'hostilité de la Cour Suprême mise à part, il fallait bien qu'il y ait un début…

— Qu'est-ce que tu veux dire ? Que puisque la Cour en a décidé ainsi, nous devons l'accepter ? Non madame. Ce n'est pas comme ça que je vois les choses. Si tu penses que le citoyen qui se trouve devant toi va accepter ça sans broncher, tu te trompes lourdement. Comme tu le dis toi-même, Jean Louise, il n'y a qu'une chose supérieure à la Cour dans ce pays, et c'est la Constitution…

— Atticus, c'est un dialogue de sourds.

— Tu esquives le sujet. De quoi veux-tu vraiment parler ? »

La tour noire. Le Chevalier Roland à la tour noire s'en vint. Le cours de littérature au lycée. Oncle Jack. Je me souviens à présent.

« De quoi ? Tout ce que j'essaie de dire, c'est que je n'approuve pas la façon dont ils l'ont fait, que cette manière de procéder me terrifie, mais qu'ils n'avaient pas le choix. Ils étaient devant le fait accompli et ils n'avaient pas le choix. Atticus, l'heure est venue pour nous d'agir comme il faut...

— Agir comme il faut ?

— Oui, père. Leur donner une chance.

— Aux Noirs ? Tu penses qu'ils n'ont pas leur chance ?

— Non, bien sûr que non.

— Qu'est-ce qui empêche un Noir d'aller où bon lui semble dans ce pays et d'y trouver ce qu'il cherche ?

— Ta question est tendancieuse et tu le sais pertinemment ! Toute cette hypocrisie morale m'écœure à un point... »

Il l'avait blessée, et elle lui laissait voir qu'elle était touchée. Mais elle n'y pouvait rien.

Son père prit un crayon et se mit à tapoter sur son bureau. « Jean Louise, dit-il. As-tu jamais songé qu'on ne peut pas faire coexister un groupe de gens arriérés avec un autre groupe de gens plus évolués dans une civilisation donnée et espérer former ainsi une Arcadie sociale ?

— Tu détournes la question, Atticus, laisse la sociologie en dehors de tout ça pour le moment. Bien sûr que je sais ça, mais j'ai entendu quelque chose un jour. J'ai entendu un slogan et il m'est resté dans la tête. J'ai entendu : "Égalité pour tous ; privilèges pour personne", et pour moi ça voulait bien dire ce que ça voulait dire, et rien d'autre. Ça ne voulait pas dire qu'on distribue les cartes du haut du paquet pour les Blancs et celles du bas pour les Noirs, ça voulait dire...

— Prenons les choses autrement, l'interrompit son père. Tu te rends bien compte que notre population noire est arriérée, n'est-ce pas ? Tu veux bien me concéder ça ? Tu as conscience de toutes les implications du mot "arriéré", n'est-ce pas ?

— Oui, père.

— Tu te rends bien compte que la grande majorité d'entre eux, ici, dans le Sud, sont incapables d'assumer pleinement les responsabilités qui vont de pair avec la citoyenneté, et tu sais pourquoi ?

— Oui, père.

— Mais tu voudrais qu'ils en aient tous les privilèges ?

— Nom de Dieu, tu déformes tout !

— Inutile de jurer. Regarde : le comté d'Abbott, de l'autre côté de la rivière, a de graves ennuis. La population là-bas est composée aux trois quarts de Noirs. Pour ce qui est de la population électorale, c'est presque moitié-moitié aujourd'hui, à cause de cette grande École normale qu'ils ont ouverte. Si la balance basculait, qu'est-ce qui se passerait ? Le comté ne veut plus tenir le registre des listes électorales, parce que si le vote noir venait à dépasser le vote blanc, il y aurait des Noirs dans chaque bureau du comté...

— Qu'est-ce qui te fait dire ça ?

— Ma chérie, dit-il. Utilise ta tête. Quand ils votent, ils votent en bloc.

— Atticus, tu parles comme ce vieux patron de presse qui avait envoyé un dessinateur de la rédaction couvrir la guerre hispano-américaine. "Fournis-moi les images. Je m'occupe de fournir la guerre." Tu es aussi cynique que lui.

— Jean Louise, j'essaie juste de te démontrer quelques vérités toutes simples. Il faut que tu envisages les choses comme elles sont, pas seulement comme elles devraient être.

— Et pourquoi tu ne m'as pas montré les choses comme elles sont à l'époque où je m'asseyais sur tes genoux, alors ? Pourquoi tu ne m'as pas expliqué, pourquoi tu n'as pas pris la peine de me montrer, quand tu me lisais des livres d'histoire et que tu me racontais toutes ces choses qui semblaient avoir tant d'importance à tes yeux, qu'il y avait une barrière tout autour avec marqué dessus "Réservé aux Blancs" ?

— Tu te contredis, fit son père d'une voix douce.

— Comment ça ?

— Tu voues aux gémonies la Cour Suprême, et deux secondes plus tard tu fais volte-face et tu parles comme la NAACP.

— Bon sang, mais ce n'est pas à cause des Noirs que j'étais furieuse contre la Cour. Les Noirs leur ont forcé la main, d'accord, mais ce n'est pas ça qui m'a mise en colère. Ce qui m'a rendue folle, c'est ce qu'ils faisaient au Dixième Amendement et tous leurs raisonnements spécieux. Les Noirs étaient... »

Sans incidence sur le cœur du problème dans cette guerre... dans la petite guerre privée que tu mènes.

« Tu es encartée, maintenant ?

— J'aurais encore préféré que tu me gifles. Bonté divine, Atticus ! »

Son père soupira. Les rides autour de sa bouche se creusèrent. Son crayon jaune tremblait entre ses mains aux articulations gonflées.

« Jean Louise, dit-il, écoute-moi bien maintenant, je vais essayer d'être le plus clair possible. Je suis peut-être vieux jeu, mais ça, j'y crois de tout mon cœur. Je suis ce qu'on pourrait appeler un démocrate jeffersonien. Tu comprends ce que ça veut dire ?

— Euh... mais je croyais que tu avais voté pour Eisenhower. Je croyais que Jefferson était l'une des grandes âmes du Parti démocrate ou je ne sais quoi.

— Retourne sur les bancs de l'école, dit son père. Tout ce qui reste de Jefferson dans le Parti démocrate aujourd'hui, c'est le portrait qu'ils accrochent lors de leurs banquets. Jefferson pensait que la citoyenneté, au sens plein du terme, était un privilège qu'il revenait à chacun de mériter, que c'était quelque chose qu'on ne pouvait pas décerner ni prendre à la légère. Un homme n'avait pas le droit de voter simplement parce qu'il était un homme, aux yeux de Jefferson. Il fallait qu'il soit un homme responsable. Le droit de vote, pour Jefferson, était un privilège précieux auquel chacun devait s'efforcer d'atteindre par ses propres moyens dans une... une économie du vivre-et-laisser-vivre.

— Atticus, tu réécris l'histoire.

— Pas du tout. Tu ferais bien de réviser tes classiques et d'étudier de près les croyances de nos pères fondateurs, au lieu de te fier aveuglément à ce qu'en disent les gens aujourd'hui.

— Tu es peut-être un jeffersonien, mais tu n'es pas un démocrate.

— Jefferson ne l'était pas non plus.

— Alors tu es quoi, un snob ?

— Oui. J'accepte de me faire traiter de snob quand il s'agit du gouvernement. J'apprécierais beaucoup qu'on me laisse gérer seul mes affaires dans une économie prônant le vivre-et-laisser-vivre, j'aimerais que mon État ait toute latitude d'agir comme il l'entend sans devoir tenir compte des avis de la NAACP, qui n'y connaît à peu près rien et s'en soucie moins encore. Cette organisation a causé plus de torts au cours des cinq dernières années…

— Atticus, la NAACP n'a pas fait la moitié de ce dont j'ai été témoin ces deux derniers jours. C'est nous.

— Nous ?

— Oui, père, nous. Toi. Y a-t-il eu quelqu'un, au milieu de toutes ces querelles et ces grandes déclarations de principe sur l'autonomie des États et la place du gouvernement, pour se soucier de la condition des Noirs ?

« Nous avons raté le coche, Atticus. Nous sommes restés bien campés sur nos positions et nous avons laissé la NAACP s'engouffrer dans la brèche parce que nous étions tellement en colère contre ce que nous savions que la Cour Suprême s'apprêtait à faire, tellement en colère contre ce qu'elle a fait, que nous nous sommes tout naturellement mis à crier haro sur les nègres. C'est au gouvernement que nous en voulions et c'est contre eux que nous nous sommes retournés.

« Le moment venu, nous n'avons pas cédé d'un pouce, nous avons pris nos jambes à notre cou. Alors

310

que nous aurions dû les aider à accepter cette décision, nous avons détalé plus vite que les soldats de Bonaparte battant en retraite. Je crois que c'est la première fois de toute notre histoire que nous avons fui, et en fuyant, nous avons perdu. Où pouvaient-ils aller ? Vers qui pouvaient-ils se tourner ? Je crois que nous méritons tout ce qui nous est arrivé à cause de la NAACP, et plus encore.

— Tu ne penses pas ce que tu dis.

— Je n'en retire pas un mot.

— Dans ce cas, prenons les choses de manière concrète. Souhaites-tu voir des cars entiers de Noirs débouler dans nos écoles, nos églises et nos théâtres ? Souhaites-tu les voir entrer dans notre monde ?

— Ce sont des gens, non ? Nous étions ravis de les faire venir quand ils nous rapportaient de l'argent.

— Souhaites-tu que tes enfants aillent dans une école qui s'est rabaissée pour accueillir des enfants noirs ?

— Le niveau d'éducation dispensé dans cette école au bout de la rue, Atticus, est on ne peut plus médiocre et tu le sais très bien. Ils ont le droit de bénéficier des mêmes opportunités que les autres, ils ont droit aux mêmes chances… »

Son père se racla la gorge. « Écoute, Scout, tu es en colère parce que tu m'as vu faire quelque chose qui te paraît répréhensible, mais j'essaie de te faire comprendre ma position. J'essaie désespérément. Je te dis ceci pour ta gouverne, c'est tout : d'après mon expérience, jusqu'à nouvel ordre, blanc c'est blanc et noir c'est noir. Jusqu'ici, je n'ai pas entendu le moindre argument susceptible de me convaincre du contraire. J'ai soixante-douze ans, mais je reste ouvert à toutes les suggestions.

« Maintenant, réfléchis bien à ce que je vais te dire. Que se passerait-il si les Noirs du Sud obtenaient du jour au lendemain leurs droits civiques pleins et entiers ? Je vais te dire ce qui se passerait. Ce serait le début d'une nouvelle Reconstruction. Tu voudrais que nos États soient dirigés par des gens qui n'ont pas la moindre idée de ce qu'est le gouvernement ? Tu voudrais que cette ville soit dirigée par – attends, laisse-moi finir – Willoughby est une canaille, tout le monde le sait, mais tu connais un seul Noir qui en sache autant que Willoughby ? Zeebo deviendrait probablement maire de Maycomb. Tu voudrais que ce soit quelqu'un de la trempe de Zeebo qui tienne les cordons de la bourse dans cette ville ? Nous sommes en infériorité numérique, tu sais.

« Ma chérie, tu n'as pas l'air de comprendre que les Noirs ici, en tant que peuple, ne sont pas encore sortis de l'enfance. Tu devrais le savoir, tu en as été témoin toute ta vie. Ils ont fait des progrès remarquables en s'adaptant au mode de vie des Blancs, mais ils sont encore très loin du but. Ils avançaient très bien, à leur rythme, ils étaient déjà plus nombreux que jamais à se rendre aux urnes. Et voilà que la NAACP débarque en fanfare avec ses exigences extravagantes et ses conceptions politiques absurdes – tu ne peux pas reprocher au Sud de se rebeller quand des gens qui ne connaissent rien aux problèmes quotidiens se mêlent de dicter leur conduite à ceux qui les vivent.

312

« La NAACP se fiche éperdument de savoir si un Noir est propriétaire ou locataire de sa terre, s'il est capable de la cultiver, ou s'il essaie de se former à un métier qui lui permettra de subvenir à ses besoins par ses propres moyens – oh ! non, tout ce qui intéresse la NAACP, c'est le bulletin de vote de cet homme.

« Alors, peux-tu reprocher au Sud de refuser de se laisser envahir par des gens qui ont apparemment honte de leur propre race au point de vouloir s'en débarrasser ?

« Comment est-il possible, toi qui as grandi ici, toi qui as été élevée comme tu l'as été, que tu ne voies qu'une seule chose : le tort qu'on fait au Dixième Amendement ? Jean Louise, ils veulent notre ruine – mais enfin sur quelle planète vis-tu ?

— Sur celle-ci, à Maycomb.

— Que veux-tu dire ?

— Je veux dire que j'ai passé toute mon enfance ici même, dans ta maison, et que je n'ai jamais su ce que tu pensais réellement. Je t'entendais parler, c'est tout. Tu as oublié de me dire que nous étions par définition supérieurs aux Noirs, Dieu ait pitié de leurs cheveux crépus, qu'ils étaient capables de certains progrès mais pas trop quand même, tu as oublié de m'apprendre ce que m'a appris Mr. O'Hanlon hier. Tu n'es pas seulement un snob et un tyran, Atticus, tu es un lâche. Chaque fois que tu m'as parlé de justice, tu as oublié de préciser que la justice n'a rien à voir avec les gens...

« Je t'ai entendu parler du fils de Zeebo ce matin... rien à voir avec notre Calpurnia et ce qu'elle représente pour nous, sa fidélité à notre égard – tu ne voyais que des nègres, tu ne voyais que la NAACP, tu pesais le pour et le contre, pas vrai ?

« Je me souviens de cette affaire de viol dont tu t'étais occupé, mais j'avais tout faux. Tu aimes la justice, d'accord. Mais la justice abstraite, consignée point par point dans un dossier – ça n'avait rien à voir avec ce gamin noir, tout ce qui te plaît à toi, c'est un dossier bien ficelé. Cette affaire venait semer le chaos dans ta vision de la justice, et il fallait que tu y mettes bon ordre. C'est compulsif chez toi, et aujourd'hui tu récoltes ce que tu as semé... »

Elle était debout à présent, les deux mains agrippées au dossier du fauteuil.

« Atticus, je te le dis sans détour et je te le répéterai autant de fois que nécessaire : tu ferais bien d'aller avertir tes jeunes amis que s'ils veulent préserver Notre Mode de Vie, ils devraient commencer par faire le ménage chez eux. Ce n'est pas à l'école ou à l'église ou n'importe où ailleurs que ça commence, mais chez soi. Va donc leur dire ça, et brandis-leur ta fille en exemple, ton aveugle, immorale et dévoyée de fille qui aime tant les nègres. Fais-moi parader dans les rues avec une cloche en disant : "Impure !" Pointe-moi du doigt pour révéler à tout le monde ton erreur. Montre-moi du doigt : voici Jean Louise Finch, qui a dû endurer toutes sortes d'avanies de la part des petits péquenots blancs avec qui elle est allée à l'école, mais qui aurait pu tout aussi bien ne jamais y mettre les pieds, à en juger par ce qu'elle a retenu de ses cours. Tout ce qui était parole d'Évangile pour elle, c'est à la maison qu'elle l'a appris, de la bouche de son père. C'est toi qui as fait germer

314

cette graine en moi, Atticus, et aujourd'hui tu récoltes ce que tu as semé…

— Tu as terminé ? »

Elle ricana. « J'ai à peine commencé. Je ne te pardonnerai jamais ce que tu m'as fait. Tu m'as trahie, tu m'as chassée de chez moi et je me retrouve aujourd'hui dans le désert… il n'y a plus de place pour moi à Maycomb, et jamais je ne me sentirai vraiment chez moi ailleurs. »

Sa voix se fêla. « Seigneur, mais pourquoi ne t'es-tu jamais remarié ? Pourquoi n'as-tu pas épousé une gentille petite écervelée du Sud qui m'aurait élevée comme il faut ? Qui aurait fait de moi une jolie plante maniérée qui passe son temps à minauder et à battre des cils et à croiser les mains et à ne vivre qu'à travers son petit mari chéri ? Au moins j'aurais connu la félicité. Je serais devenue une Maycombienne authentique, cent pour cent certifiée ; j'aurais vécu ma petite vie et je t'aurais donné des petits-enfants à gâter ; je me serais épanouie comme Tatie, puis fanée sur la véranda, et je serais morte heureuse. Pourquoi ne m'as-tu jamais expliqué la différence entre la justice et la justice, entre le bien et le bien ? Pourquoi ?

— Je ne pensais pas que c'était nécessaire, et je ne le pense toujours pas.

— Eh bien si, ça l'était, et tu le sais. Bon Dieu ! Et à propos de Dieu, tiens, pourquoi ne m'as-tu pas non plus clairement expliqué que Dieu avait créé les races et qu'il avait mis les Noirs en Afrique dans la ferme intention de les laisser là-bas afin que des missionnaires puissent aller leur dire que Jésus les aimait beaucoup mais qu'ils étaient censés rester en Afrique ?

Que les ramener chez nous était une terrible erreur et que c'était leur faute ? Que Jésus aimait toute l'humanité mais qu'il existait différentes sortes d'hommes, séparés les uns des autres par des barrières, et que quand Jésus disait qu'un homme peut aller aussi loin qu'il le désire, il voulait dire bien entendu du moment qu'il ne franchit pas ces barrières...

— Jean Louise, redescends sur terre. »

Il prononça ces mots avec une telle désinvolture qu'elle s'arrêta net. Sa déferlante d'invectives l'avait heurté de plein fouet et il n'avait pas bougé. Il n'avait pas daigné se mettre en colère. Au fond d'elle-même, elle sentait bien qu'elle ne se comportait pas en dame alors qu'aucune puissance en ce monde ne l'empêcherait jamais, lui, d'agir en gentleman, et pourtant elle continua, incapable de se refréner :

« Tu veux que je redescende sur terre ? Très bien. J'atterrirai au milieu du salon de notre maison. Pile devant toi. Toi en qui je croyais. Je t'admirais, Atticus, comme je n'ai jamais admiré et n'admirerai plus jamais personne de toute ma vie. Si seulement tu m'avais laissée entrevoir un indice, si seulement tu avais manqué à ta parole une ou deux fois, si tu t'étais montré irritable ou impatient à mon égard – si tu avais été quelqu'un de moins bien, peut-être aurais-je pu accepter ce que je t'ai vu faire. Si tu m'avais laissée, ne serait-ce qu'une ou deux fois, te surprendre en train de mal agir, alors j'aurais compris ce qui s'est passé hier. J'aurais dit il est Comme Ça, mon Vieux Père est ainsi, parce que j'y aurais été préparée... »

Le visage de son père était plein de compassion, presque implorant. « Tu sembles croire que je suis impliqué dans quelque chose de positivement ignoble, dit-il. Le conseil est notre seule défense, Jean Louise…

— Mr. O'Hanlon est notre seule défense ?

— Ma chérie, Mr. O'Hanlon n'est pas, et je m'en réjouis, représentatif des membres du conseil du comté de Maycomb. J'espère que tu as noté à quel point mes remarques introductives ont été brèves à son propos.

— Tu ne t'es pas étendu, d'accord, mais Atticus, cet homme…

— Mr. O'Hanlon n'est pas quelqu'un qui a des préjugés, Jean Louise. C'est un sadique.

— Alors pourquoi le laisser monter à la tribune ?

— Parce qu'il le voulait.

— Pardon ?

— Oh oui, dit son père d'un air vague. Il va un peu partout dans l'État s'adresser aux conseils des citoyens. Il a demandé la permission de prendre la parole devant le nôtre et nous la lui avons donnée. À mon avis, il est à la solde de je ne sais quelle organisation dans le Massachusetts… »

Son père fit pivoter son fauteuil et regarda par la fenêtre. « J'essaie de te faire comprendre que le conseil de Maycomb, en tout état de cause, n'est rien d'autre qu'un moyen de défense contre…

— Défense, tu parles ! Atticus, nous sommes bien au-delà des questions de Constitution. J'essaie, moi aussi, de te faire comprendre quelque chose. Toi au moins, tu traites tout le monde sur un pied d'égalité. Jamais de toute ma vie je ne t'ai vu témoigner l'insolence et la condescendance que la moitié des Blancs ici réservent aux Noirs quand ils leur adressent la parole, quand il s'agit ne serait-ce que de leur demander de faire quelque chose. Rien dans ta voix ne dit "viens-voir-un-peu-par-ici-le-nègre" quand tu leur parles.

« Et pourtant tu lèves la main devant eux, en tant que communauté, pour leur dire : "Stop. Arrêtez-vous ici. Vous n'irez pas plus loin."

— Je croyais que nous étions d'accord pour... »

Elle le coupa d'un ton plein de sarcasme : « Pour dire qu'ils sont arriérés, qu'ils sont illettrés, qu'ils sont sales et grotesques et indolents et bons à rien, qu'ils sont puérils et bêtes, pour certains d'entre eux, mais il y a une chose sur laquelle nous ne sommes pas d'accord et sur laquelle nous ne nous entendrons jamais. Tu leur dénies le statut d'être humain.

— Comment ça ?

— Tu leur dénies le droit d'espérer. Tout homme né en ce bas monde, Atticus, tout homme né avec une tête, des bras et des jambes, est né avec un cœur rempli d'espoir. Ça, ce n'est pas dans la Constitution, c'est à l'église que je l'ai appris. Ce sont des gens simples, pour la plupart, mais ça ne fait pas d'eux des sous-hommes.

« Tu leur dis que Jésus les aime, mais pas plus que ça. Tu emploies des moyens terrifiants pour justifier les fins que tu estimes bénéfiques pour la majorité de la population. Tes fins sont peut-être justes – je crois que nous partageons les mêmes – mais tu ne peux pas utiliser les gens comme des pions, Atticus. Tu ne peux pas faire ça. Hitler et les Russes avaient de grands projets merveilleux pour leur pays, et pour les accomplir ils ont massacré des dizaines de millions de personnes... »

318

Atticus sourit. « Hitler, carrément ?

— Tu ne vaux pas mieux. Non, tu ne vaux pas mieux que lui. La seule différence, c'est que toi tu massacres les âmes plutôt que les corps. Tu essaies juste de leur dire : "Allez, soyez gentils. Tenez-vous bien. Si vous êtes sages et que vous écoutez ce qu'on vous dit, vous obtiendrez beaucoup de la vie, mais si vous n'écoutez pas, nous ne vous donnerons rien et nous reprendrons ce que nous vous avons déjà donné."

« Je sais que ces choses doivent se faire lentement, Atticus, je le sais très bien. Mais je sais qu'elles doivent se faire. Je me demande ce qui se passerait si le Sud organisait une grande "Semaine de la Gentillesse à l'égard des Nègres". Si, pendant rien qu'une semaine, le Sud leur témoignait la plus élémentaire, la plus impartiale des courtoisies. Je me demande ce qui se passerait alors. Tu crois qu'ils en concevraient de la morgue ou un début d'estime de soi ? As-tu jamais subi le mépris, Atticus ? Est-ce que tu sais ce que ça fait ? Non, ne me dis pas que ce sont des enfants et qu'ils ne ressentent pas ce genre de choses ; j'ai été enfant et je l'ai ressenti, alors même les enfants qui ont grandi doivent le ressentir aussi. À force d'être méprisé, Atticus, on finit soi-même par se croire indigne de vivre parmi ses semblables. Comment ces gens peuvent-ils être aussi bons aujourd'hui, alors que le monde s'échine à leur répéter depuis un siècle qu'ils ne sont pas humains ? C'est un mystère pour moi. Je me demande à quel miracle nous assisterions si nous nous comportions avec décence pendant une semaine.

« Tout ce que je viens de te dire est inutile, je sais bien que tes convictions ne bougeront pas d'un pouce et ne bougeront jamais. Tu m'as trahie de manière inqualifiable, mais ne t'inquiète pas, va, la seule victime de cette mauvaise blague, c'est moi. Je crois que tu es la seule personne en qui j'aie jamais eu confiance, et aujourd'hui je suis défaite.

— Je t'ai tuée, Scout. Il le fallait.

— Arrête avec ton double discours ! Tu es un vieux monsieur, doux et gentil, et je ne croirai plus jamais une seule des paroles qui sortiront de ta bouche. Je te méprise, toi et tout ce que tu représentes.

— Et moi, je t'aime.

— Je t'interdis de me dire ça ! Tu m'aimes ? Ha ! Atticus, je vais m'en aller d'ici aussi vite que possible, je ne sais pas où je vais aller mais je m'en vais. Je ne veux plus voir ni entendre parler des Finch jusqu'à la fin de mes jours !

— Comme tu voudras.

— Espèce de saloperie de vieux sconse hypocrite ! Tu restes assis là à me dire "Comme tu voudras" alors que tu viens de me renverser et de me piétiner et de me cracher dessus, tu restes assis là à me dire "Comme tu voudras" alors que tout ce que j'ai jamais aimé en ce monde… tu restes assis là à me dire "Comme tu voudras"… tu m'aimes ! *Espèce de salaud !*

— Ça suffit, Jean Louise. »

Ça suffit – sa manière habituelle de rappeler tout le monde à l'ordre, à l'époque où elle croyait en lui. Ainsi il me tue, puis il remue le couteau… comment peut-il me narguer ainsi ? Comment peut-il me traiter ainsi ? Seigneur Dieu, emmenez-moi loin d'ici… Seigneur Dieu, emmenez-moi…

SEPTIÈME PARTIE

18

Elle réussit, sans trop savoir comment, à faire démarrer la voiture, tenir sa route et rentrer chez elle sans encombre ni accident.

Je t'aime. Comme tu voudras. S'il n'avait pas prononcé ces mots, peut-être aurait-elle pu survivre. S'il avait débattu à la loyale, elle aurait pu lui renvoyer ses arguments à la figure, mais elle ne pouvait pas attraper du vif-argent et le garder entre ses mains.

Elle alla dans sa chambre et jeta sa valise sur son lit. Je suis née à l'endroit exact où se trouve cette valise. Pourquoi ne m'as-tu pas étranglée alors ? Pourquoi m'as-tu laissée vivre aussi longtemps ?

« Jean Louise, qu'est-ce que tu fais ?

— Mes valises. »

Alexandra s'approcha du lit. « Il te reste encore dix jours à passer avec nous. Qu'est-ce qui ne va pas ?

— Tatie, laisse-moi tranquille, nom de Dieu ! »

Alexandra se raidit. « Je te prierai de ne pas employer ce genre d'expressions yankees dans cette maison ! Qu'est-ce qui se passe ? »

Jean Louise alla ouvrir l'armoire, décrocha ses robes pendues aux cintres, revint vers le lit et les fourra dans sa valise.

« Ce n'est pas une façon de faire ses bagages, dit Alexandra.

— C'est la mienne. »

Elle ramassa ses chaussures glissées sous son lit et les balança par-dessus ses robes.

« Qu'y a-t-il, Jean Louise ?

— Tatie, tu peux diffuser un communiqué annonçant que je pars si loin du comté de Maycomb qu'il me faudra cent ans pour revenir ! Je ne veux plus jamais voir cet endroit ni aucun de ses habitants, et ça vaut pour chacun d'entre vous, le fossoyeur, le juge des successions et le président du conseil de l'Église méthodiste !

— Tu t'es disputée avec Atticus, c'est ça ?

— C'est ça. »

Alexandra s'assit sur le lit et pressa ses mains l'une contre l'autre. « Jean Louise, j'ignore à quel propos vous vous êtes disputés, et à voir ta tête, ça doit être grave, mais je sais une chose. Un Finch ne fuit pas. »

Elle se tourna vers sa tante : « Bonté divine, ne viens pas me dire ce que fait un Finch et ce que ne fait pas un Finch ! J'en ai jusque-là de ce que font les Finch, et je ne le supporterai pas une seconde de plus ! Tu m'abreuves de ce genre de sentences depuis le jour de ma naissance – ton père ceci, les Finch cela ! Mon père est un individu innommable et Oncle Jack vit au Pays des merveilles ! Et toi, avec tes manières pompeuses et ton esprit étriqué, tu n'es qu'une vieille... »

Jean Louise s'arrêta, stupéfaite de voir des larmes couler sur les joues d'Alexandra. Elle ne l'avait jamais vue pleurer ; Alexandra ressemblait à quelqu'un de normal quand elle pleurait.

« Tatie, pardonne-moi. Dis-le, je t'en prie – c'était un coup bas… »

Les doigts d'Alexandra tiraient sur les petites effilochures de dentelle du couvre-lit. « Ce n'est pas grave. Ne t'en fais pas. »

Jean Louise embrassa sa tante sur la joue. « Je ne suis pas dans mon état normal aujourd'hui. J'imagine que quand on a été agressé, la première réaction instinctive est d'agresser en retour. Je suis loin d'être une dame, Tatie ; toi tu en es une.

— Tu te trompes, Jean Louise, si tu penses que tu n'es pas une dame, dit Alexandra en s'essuyant les yeux. Mais tu peux être drôlement étrange, parfois. »

Jean Louise ferma sa valise. « Tatie, continue donc de te dire que je suis une dame, encore un tout petit peu, jusqu'à cinq heures, quand Atticus rentrera à la maison. Et à ce moment-là tu verras ce qu'il en est. Bon, eh bien au revoir. »

Elle allait poser sa valise dans le coffre de la voiture quand elle vit un taxi blanc, le seul de la ville, ralentir devant la maison et déposer le Dr. Finch sur le trottoir.

Viens me trouver. Quand ce sera devenu insupportable, viens me voir. Oui, eh bien c'est toi que je ne peux plus supporter. Je ne supporte plus tes allégories et tes simagrées. Laisse-moi tranquille. Tu es drôle et gentil et tout ça, mais s'il te plaît, laisse-moi tranquille.

Du coin de l'œil, elle regarda son oncle remonter l'allée d'un pas tranquille et déterminé. Il a de si longues foulées pour un homme si petit, se dit-elle. C'est l'une des choses dont je me souviendrai à propos de lui. Elle tourna le dos et inséra une clé dans la serrure du coffre – ce n'était pas la bonne ; elle en essaya une autre. Cette fois le coffre s'ouvrit, et elle le souleva.

« Tu vas quelque part ?

— Oui, mon oncle.

— Et où ça ?

— Je vais monter dans cette voiture, rouler jusqu'à Maycomb Junction, attendre là-bas et grimper dans le premier train qui passera. Dis à Atticus que s'il veut récupérer sa voiture, il n'aura qu'à envoyer quelqu'un la chercher.

— Arrête de t'apitoyer sur ton sort et écoute-moi.

— Oncle Jack, j'en ai plus qu'assez de vous écouter, tous autant que vous êtes, si ça continue je vais finir par commettre un meurtre ! Vous ne voulez pas me laisser tranquille ? Vous ne voulez pas me donner une minute de répit ? »

Elle referma le coffre d'un geste brusque, retira la clé et se redressa juste à temps pour recevoir à toute volée sur le coin de la bouche la gifle que lui lança le Dr. Finch du revers de la main.

Sa tête partit sur la gauche et la paume de son oncle vint lui assener une seconde claque tout aussi violente que la première. Elle tituba et tendit le bras vers la voiture pour reprendre son équilibre. Elle vit le visage de son oncle étinceler parmi les minuscules chandelles qui tournoyaient devant ses yeux.

« J'essaie, dit le Dr. Finch, d'attirer ton attention. »

Elle pressa les doigts sur ses yeux, ses tempes, les côtés de sa tête. Elle lutta pour ne pas s'évanouir, pour ne pas vomir, pour faire cesser le vertige. Elle sentit un filet de sang affluer dans sa bouche et cracha par terre sans regarder. Peu à peu, les réverbérations qui faisaient tinter l'intérieur de son crâne comme un gong se dissipèrent et ses oreilles s'arrêtèrent de bourdonner.

« Ouvre les yeux, Jean Louise. »

Elle cligna des paupières plusieurs fois, et les contours de la silhouette de son oncle se précisèrent. Sa canne était coincée dans le creux de son bras gauche ; sa veste était d'une netteté immaculée ; un bouton de rose rouge était épinglé à sa boutonnière.

Il lui tendait un mouchoir. Elle le prit et s'essuya la bouche. Elle était épuisée.

« Remise de tes émotions ? »

Elle hocha la tête. « Je n'ai plus la force de me battre contre eux », dit-elle.

Le Dr. Finch la prit par le bras. « Mais tu ne peux pas non plus te battre avec eux, n'est-ce pas ? » murmura-t-il.

Elle sentit ses lèvres doubler de volume et bouger avec difficulté. « Tu as failli me mettre KO. Je suis tellement fatiguée… »

Sans un mot, il la raccompagna à l'intérieur et l'escorta jusqu'à la salle de bains. Il la fit asseoir sur le rebord de la baignoire, puis alla ouvrir l'armoire à pharmacie. Il chaussa ses lunettes, inclina la tête et s'empara d'un flacon sur l'étagère du haut. Il prit un morceau de coton et se tourna vers elle.

« Lève-moi ce petit minois », dit-il. Il imbiba le coton, examina sa lèvre supérieure, fit une grimace horrifiée et tamponna ses blessures. « Comme ça tu n'attraperas pas d'infection. Zandra ! » cria-t-il.

Alexandra accourut de la cuisine. « Qu'y a-t-il, Jack ? Jean Louise, je croyais que tu…

— T'occupe. Est-ce qu'il y a de la vanille du missionnaire quelque part dans cette maison ?

— Jack, ne dis pas de bêtises.

— Allons, allons. Je sais bien que tu en mets dans tes cakes aux fruits. Pour l'amour de Dieu, ma sœur, va me chercher du whiskey ! Retourne dans le salon, Jean Louise. »

Elle tituba jusqu'au salon et s'assit. Son oncle revint avec un petit verre rempli aux trois quarts de whiskey dans une main et un verre d'eau dans l'autre.

« Avale-moi ça d'un coup et je te donne dix *cents* », dit-il.

Jean Louise but et s'étouffa.

« Retiens ta respiration, espèce de bécasse. Bon, fais-le passer avec ça maintenant. »

Elle attrapa le verre d'eau et le but d'un trait. Elle garda les yeux fermés en attendant que la chaleur de l'alcool se diffuse dans tout son corps. Quand elle les rouvrit, elle vit son oncle assis sur le canapé, en train de la regarder d'un air placide.

« Comment te sens-tu ? demanda-t-il.

— J'ai chaud.

— C'est l'alcool. Dis-moi ce qui te trotte dans la tête, là, tout de suite. »

Elle répondit d'une voix faible : « Un grand vide, monseigneur.

— Garde tes citations pour toi, petite effrontée ! Allez, dis-moi, comment te sens-tu ? »

Elle fronça les sourcils, ferma les yeux très fort et toucha du bout de la langue ses lèvres endolories. « Différente. C'est étrange. Je suis assise ici, et c'est comme si je me trouvais dans mon appartement, à New York. Je ne sais pas… Je me sens bizarre. »

Le Dr. Finch se leva, fourra les mains dans ses poches, puis les ressortit et croisa les bras dans son dos. « Bon, eh bien moi, je crois que je vais aller m'en jeter un derrière la cravate pour marquer le coup. Première fois de ma vie que je lève la main sur une femme. Et si j'allais gifler ta tante, tiens, histoire de voir ce qui se passe ? Toi, pendant ce temps, tu restes assise là bien sagement. »

Jean Louise resta sagement assise, et elle se mit à glousser de rire en entendant son oncle malmener sa sœur dans la cuisine. « Et comment que je vais boire un petit verre, Zandra ! Je l'ai bien mérité. Ce n'est pas tous les jours que je tabasse les femmes, et je te prie de croire que quand on n'est pas habitué, c'est épuisant… oh, elle va très bien… on ne sait pas trop si on boit ou si on mange, quand on ingurgite ça… nous irons tous en enfer, ce n'est qu'une question de temps… ne fais pas ta vieille mégère, sœurette, je ne roule pas encore sous la table… tiens, tu devrais t'en servir un, toi aussi… »

Elle avait l'impression que le temps s'était arrêté et qu'elle flottait dans les limbes, ce qui n'était d'ailleurs pas déplaisant. Nul paysage autour d'elle, ni personne, mais il émanait de ce lieu indifférent une aura de vague bienveillance. *Je suis en train de planer,* se dit-elle.

Son oncle revint dans le salon d'un pas alerte, sirotant un grand verre de whiskey allongé. « Regarde un peu ce que j'ai réussi à soutirer à ta tante. Toujours ça que les cakes aux fruits n'auront pas. »

Jean Louise essaya de capter son attention : « Oncle Jack, dit-elle. J'ai la très nette impression que tu sais ce qui s'est passé cet après-midi.

— En effet. Je suis au courant au mot près de ce que tu as dit à Atticus, et je t'ai presque entendue depuis chez moi incendier Henry. »

Le vieux salopard, il m'a suivie jusqu'en ville.

« Tu m'as espionnée ? Jamais je…

— Bien sûr que non. Tu penses que tu es en état d'en discuter maintenant ? »

En discuter ? « Oui, je crois. Enfin, à condition que tu ne noies pas le poisson, cette fois. Je ne suis pas sûre de pouvoir supporter une nouvelle tirade sur l'évêque Colenso. »

Le Dr. Finch s'installa confortablement sur le canapé et se pencha vers elle. « Ne t'en fais pas, dit-il, je n'irai pas par quatre chemins cette fois, ma chérie. Et tu sais pourquoi ? Parce que maintenant je peux.

— Parce que tu peux ?

— Oui. Retourne en arrière, Jean Louise. Repense à hier, au Café de ce matin, à cet après-midi…

— Que sais-tu de ce qui s'est passé ce matin ?

— Tu n'as jamais entendu parler du téléphone ? Zandra s'est fait une joie de répondre à quelques questions judicieuses. On ne peut pas dire que tu aies fait preuve d'une grande discrétion, Jean Louise. Cet après-midi, j'ai essayé de t'aider de manière détournée pour te faciliter les choses, préparer le terrain, amortir le choc…

— Quel choc, Oncle Jack ?

— Celui de découvrir le monde réel. »

Jean Louise vit passer un éclair dans les yeux bruns acérés du Dr. Finch quand il porta son verre à ses lèvres. On a toujours tendance à oublier ça chez lui, se dit-elle. Il s'agite tellement qu'on ne remarque pas qu'à aucun moment il ne cesse en réalité d'observer sa proie. Tu parles s'il est fou – fou comme un renard, oui ! Et il en sait bien plus que les renards… Mon Dieu, je suis ivre.

« … en y réfléchissant à présent, était en train de dire son oncle. Tu te souviens bien de tout, n'est-ce pas ? »

Elle réfléchit. Oh oui, elle se souvenait. De tout, au mot près. Mais quelque chose avait changé. Immobile et silencieuse, elle se rappela tout.

« Oncle Jack, répondit-elle enfin. Je me souviens. C'est arrivé. Ça a eu lieu. Mais tu sais, c'est supportable, dans un sens. C'est… c'est supportable. »

Elle disait la vérité. Elle n'avait pourtant pas accompli le long voyage dans le temps qui rend toutes choses supportables. Aujourd'hui n'était pas un autre jour, et elle se tourna vers son oncle d'un air confus.

« Dieu soit loué, dit le Dr. Finch. Et tu sais pourquoi c'est supportable maintenant, ma chérie ?

— Non, mon oncle. Les choses sont ce qu'elles sont et c'est très bien comme ça. Je ne veux pas me poser de questions, je veux que ça reste ainsi. »

Consciente du regard que son oncle posait sur elle, elle tourna la tête de côté. Elle était loin de lui faire confiance : s'il commence à me parler de Mackworth Praed et me dit que je suis exactement comme lui, je jure qu'on me trouvera sur le quai de Maycomb Junction avant le coucher du soleil.

« Tu finirais par comprendre toute seule, l'entendit-elle reprendre. Mais je vais accélérer un peu le processus, si tu veux bien. Tu as eu une rude journée. C'est supportable, Jean Louise, parce que tu t'appartiens désormais. Tu es devenue toi-même. »

Pas Mackworth Praed – moi-même. Elle leva les yeux vers son oncle.

Le Dr. Finch étira ses jambes. « C'est assez compliqué, dit-il, et je ne voudrais pas que tu commettes la pénible erreur de t'enorgueillir de tes complexes – tu nous assommerais avec ça pour le restant de nos jours, alors évitons le sujet. Chacun a son île, Jean Louise, chacun a sa sentinelle : sa propre conscience. Il n'existe pas de conscience collective. »

Voilà qui était inédit, venant de lui. Mais patience, son raisonnement finirait tôt ou tard par le ramener au dix-neuvième siècle.

« ... or toi, ma petite demoiselle, toi qui es née douée d'une conscience propre, tu l'as raccrochée à celle de ton père comme une moule s'accroche à un rocher. Ayant grandi ainsi, dans la plus totale ignorance de soi, tu as fini par prendre ton père pour Dieu. Tu n'as jamais vu en lui un homme, avec le cœur d'un homme et les défauts d'un homme – je te concède que ça n'aurait pas été facile à voir, il fait tellement peu d'erreurs, mais il en fait, comme chacun d'entre nous. Tu étais une infirme des émotions, entièrement dépendante de lui, ne cherchant qu'auprès de lui les réponses à tes questions, persuadée que tes réponses seraient toujours les mêmes que les siennes. »

Elle continua d'écouter parler cet homme assis sur le canapé.

« Quand tout à coup, par hasard, tu l'as vu faire quelque chose qui te paraissait à l'exact opposé de sa conscience – de ta conscience –, tu n'as pas pu le supporter, littéralement. Ça t'a rendue physiquement malade. La vie est devenue un enfer sur terre pour toi. Il fallait que tu te tues, ou que lui te tue, afin que tu puisses fonctionner en tant qu'entité distincte. »

Me tuer. Le tuer. Je devais le tuer pour continuer de vivre… « Tu parles comme si tu savais tout cela depuis longtemps. Tu…

— Oui, je sais tout cela depuis longtemps. Et ton père aussi. Nous nous demandions, parfois, à quel moment ta conscience et la sienne verraient leurs chemins se séparer, et à quelle occasion. » Le Dr. Finch sourit. « Eh bien désormais, nous le savons. Dieu soit loué, j'étais encore dans le coin quand tout ce grabuge a commencé… Atticus ne pouvait pas te parler comme je te parle à présent…

— Pourquoi ?

— Tu ne l'aurais pas écouté. Tu n'aurais pas pu écouter. Nos dieux se tiennent loin de nous,

Jean Louise. Ils ne doivent jamais s'abaisser au niveau de l'humanité.

— C'est pour ça qu'il n'a pas... qu'il ne m'a pas renvoyée dans les cordes ? C'est pour ça qu'il n'a même pas essayé de se défendre ?

— Il voulait te laisser briser tes idoles, l'une après l'autre. Te laisser le réduire au statut d'être humain. »

Je t'aime. Comme tu voudras. Alors qu'avec un ami elle n'aurait eu qu'une dispute animée, un échange d'idées, une confrontation de points de vue tranchés et radicalement différents, avec lui elle avait voulu détruire. Elle avait essayé de le déchiqueter, de le massacrer, de l'annihiler. Le Chevalier Roland à la tour noire s'en vint.

« Tu comprends ce que je te dis, Jean Louise ?

— Oui, Oncle Jack, je comprends. »

Le Dr. Finch croisa les jambes et renfonça les mains dans ses poches. « Quand tu t'es arrêtée de courir, Jean Louise, et que tu t'es retournée, tu as dû pour cela faire preuve d'un courage fantastique.

— Pardon ?

— Oh, pas le genre de courage qu'il faut à un soldat pour traverser le désert. Ça, c'est le genre de courage qu'on convoque quand on n'a pas le choix. Non, ce courage-là... eh bien disons qu'il participe de la volonté de vivre, de l'instinct de préservation. Parfois, il nous faut tuer un peu afin de continuer à vivre, quand on a cessé – quand les femmes ne vivent plus, en général elles sanglotent du matin au soir et donnent tous les jours leur linge à laver à leur mère.

— Qu'est-ce que tu veux dire, "quand je me suis arrêtée de courir" ? »

Le Dr. Finch laissa échapper un petit rire. « Tu sais, dit-il, tu ressembles beaucoup à ton père. J'ai essayé de te faire comprendre ça, aujourd'hui ; et je suis au regret de devoir admettre que j'ai recouru pour ce faire à une tactique que n'aurait pas reniée le vieux George Washington Hill – oui, tu lui ressembles beaucoup, à ceci près que tu es une bigote, et lui non.

— Je te demande pardon ? »

Le Dr. Finch se mordit la lèvre inférieure. « Huhum. Une bigote. Pas une énorme bigote – une petite bigote ordinaire, pas plus grande qu'un navet... »

Jean Louise se leva et se dirigea vers la bibliothèque, s'empara d'un dictionnaire et le feuilleta. « "Bigot, lut-elle. Substantif. Personne d'une dévotion obstinée, confinant à l'intolérance, envers son Église, son parti, ses croyances ou ses opinions." Tu veux bien t'expliquer ?

— J'essayais juste de répondre à ta question, sur le fait de courir. Creusons un peu cette définition, si tu veux bien. Comment réagit un bigot quand il rencontre quelqu'un qui remet en cause ses opinions ? Il ne cède pas. Il reste droit dans ses bottes. Il ne prend même pas la peine d'écouter – il explose. Or toi, tu t'es retrouvée complètement chamboulée par la plus phénoménale des emprises paternelles, alors tu t'es enfuie en courant. Et pour courir, ça, tu as couru...

« Tu as sans nul doute entendu beaucoup de choses choquantes depuis ton retour, mais au lieu de monter sur ton cheval de bataille et de donner l'assaut tête baissée, tu as tourné les talons et tu t'es enfuie en courant. Tu as dit, en substance : "Je n'aime pas la façon de faire de ces gens, alors je refuse de leur accorder une minute de mon temps." Eh bien, ma chérie, je crains que tu ne doives leur en accorder plus d'une, sinon tu ne grandiras jamais. Tu seras la même qu'aujourd'hui à soixante ans – et à ce moment-là, tu ne seras plus ma nièce mais un cas d'école. Tu as tendance à ne pas ménager le moindre espace dans ton esprit pour les idées d'autrui, si bêtes puisses-tu les trouver. »

Le Dr. Finch croisa les mains derrière sa nuque. « Bon sang, ma chérie, les gens ne sont pas d'accord avec le Klan, mais ce n'est certainement pas pour autant qu'ils vont empêcher ces types de se mettre des draps sur la tête et de se ridiculiser en public ! »

« *Pourquoi as-tu laissé Mr. O'Hanlon monter à la tribune ? — Parce qu'il le voulait.* » Oh mon Dieu, qu'est-ce que j'ai fait ?

« Mais ils agressent des gens, Oncle Jack...

— Ça, c'est un autre sujet, et c'est d'ailleurs une question que là encore tu n'as pas prise en considération à propos de ton père. Tu t'es emballée de manière complètement extravagante avec tes histoires de tyran, tes Hitler et autres "saloperie de vieux sconse hypocrite" – mais d'où sors-tu ça, au fait ? Ça m'a rappelé ces nuits d'hiver glaciales, quand on chassait l'opossum... »

Jean Louise grimaça. « Il t'a raconté ça aussi ?

— Oh ! oui, mais ne va pas t'en faire pour les noms d'oiseau dont tu l'as bombardé. Il a le cuir épais, comme tous les avocats. Il a entendu bien pire en son temps.

— Mais pas de la bouche de sa fille.

— Bref, je te disais donc… »

C'était la première fois, pour autant qu'elle s'en souvînt, que son oncle la rappelait à l'ordre du jour. Et la deuxième fois qu'elle voyait son oncle se comporter de manière inhabituelle ; la première, c'était lorsque, assis dans leur vieux salon, alors qu'elle écoutait sans rien dire ce lointain murmure : le Seigneur ne vous fait jamais subir plus que vous ne pouvez supporter, il s'était soudain écrié : « J'ai mal aux épaules. Il y a du whiskey quelque part dans cette maison ? » C'est la journée des miracles, se dit-elle.

« … le Klan peut parader autant que ça lui chante, mais quand il se met à lancer des bombes et à cogner, tu sais bien qui serait le premier à tenter de les arrêter, n'est-ce pas ?

— Oui.

— Il ne vit que pour la justice. Il fera son possible pour empêcher quelqu'un de cogner sur quelqu'un d'autre, et la minute d'après c'est contre le gouvernement fédéral lui-même qu'il se retournera – tout comme toi, ma fille. Toi aussi tu t'es retournée et tu t'es attaquée à ton propre dieu de pacotille – mais dis-toi bien une chose, c'est que quoi qu'il fasse, il agira toujours dans le respect et l'esprit de la loi. Telle est sa règle de conduite dans l'existence.

— Oncle Jack…

— Maintenant, ne va pas te mettre à culpabiliser, Jean Louise. Tu n'as rien fait de mal aujourd'hui. Et au nom de John Henry Newman, ne commence pas à te tracasser pour cette histoire de bigoterie.

Je te l'ai dit, sur ce chapitre tu ne dépasses guère la taille d'un navet...

— Mais Oncle Jack...

— Et dis-toi bien autre chose encore : il est toujours facile de regarder en arrière et de considérer ce que l'on était alors, hier, dix ans plus tôt. Se connaître tel que l'on est aujourd'hui, ça c'est difficile. Si tu y arrives, alors tout ira bien pour toi.

— Oncle Jack, je croyais que j'étais déjà passée par cette phase de désillusion-à-l'égard-des-parents quand j'étais au lycée, mais il y a quelque chose... »

Son oncle se mit à fouiller dans ses poches. Il trouva ce qu'il cherchait, en sortit une du paquet et demanda : « Tu as une allumette ? »

Jean Louise était sidérée.

« Je t'ai demandé si tu avais une allumette.

— Tu as perdu la tête ? Après le savon que tu m'as passé le jour où tu m'as surprise en flagrant délit... espèce de vieux salopard ! »

Il lui avait sonné les cloches, et rudement, un jour à Noël, quand il l'avait trouvée cachée sous le porche de la maison avec un paquet de cigarettes volé.

« Comme quoi tu vois bien qu'il n'y a pas de justice en ce bas monde. Oui, il m'arrive de fumer, maintenant. C'est ma seule concession au grand âge. Je suis parfois un peu nerveux... ça me donne de quoi m'occuper les mains. »

Jean Louise attrapa une boîte d'allumettes sur la table à côté de son fauteuil. Elle en fit craquer une et l'approcha de la cigarette de son oncle. De quoi occuper ses mains, songea-t-elle. Elle se demanda combien de fois ces mains, gantées de caoutchouc, impersonnelles et omnipotentes, avaient remis un gosse sur pied. Oh oui, il est fou, à n'en pas douter.

Le Dr. Finch tenait sa cigarette entre son pouce et deux doigts. Il la regardait d'un air pensif. « Tu es daltonienne, Jean Louise, dit-il. Tu n'as jamais su distinguer les couleurs et tu ne les distingueras jamais. Les seules différences que tu remarques, d'un être humain à un autre, concernent l'apparence, l'intelligence, le caractère, des choses comme ça. Personne ne t'a jamais incitée à regarder les gens en termes de race, et aujourd'hui encore, alors que c'est devenu la question brûlante du jour, tu demeures incapable de penser en termes de race. Tu ne vois que des gens.

— Mais, Oncle Jack, ce n'est pas non plus comme si mon rêve était de me précipiter dans les bras du premier Noir venu et de l'épouser.

— Tu sais, j'ai pratiqué la médecine pendant près de vingt ans, et je crains fort de ne plus voir les êtres humains, pour ma part, qu'en termes de souffrance plus ou moins prononcée, mais je vais tout de même me risquer à te donner mon opinion à ce sujet. Il n'y a aucune raison au monde pour que, simplement parce que tu as été à l'école avec un Noir, ou dans une école remplie de Noirs, tu sois vouée à vouloir en épouser un. Ça, c'est le genre de crincrin sur lequel les suprémacistes de la race blanche ne cessent de tirer. Combien de couples mixtes as-tu déjà croisés à New York ?

— Maintenant que j'y pense, pas tant que ça. Toutes proportions gardées, je veux dire.

— Eh bien voilà, tu l'as, ta réponse. Les suprémacistes sont des gens très malins, tu sais. Puisqu'ils ne parviennent pas à nous effrayer avec leur argument de base, celui de l'infériorité, ils enrobent leur discours d'une dimension sexuelle bien poisseuse, parce qu'ils savent très bien que c'est là le sujet principal qui remplit d'effroi nos âmes de fondamentalistes, par ici. Ils essaient de répandre la terreur dans le cœur des mères du Sud, de peur que leurs enfants, plus tard, ne tombent amoureux de Noirs. S'ils n'en avaient pas fait une question cruciale, c'est une question qui se poserait rarement. Et quand bien même elle se poserait, elle se réglerait dans la sphère privée. La NAACP a d'ailleurs une grande part de responsabilité à cet égard. Mais les suprémacistes, eux, craignent avant tout la raison, parce qu'ils savent qu'ils sont sans défense contre elle. Le préjugé – un terme péjoratif – et la foi – un terme noble – ont quelque chose en commun : ils commencent tous les deux là où la raison s'arrête.

— C'est bizarre, non ?

— C'est l'une des bizarreries de ce monde. » Le Dr. Finch se leva et alla éteindre sa cigarette dans un cendrier posé sur la table à côté d'elle. « Et maintenant, jeune fille, si tu veux bien avoir la gentillesse de me raccompagner chez moi. Il est presque cinq heures. Tu vas bientôt devoir aller chercher ton père. »

Jean Louise sortit brusquement de sa rêverie. « Aller chercher Atticus ? Mais je ne pourrai plus jamais le regarder en face !

— Écoute-moi bien, ma petite. Il faut que tu te débarrasses de certaines habitudes que tu traînes depuis vingt ans, et que tu t'en débarrasses très vite.

340

Alors attelle-toi à la tâche tout de suite. Qu'est-ce que tu crois, qu'Atticus va faire pleuvoir la foudre sur toi ?

— Après ce que je lui ai dit ? Après le... »

Le Dr. Finch frappa le sol du bout de sa canne. « Jean Louise, tu ne connais donc pas ton père ? »

Non. Elle ne le connaissait pas. Elle était terrorisée.

« Eh bien je crois que tu seras surprise, dit son oncle.

— Oncle Jack, je ne peux pas.

— Ne me dis pas que tu ne peux pas, ma petite ! Redis-moi ça encore une fois et je te fais goûter de ma canne, pour de bon ! »

Ils se dirigèrent vers la voiture.

« Jean Louise, as-tu jamais songé à rentrer à la maison ?

— À la maison ?

— Je te serais très reconnaissant de bien vouloir arrêter de répéter comme un perroquet la dernière phrase ou le dernier mot de tout ce que je te dis. À la maison. Oui, à la maison. »

Jean Louise sourit. Il redevenait Oncle Jack. « Non, dit-elle.

— Bon, eh bien, sans vouloir te charger d'un fardeau supplémentaire, pourrais-je te demander de prendre la peine d'y réfléchir ? Tu l'ignores peut-être, mais il y a de la place pour toi ici.

— Tu veux dire qu'Atticus a besoin de moi ?

— Pas exactement. Je parlais plutôt de Maycomb en général.

— Ce serait formidable : moi dans un camp et le reste de la ville dans l'autre. Si la vie est un long

341

fleuve de conversations similaires à celles que j'ai entendues ce matin, je ne suis pas tout à fait certaine d'y trouver ma place, non...

— C'est l'une des caractéristiques de cet endroit, le Sud, que tu n'as pas comprises. Tu serais étonnée d'apprendre combien de personnes se trouvent en réalité dans le même camp que toi, si *camp* est bien le mot qui convient. Tu n'es pas un cas à part. Les gens comme toi courent les bois, mais il nous en faudrait plus encore. »

Elle fit démarrer la voiture et sortit de l'allée en marche arrière. « Et qu'est-ce que je pourrais bien faire ? dit-elle. Je ne peux pas les combattre. Je n'ai plus la force de me battre...

— Je ne parlais pas de te battre ; simplement d'être là, d'aller travailler le matin, de rentrer à la maison le soir et de sortir avec tes amis.

— Oncle Jack, je ne peux pas vivre dans un endroit dont je ne partage pas les valeurs et qui ne partage pas les miennes.

— Hum, fit le Dr. Finch. Comme disait Melbourne...

— Si tu finis cette phrase, j'arrête tout de suite cette voiture et je te laisse sur le bas-côté ! Je sais que tu détestes marcher – après ta petite promenade de santé pour aller à l'église, et les quelques kilomètres que tu as dû faire avec le chat dans le jardin, j'imagine que tu as ton compte. Je te préviens, je te plante là, et je ne plaisante pas, tu peux me croire ! »

Le Dr. Finch soupira. « Quelle cruauté à l'égard d'un pauvre vieillard chétif, mais si tu préfères continuer d'avancer dans les ténèbres, eh bien soit, c'est ton choix...

— Chétif mon œil ! Tu es à peu près aussi chétif qu'un crocodile ! » Jean Louise porta la main à ses lèvres.

« Bon, très bien, puisque tu ne veux pas savoir ce que disait Melbourne, je vais te le dire avec mes propres mots : c'est quand ils ont tort que tes amis ont le plus besoin de toi, Jean Louise. Pas quand ils ont raison...

— Comment ça ?

— Vivre dans le Sud, à notre époque, requiert une certaine maturité. Tu ne la possèdes pas encore, mais tu en as l'ombre d'un début. Tu ne possèdes pas encore l'humilité intellectuelle...

— Je croyais que la sagesse commençait par la crainte du Seigneur...

— C'est la même chose. L'humilité. »

Ils étaient arrivés devant chez lui. Elle s'arrêta.

« Oncle Jack, dit-elle. Et vis-à-vis de Hank, qu'est-ce que je vais faire ?

— Ce que tu aurais fait de toute façon, tôt ou tard, dit-il.

— Renoncer à lui ?

— Hu-hum.

— Mais pourquoi ?

— Il n'est pas ton genre. »

Aime qui tu veux, épouse qui tu dois. « Bon, écoute, je ne vais pas me disputer avec toi à propos des mérites relatifs des péqu...

— Ça n'a rien à voir. Tu me fatigues. Je veux mon dîner. »

Le Dr. Finch tendit une main et lui pinça le menton. « Bonne fin de journée, mademoiselle, dit-il.

— Pourquoi t'es-tu donné tout ce mal avec moi aujourd'hui ? Je sais bien à quel point tu détestes sortir de cette maison.

— Parce que tu es mon enfant. Jem et toi, vous étiez les enfants que je n'ai jamais eus. Vous m'avez donné quelque chose, tous les deux, il y a très long-temps, et j'essaie aujourd'hui de payer mes dettes. Vous m'avez aidé à un point que…

— Comment ça ? »

Les sourcils du Dr. Finch se soulevèrent. « Tu ne savais pas ? Atticus ne s'est donc jamais résolu à te raconter cette histoire ? Et Zandra, je suis stupéfait qu'elle n'ait jamais… mon Dieu, et moi qui croyais que tout Maycomb était au courant…

— Au courant de quoi ?

— J'étais amoureux de ta mère.

— De ma mère ?

— Oh ! oui. Quand Atticus l'a épousée, et que je rentrais de Nashville, pour Noël par exemple, eh bien j'étais fou amoureux d'elle. Et je le suis toujours… tu ne savais pas ? »

Jean Louise appuya son front contre le volant. « Oncle Jack, j'ai tellement honte que je ne sais pas quoi faire. Tous ces hurlements… oh, je pourrais me tuer !

— Je ne ferais pas ça à ta place. Je crois que nous avons eu notre dose de suicide pour la journée.

— Pendant tout ce temps, tu…

— Mais oui, ma chérie.

— Et Atticus savait ?

344

— Bien sûr.

— Oncle Jack, je me sens toute petite.

— Ah, eh bien *ça*, ce n'était pas mon intention. Tu n'es pas toute seule, Jean Louise. Tu n'es pas un cas à part. Allez, va chercher ton père.

— Et tu me racontes tout ça, là, comme si de rien ?

— Hu-hum. Comme si de rien. Je te l'ai dit, Jem et toi vous comptiez de manière très spéciale pour moi – vous étiez les enfants de mes rêves, mais comme disait Kipling, ça, c'est une autre histoire… Demande à me voir demain, et tu me trouveras plus sérieux qu'une tombe… »

Il était le seul être qu'elle connaissait capable de paraphraser trois auteurs en une seule sentence sans que cela parût tout à fait absurde.

« Merci, Oncle Jack.

— Merci à toi, Scout. »

Le Dr. Finch sortit de la voiture et claqua la portière. Il se pencha par la vitre, haussa les sourcils et déclama d'une voix pompeuse :

« J'étais jadis une demoiselle excessivement étrange — Sujette bien souvent à la mélancolie et aux vapeurs. »

Jean Louise était presque arrivée en ville quand les paroles de la chanson lui revinrent. Elle freina, se pencha par la vitre et donna la réplique à la silhouette qui s'effaçait dans le lointain derrière elle :

« Mais nous ne batifolons jamais qu'en tout bien tout honneur, pas vrai, Oncle Jack ? »

19

Elle entra dans le vestibule du cabinet. Elle aperçut Henry à son bureau. Elle se dirigea vers lui.

« Hank ?

— Bonjour, dit-il.

— Sept heures et demie ce soir ? dit-elle.

— Oui. »

Et comme ils prenaient rendez-vous pour leurs adieux, une vague resurgit, déferlant devant elle, et elle l'accueillit à bras ouverts. Il faisait partie de sa vie, de manière aussi intemporelle que Finch's Landing, les Coningham et Old Sarum. Maycomb et le comté de Maycomb avaient enseigné à Henry des choses qu'elle n'avait jamais sues, qu'elle n'apprendrait jamais, et Maycomb l'avait tant et si bien transformée que Henry ne pourrait désormais plus jamais voir en elle autre chose que sa plus vieille amie.

« C'est toi, Jean Louise ? »

La voix de son père la fit sursauter.

« Oui. »

Atticus sortit de son bureau et la rejoignit dans le vestibule. Il prit son chapeau et sa canne à la patère. « Prête ? » dit-il.

Prête. Tu me demandes si je suis prête. Mais qui es-tu, toi que j'ai essayé d'anéantir et de mettre plus bas que terre, et qui à présent me demandes si je suis prête ? Je ne peux pas me battre contre toi, je ne peux pas me battre avec toi. Tu ne le sais donc pas ?

Elle s'avança vers lui. « Atticus, dit-elle. Je suis…

— Tu es peut-être désolée, mais moi je suis fier de toi. »

Elle leva les yeux et vit son père la regarder avec un sourire radieux.

« Quoi ?

— J'ai dit : je suis fier de toi.

— Je ne te comprends pas. Je ne comprends rien aux hommes et je ne les comprendrai jamais.

— Eh bien, c'était le moins que je pouvais espérer de ma fille : te voir défendre tes convictions sans céder un pouce de terrain – tenir tête à tout le monde, et à moi le premier. »

Jean Louise se frotta le nez. « Je t'ai lancé quelques insultes assez ignobles, dit-elle.

— Je peux encaisser n'importe quelle insulte, dit-il, du moment que ce n'est pas vrai. Tu ne sais même pas jurer convenablement, Jean Louise. Et au fait, où es-tu allée chercher cette histoire de sconse ?

— Ici même, à Maycomb.

— Seigneur, ce que les enfants n'apprennent pas… »

Seigneur, ce que je n'ai pas appris… Je ne voulais pas qu'on bouscule mon petit monde, mais j'ai voulu briser l'homme qui essaie de le préserver pour moi. J'ai voulu les éradiquer, lui et ses semblables. Ce doit être comme pour un avion : ils résistent, nous propulsons, et c'est grâce à la conjugaison des deux que nous volons. Trop de propulsion et nous piquerions du nez, trop de résistance et nous basculerions en arrière – c'est une question d'équilibre. Je ne peux pas me battre contre lui, et je ne peux pas me battre avec lui...

« Atticus ?

— Madame ?

— Je crois que je t'aime très fort. »

Elle vit les épaules de son ancien ennemi se relâcher, et elle le regarda rajuster son chapeau. « Rentrons à la maison, Scout. La journée a été longue. Si tu veux bien m'ouvrir la porte. »

Elle s'effaça pour le laisser passer. Elle le suivit jusqu'à la voiture et le regarda s'installer à grand-peine sur le siège passager. Tandis qu'elle l'accueillait en silence au sein de la race des hommes, elle frissonna soudain sous l'effet d'une impalpable intuition. Quelqu'un me fait siffler les oreilles, songea-t-elle. Sans doute Jem, encore fourré dans je ne sais quelles bêtises...

Elle contourna la voiture, et cette fois, en se glissant derrière le volant, elle prit garde de ne pas se cogner la tête.

DU MÊME AUTEUR :

Ne tirez pas sur l'oiseau moqueur, traduit de l'anglais
(États-Unis) par Isabelle Stoïanov, Grasset, 2015.

Le Livre de Poche s'engage pour
l'environnement en réduisant
l'empreinte carbone de ses livres.
Celle de cet exemplaire est de :
300 g éq. CO$_2$
Rendez-vous sur
www.livredepoche-durable.fr

PAPIER À BASE DE
FIBRES CERTIFIÉES

Composition réalisée par PCA

———————

Achevé d'imprimer en août 2016, en France sur Presse Offset par
Maury Imprimeur – 45330 Malesherbes
N° d'imprimeur : 211539
Dépôt légal 1ʳᵉ publication : octobre 2016
LIBRAIRIE GÉNÉRALE FRANÇAISE – 21, rue du Montparnasse – 75298 Paris Cedex 06

42/7003/2